凡人女神

鍾 文 音

【目錄】

自序
在書寫中　重返母體與再造自身

我寫女人是為了寫我，寫那個貫穿在多少世紀中的我自己。

——瑪格麗特．莒哈絲（Marguerite Duras）

吐出我肉身的那座平原早已傾頹　命運覆轍的滾動狼煙也已然終止
重返青春寫就的第一本長篇小說　才明白生之殤在那時早就寫下了

回顧二十多年前寫的第一本長篇小說《女島紀行》，頗心驚膽跳。心驚於時光殘酷如一瞬，把彼時被稱為新人類的我輩，快速轉換成大齡女的前輩。更膽跳於母親的生命劇變，母親的時光倒返，臥床如斯，成了我的小孩。

因而重讀這本小說，感慨萬千，悲欣交集，前塵如昨，「生之殤在那時早就寫下了。」

所幸有了書寫，映照我的初心——對母親那難言無言的深情、對寫作即使一無所有也持續燃燒的熱情。

母親是女兒生命的第一人

母親是人子在世上所見的「第一人」，母親也是我最初寫作所抵達的一切。母親是我寫作取樣的原型，我將持續書寫文學筆中的母親與女兒種種，直到我和母親告別，直到最後的送別來到。

我之所以書寫過去，並不是為了回憶，而是為了遺忘。母親是回不了南方了，小說裡的「大利南方」，原來不是指地理上的南方，而是精神上的南方安逸。

失語的母親，再也無法告訴我關於這座平原所發生的一切了。如此對照著《女島紀行》裡的母親生猛語言與潑辣性格，顯得如此珍貴。書寫者，或許在當代是屬於無聲者，但書寫者永不失語。書寫，幫我們的生命打了一場又一場的勝戰。

貼著生命寫的小說永不老

於此艱難生命漫漫長夜之際，重新出版《女島紀行》，特別顯得意義非凡。二十年來，世代翻轉，科技翻新，然愛情與親情，仍是人類精神史的最大課題。而《女島紀行》正是書寫游牧城市女子徘徊在愛情與親情兩端的艱難與混沌。貼著生命寫的小說，使得這本小說永不老，它依然簇新新地叩問著一代又一代的女子。

就像重返母體，就像再造自身。藉著寫作，城市女子不斷地爬梳愛情的纏繞黑暗，不斷地檢視親情的破裂黑洞。

一路走來，來到了回顧的時間點。

回顧二十多年前的寫作光景，我輩出手時已然文學花園荒蕪，但彼時尚且是讀書年代，知音江湖總能相遇。二十年專職寫作，我且必須擁有十八般武藝、演化成三頭六臂，如此也只是活成一個「倖存者」。

不可否認的，我曾在母親中風倒下來的時候，一度非常懊惱自己當初為何要放棄上班堅持要專職寫作呢，寫作根本是糟糕的事業，用腦過度，每日在桌子前靜止五六個小時，最後卻「養」不起自己也「養」不起母親。

《女島紀行》活生生成了母親對女兒的愛情與人生警世錄。
唉，媽媽說的話要聽。
但話說回來，如果不是寫作，我絕對無法撐住這樣寂寥的人生，所幸還有文學，還有藝術。
所以，媽媽說的話要聽，但不一定要照著做。
二十多年的專職寫作時光，必須如一介農夫，在這樣歉收的文學景況中，我從不曾讓田荒蕪（雖然有時植栽的品種不易繁衍擴大成花園，但至少盆栽花樹還能枯萎中時有盎然）。
愛情的倖存者，自此擁有對抗無常與虛無的能力。
書寫的倖存者，自此擁有抵禦媚俗與背對的能力。
從來不是因為堅持才走到今日，是因為我本屬於我所熱愛的文學世界。

致所有的母親與姊姊妹妹們

二十多年的光景，讓我照見最初寫作的寫實語感與青春語氣，真是大大迥異於後來的書寫啊。

上個世紀末誕生的《女島紀行》，游牧城市的女子遊蕩無邊，是身處富貴列車時代卻不上車的漫遊者，最後連最古典的愛情花園也成了午夜彼此抒情感傷的廢墟，或者成了年節不敢返家的恐鄉者。小說跨過了世紀末，來到了當代，生命圖騰轉為更廝殺更轉眼即逝的阿修羅煉獄。

游牧女子無法漫遊，她們的生命變成擱淺，或者更大膽地邁入徒勞的空轉，只為了一晌貪歡。色空纏繞，鬆解情鎖，如碎裂的曼陀羅，色彩繁複瑰麗卻瞬間爆炸燃燒。《凡人女神》借用希臘三女神：愛情、慾望、婚姻之神為這三個女子的原型。女神走下蓮花座成了凡人，她們翻滾風月愛慾，體驗人生的性愛慾，其代價就是傷痕累累，一切都回不去了。女神打撈出凡人更深沉的寂寞寂寥，在科技冷金屬時代，在這處處「女神」名詞過剩的年代，女神也哭泣，女神也腐朽。

華麗的世紀末，漂浮人世大海的是一座座女島，孤單而獨立，島與島相濡以沫。在科技廢墟世代，女島們轉成了回不去天庭被謫至凡間的女神。

女島遇見女神，她們發現自己並不是唯一的倖存者。

在伊甸園之東，玫瑰聖母頸上的荊棘終於以肉身血色，編織成了桂冠。凡人女神，也是愛情的肉身菩薩。

致所有的母親與姊姊妹妹們。

女島紀行

1

記不清是什麼時候開始的，阿滿一直期盼過一種生活，一種沒有冥想的生活。可以在無端酷熱的下午，讓時間靜止成零。

然後是有好些個月了，應該是從十一月天氣變得有些涼開始的。阿滿遲睡遲醒的過活。這中間她會突然慣性半睡半醒一次，幾乎是很準時地在指針三時至四時之間的誤差裡坐了起來，她下意識地略撫背上疤痕；然後在偷工減料的薄牆傳來夜歸人上下電梯的怒吼聲中，倒下繼續昏睡。

要她在中午以前醒來，除非叫巷口賣蘿蔔絲餅的老人來。阿滿總是在睡醒交界中淌著口水，不明就裡的人怕要以為她可是想男人想得氾濫了。但她卻能在溟漠狀態臆猜到老人不定期的出現，然後睡眼惺忪地在囍餅的鐵盒裡撈了幾個銅板，她搖晃身體，毫無察覺反穿了外套，開門，走下樓去會晤老人，聞著熱煎得香的油鍋傳來滋滋響。

她大口咬了一嘴，滿意地讓餅餡先熱醒舌頭。那模樣好在沒讓她母親瞧見，否則一定會招來一頓說詞：真不中用，跟恁老爸一模一樣。

她總是在攤子前聞了香才有那麼一絲清醒，她的身影和旁邊制式打扮等著買的上班族相較，像是個逃學的孩子，神色只在興頭上打轉。阿滿看著老人的手將麵糰搓揉成一張薄圓臉，再塞進蘿蔔絲，麵臉脹成乳房般大小，旋即又在老人褐斑疙瘩的大掌中，被啪成平面，下了油鍋。

老人用粉白指頭揚向她，阿滿嗓門未開地悶悶說兩個。其實兩個油炸的餅她是吃不完，可單單買一個她又覺說不出口。旁人一買都是好些個，買少的她特別顯得孤家寡人似的。於是常見到她囫圇燙口地吃罷第一個後，第二個咬了幾口，她停頓一秒，又再咬了一兩口，直到終無空間可進食，將餅頹擱在床沿。這時她滿足地回籠鑽進棉被窩裡續睡，全身覆蓋，僅露出光亮的額頭映在電暖爐通紅的石英管上。

今天這老人小販沒來賣餅，她卻自動早起了。日曆是翻頁時，還有黏得緊未切開的簇新澀感，需要腕部的扯力。撕開昨日時，還會掉下一些如白髮的屑。紙上印著紅藍綠相間的數字，立春下寫著沖雞煞北。

阿滿租處的樓下有著一整排的汽車修理廠，平日震耳欲聾的轟轟響卻悄然無聲，她才悠悠想起明天竟是要吃團圓飯的除夕了。難怪樓下的跆拳道館吆喝聲不聞；整間屋子透洩著靜謐，室友們原來全都返鄉去了，連那貓也同行。

平常這時候，那白貓咪咪會在擱著紙箱的客廳亂竄，要不牠就穿過布幔，搖搖晃晃地撒嬌到阿滿的床邊，用腳爪將木頭摳出一道道痕跡，無視半個主子的存在。在港商洋行工作的紫陽，如果逢雨天，她會在屋內做有氧舞蹈，舊房子鋪的老地板，總是跟著她的呼吸跳躍上下微微震晃著。一段間隙的沉寂之後，另一扇門可以預期會走出圓敦敦的纓丹。如果在十月前，她走到廚房來，一定是做個厚實的煎蛋三明治；並啃著生青的小黃瓜和紅蘿蔔，有時邊啃還邊嘆著，如果早晚都能啃長得像這樣的玩意兒就好了。

不過現在纓丹的早餐換了得意的一天，只需沖泡的速食麥片粥。她在粥上打一個蛋花，順便再用蛋殼殘留的蛋青，塗在臉上滋養皮膚。

纓丹在某個晚餐裡，點了個很貴卻很不值的三明治，好面子的男友才和她說再見就掛來電話說要分手，理由是兩個人的價值觀不同。

「什麼價值觀嘛，搶著付錢又分明付得不情願。」那天晚上，比鄰廁所的阿滿跟著一夜未好眠，因為纓丹涕淚縱橫地直要把胃裡的三明治想給摳出來。

另一邊靠走道的房間現今空著，一個月前嫁掉了蘇芳。房間目前仍維持原樣，是蘇芳交代的；怕會離婚。衝著這句話，阿滿和其他人戲謔紅包只包一半，免得吃虧。結婚當天，蘇芳哭得好似十二月的霪雨，害她老媽感動得直以為女兒多麼捨不得嫁出去；而她的老公也慶幸找了個不可多得的戀家懷舊女孩。

蘇芳的門自從四月她生日的晚上，被她重踹一腳後，就再也無法和牆契合。一通電話決定了她和門的未來。遠自德國的一通電話，熟悉的男友聲息，傳來的話不是生日快樂，而是他明天要結婚了。基於憤慨，阿滿她們都非常支持蘇芳破壞公物來發洩。

此刻，阿滿穿著一件過大的白色ＢＶＤ男人衛生衣，坐在床上，除了感受著冷空氣，也耳聞著門和風相觸的嘆息，老舊紗窗看起來險險欲落，而缺一隻腿的圓形板凳在陽台吶喊著。阿滿等一切聲色入了鼻息，才頓然掀開藍被子，露出覆其下的花墊被。這兩個棉被，一輕一重，一新一老，差近五年。用來蓋的藍被子是今年甫入冬時添購，新情人送的。於是繪滿玫瑰花的被子退位成墊底用，那是她接收自入伍的林蟬，她的大學男友。這舊棉被已被壓沒了空隙，很厚重卻不暖。不似新棉摻蠶絲，輕柔地似有若無，新棉散著布料的馨香。

在新舊棉被上下著遠近情人的空隙，在新年頭舊年尾的這會兒，她慣性地晨起連打了幾個噴嚏後，從囍字的硬紙盒抽了張吸油紙，紙在一夜的臉上頓化成透明的薄翼。早起的代價就是照鏡一驚：眼睛活像死魚，鼻樑旁的笑紋似刻了八字。她意猶未盡的又湊向鏡子瞧，望著惺忪小臉，做了個被嚇一跳的表情。她喜歡臨睡前的氣色，配上細眼小鼻薄唇，恰如其分的擺置。可惜那時已無人見著，且她多半會討厭阿滿這個名字，覺得土氣，不是絕色所願並列。但究其名字，實是不俗，她那中醫阿公取自

「華枝春滿　天心月圓」，小時候唱李叔同的〈送別〉時，阿公都會跟著搖頭晃腦地哼著。但春滿跟華枝分家，她就覺得俗了。再被台灣人習慣的阿字叫法，就整個鄉下俗感溢了出來。

她十八歲後長年在台北都會生活，浸淫城市的聲色，連她自己都沒意識到內心有著想要撇開鄉土台妹氣息的隱形羞赧，且夾雜著一點自卑作祟。也因為這樣，賃租這棟公寓的南方女子彷彿也有著共通感情的相濡以沫，雖然知道彼此都只是過客，房客來來去去，有朝一日離開這間公寓就自此天涯了。

眼下空間靜謐，只有她遲歸著返鄉時間。繼續在床上發呆，像是要費好大力氣才能甩開睡蟲似的仍一臉惺忪。玻璃窗光影浮動，冬日的雲朵被烈風吹得時聚時散。她的東邊窗子新貼了印有十二生肖的年畫，倒非應景圖，而是純用來遮光的。西邊窗子貼了幅雙鳥銜蓮的剪紙畫，這廂是用來欣賞的。西窗向內，無光可避，反因愛畫而另築一燈映照著，暗中有光，使她不至於讓心情失溫。

燈的上頭還懸著去年元宵節的紙糊燈籠。她和紫陽二十好幾的人了還模樣裝小地混在公園裡，當時提著一只燈籠走著的她想如果是在老家，不是元宵節也能到處見到光在跑，那是螢火蟲，牠們尾部發光是散著性的誘惑；於今，在都會公園裡的人造光下，沒有嗅出性的味道，卻散著寂寥的況味。

她知道落單和性暗示只是一線之隔。就好像夜晚她會突然在所謂的餓鬼道時間裡還睜著雙眼失眠時，她會被身體的潮騷劇烈晃動，無法安然入睡，她知道身體的渴望不單是求索愛，還更多是動詞上的渴求，年輕的身體航進床上時必須進入扭動嘶吼的大解放，她渴望被拆崩的身體，能夠頓然似瓦片紛跌在床上。但近一兩個月來，送她蠶絲棉被的新情人卻突然在寒冬斷電，讓她蓋這棉被常愈蓋愈冷。

男人在重要關頭離開了？她想不明白。

她的白日猶如夜魅。

這時痠澀的眼睛點醒著她時間尚早，她習慣在發呆時望著鬧鐘看。鬧鐘停在三時整，才想起昨夜睡意淺，覺得鐘聲特別吵，於是掀起棉被，走到書桌前，狠狠取下鬧鐘所賴以維生的電池。鬧鐘不鬧了，平常慣叫的「呼嗨喲！」給悶在肚裡，使豬造形的鬧鐘難得現著沉靜美。

發呆夠了，阿滿起身，輕撕了年畫一角，探探外頭，薄光初啟。來自幾棟相連成方塊的灰頹公寓傳來窸窣的耳語，她聽得出是戀人還賴在床上的那種聲音未開的低歡。收音機播放的歌，不在精準頻道地渾濁著。突然窗外迸出巨響，一連串的鞭炮乍燃而震天價響，頓時把她和停在電線桿上的鳥群給嚇了半晌。

好像真的被嚇醒似的，她伸了伸懶腰，終於甘願離開床板，取了牆角蘋果綠小臉盆內的盥洗用具，趿著拖鞋走到浴室。擠著草莓口味、上面有卡通圖案的那種牙膏，她一直偏愛小時候和母親曾去大湖採過草莓的香氣，護唇膏也是草莓香，喝的水果茶也有草莓香，可惜草莓易爛，不然鐵定被她放成天然果乾。母親，她想起這個名詞時心裡晃了一下，再過不久，她就要見到母親了。

恐懼突然掐住她的心，必須走到陽台才能喘口好氣似的，她順手拎了用粉色塑膠袋打包好的垃圾，接著她彈跳幾下，取下了牆角倒掛的一把乾燥成幽赭色的玫瑰花。然後她換穿戶外大拖鞋，晃到含違建有七層樓高、二十幾年歷史的陽台。

如果你在寒流過境，天色將暗未暗時，經過這路口，橫豎是塞車狀態時，不妨抬頭望望這陽台風光，你將看到阿滿在寒流刺骨的冷風和尚未沉滯黑缸的天光裡，看著她向前傾動的濃密長髮，彷如天使般的黑翼。她的臉上被對面高樓頂端的紅光閃熾映照著，使她看起來如未來世紀裡的銀河孤獨戰士。她自己其實也說不上來為什麼總是挑巔峰時間跑來陽台觀看下方街上的車水馬龍，唯一可以解釋的是她應該是一種心理補償作用，一個無正職者望著辛苦上班族趕集塞車畫面時產生的旁觀快感，一種自我寬慰。

陽台靠牆壁有個奇特的洞口，阿滿彎身看著垃圾袋噗通一聲直達到樓底，喘息地等著夜間的垃圾車來，時間大約是兩點左右，有時她興致一起，還會跑到陽台，看著清道夫們打開洞口的小門，一一將垃圾送進張著口的黑槽。纓丹蘇芳她們都說這阿滿有病，清道夫又老又沒錢，垃圾既髒且臭，哪值得她半夜跑去看；下面的清道夫抬頭看見她也聊說著佇些台北查某囝仔暗暝攏艙睏，四界轉著；有的則以為這女生鐵定被查埔郎放捨，失戀而睡不著。

她在陽台附設的洗手台順便刷牙，嘴上的牙膏泡沫滴落在鐵鏽纏身欲裂的欄杆，冰冷的水滲入牙齦，瞬間她又更清醒了。十二月那一陣子，雨狂下得厲害，又冷又濕地像牆上的壁癌，一次一次地催人老。

那時她常在室友們上班的無人早晨，靜靜地躺在床上，默默數著窗外滴答的雨聲，她覺得自己像是一個城裡的國王，沒有子民的國王，只能自己對自己發號施令。如果這時候若窗外剛好有流浪狗不小心被急駛的車輾了腿傳來悽惻的哀嚎時，那麼她也會無親無故地跟著掉淚，淚點很低的人，按大學男友的說詞就是同情心氾濫到常失去理智的人。而她氾濫的東西可不只同情心，魚族氾濫的海洋十分廣闊。

這房子雨襲時不好受，旱季時卻更糟。女孩們住的這間房子已是老態龍鍾，和她們的青春不太相符，好像她們不是因為過年老了一歲，而是住這房子給住老了。房子旱象發威時，被太陽直射肆虐，陽光把牆都曬龜裂了。而夏夜裡轟轟大雨奔落，水神趁著熟睡的主人無孔不入著滲進牆壁。總是在不久之後，轉眼就見到白衣沾上溼氣的黃臉，而女孩們的衣物間也經常散亂成如剛遭警察臨檢的地攤般，直到那時，她們就會彼此數落對方應該要收拾鬼住的房間了。

阿滿永遠記得某個豔陽天的午后，微塵在光束裡載浮載沉，她整理著衣櫃，待翻起榻榻米時，突然被那滋孽叢集的小分子給駭了一大跳，想到她和這些如異形般的生物共息良久，不覺在熱天裡起了全身疙瘩。那榻榻米背面被水侵蝕了，女孩們也沒錢換新，只由得日子一式地過了下去。

在西曆已是新的年度，而農曆還在舊的年度時，她算算這也該是一年二十四節氣的最後一個了；這大寒的每一道冷風所夾帶的寒流，都足以讓地板的溫度和榻榻米連成一氣，使她睡在床上常如臥躺冰棺，失戀更加深了這份寒冷。

房東住在樓下，曾上來修過一回。原因是有一回水滲透穿隔牆，竟滴到女房東寶貝兒子的嫩臉。這女房東不是對天生氣，而是大怪這群女孩們太不惜物。纓丹聽了這說詞心裡有氣，利嘴以還。阿滿則在旁老神在在地看著書。纓丹關起門後，對保持沉默的阿滿生氣著。其實阿滿不是不肯幫腔，只因爭吵的場面，她總是無詞以對，只好遁入文字中。從童年起，她聽聞太多父母的吵架，久而久之她習慣躲進文字砌成的牆，這牆密不透風，帶她馳騁遠方。

抓漏不易，水又易蝕，房子老臉如故。女房東可以棄漏之地不用，貪房租便宜的女孩們只能忍受一年一度的雨季再訪。

此刻她在臉上搓著洗面皂，看著對面人家的媽媽在甩盪著衣服，充斥著淡香精的洗衣味。外省姥姥像得了痙攣症地反覆抖甩著手，老爺爺遲緩地剪著盆栽枝椏，只見老人常常是大剪停在空中，張著嘴無神地看著虛空，歲月有一搭沒一搭地滑過，大人逐漸老骨頭，小孩逐漸硬骨頭。

老人清喉嚨，小孩起床的第一道哭聲，狗的連吠效應聲，她已經習慣這樣的公寓聲色。但對街的鄰人從陽台望向她，卻生疏得彷彿從沒見過這戶人家。

長得幾乎有六層樓高的老木棉樹，要看到枝頂得探頭到陽台的欄杆外。阿滿彎身探看時，將嘴邊的泡沫滴落在樹梢葉脈上，她想這可真巧，接著她看見葉子被風吹起，頓時離枝他鄉。彷彿葉脈那原本就鬆動的心，只為了等待承受她這一滴泡沫的降臨。阿滿看著，不禁怔忡起來，心寂靜地望著陽台風光。

環伺這雜陳的樓房其尷尬一如住在裡面的人。早在二十多年前這有電梯的七層高美樓可是挺時髦的，而今卻落了個半舊不新，復古風它當然沒分，可比它又高又新的大廈卻相繼遮去它的天空。

阿滿想什麼人住什麼房子，這句話用在她們這群游牧女子身上可是最貼切不過了。但她寧可老到令周邊的人絕望，尤其是讓母親失望，也不要他們關懷似地把人論斤計兩的配對，她不加入這個婚配的世界，母親常說她要當老姑婆，將來要住姑娘廟。

現下她們幾個單身女子也把這間房子住成了一座姑娘廟。

剛搬來這間房子時，阿滿一直不知道彼時綠葉覆滿每根枝椏的樹就是木棉。直到過完年，春意漸濃，暑氣釋放，它終於以大捨大得之勢，造就了橘紅滿枝的盛景。這時阿滿才不禁尖叫，怎麼沒發現這樹景美麗當前呢，從隆冬到仲夏，這樹竟長達半年以上的時間，讓覆滿枝葉的平凡裡，潛藏著翌年來春的養料，漫長的時日沉得住氣地不露出半點燦爛。阿滿不免有所悟，她想自己是不是常常錯過真品而不自知了。然而時日一久，她見慣樹景，又想既然會錯過，那定是無緣的。

由於今天的早起，她才發現這個世界很忙碌。第一班從松山機場發出的飛機，此時在對面兵工場屋頂廢棄的煙囪上劃過。恣生的芒草，搖動起孤單的身影。她發現早起人生有了些況味，沖掉殘存的泡沫，冷水讓她直打哆嗦。

如果一個念頭是一個生死，那麼她已經生生死死不知幾回了。

阿滿說不上來為何對飛機有著複雜的異樣感情。

小時候阿滿曾掩畏在灰石的大柱下，探頭看見母親炒菜炒一半，手中還握著鏟子，忽然跑到院子，對著前進的飛機磕頭膜拜，嘴裡還煞有介事的唸著。傍晚時分，彩霞隱於雲層疊嶂中，遠景是防風林簌簌魅響。長久饑餓的不安感漫漶開來，「飛機為什麼不會掉下來？」小阿滿曾愚癡地想著。

她的母親在飛機尾煙隱沒後，返身走回廚房，母親繼續拿著鏟子在鑊裡炒菜。晚餐少不得有院子的飛沙當佐料，但誰也沒膽吭聲。稍長，阿滿才略知鄉下躲空襲長大的老人群裡竟包括幼時的母親，母親說有一回她閃躲不及就在院子裡遇到轟炸機，飛機從她頂上低掠盤旋，竟未投下炸彈。阿滿的母親永遠記得低飛的駕駛軍官回頭望自己一眼的神態，而當時她也彷彿著了魔。待疏開人潮驚魂歸來，她仍定住原地不動。那年母親五歲，後來不知怎地母親又去了這個拜機癖好，說是被人見了會笑死，母親愛面子，童年的恐懼被意志克服了。倒是阿滿卻給承襲了，她喜歡看飛機掠過天際，她總朝著天空心裡喊著帶我飛吧，帶我走吧。在她國中畢業之前，只要遇到她的父母開始又大冤大吵時，她也會莫名其妙地希望飛機從其領空翱嘯而過，她頓時會產生一種飛到遠方的幻覺。

如今，阿滿當然不會有這般的童癡了。飛機成了行李和異鄉的遙想。

此刻，阿滿想是該少買些衣服，給從未坐過飛機、出過國的母親積點旅費。她不禁歎了口氣，心想這樣流行且簡單的欲望，她們母女倆竟都不易得。她是剛畢業不久工作不穩定，台北消費又高，又天生愛亂買東西，沒攢什麼餘錢；而母親雖習慣窩在家裡，但內心仍渴望出國玩，好向朋友炫耀，母親嘴裡不說出渴望，卻老是說誰誰誰去琉球、去上海、去日本之類的話語來提醒女兒是否該盡點孝心了。

對面大樓的陽台上，看起來有些貌似上班族的男女，正在拆洗著辦公室的窗戶，以至於每個窗口突然變成了洞口，房間的景致依稀可見幾分。沒有玻璃的窗，像是個彩色大銀幕，免費演出，而觀眾只有阿滿一人。

對面大掃除的淅瀝水聲喚起阿滿也開始清洗陳積一段時日的衣物。她回房間整理，一反常態地在每件要下水的衣服上掏摸著口袋，幾枚硬幣抖落，她拾起一看是去遊樂場玩剩的代幣，代幣就像感情，離開領地就無用了。接著又摸出一團皺巴巴的粉紅色餐廳用的面紙，上面的污漬沾著食物的芥末辛辣味。她想起這餐紙是為好友阿枝送行時的那場聚會殘留的，她們在一家日本料理店談心。隨後又掏到幾張電影票根、發票，歲月逝去如斯，她一陣愁緒湧上心，開始洗著衣服，洗著過往。口袋內沒有驚喜，沒有忘記拿的鈔票，沒有愛情便條紙，沒有陌生人的名片，沒有值得留下一絲一毫的往日足跡。

鄰人的上一代媽媽們從年輕時早已用洗衣機了，阿滿這廂卻用手洗得費勁。洗罷，晾在細竹竿上，衣裙像是一隻隻被釋放攤開黑色羽翼的鳥。在冷空中勉強盪著，抖下好大的水汗珠子。好一陣子，她未曾換過其他顏色。

寒流籠罩的天灰灰沉沉，黯淡得不像已經早上八點了。她望著一根根被洗衣浸白了皮的手指頭，下意識地吸著，眉宇間滑過悵然。她看見有個小孩一早就挨了母親耳光，哭得天要崩下來。不過是喝個牛奶沾到了衣服嘛！她搖頭望著想，母子關係於她是個謎。

小孩跟她有等同命運，彷彿都和這眼下的年節歡愉節奏對不上拍子，只由得情緒潑灑，延宕著去做世俗該有的禮儀。

同樣的年節，回想有一年，除夕夜她被喚去找爸爸，走到村外見大樹下輸錢的爸爸正抽著悶菸，他一副不敢回家的神情。這景像此刻浮上心頭，望著洗衣桶裡的一缸黑衣服，她最愛而母親最厭的顏色，她一直背離著母親，從外到內。她想原本自己長得就酷肖爸爸，這「不敢回家」的影像使她愈發覺得父女倆重疊，自此無分了。

2

大學分手男友的至交家幃說好上午十點前要過來。

阿滿洗罷衣服，進屋整理物品，等著家幃來把音響、錄影機搬走，她可以換得兩萬元的所有。這錢他還是分三期給付，年前她只能先拿到一萬元，但這已有如救火隊的亟需了，否則今年過年母親、還有哥哥的鬼靈精們就只能光領紅包袋了。

別說小鬼會吵翻天，在兄嫂面前顏面掛不住，最最可怖的是母親的厲聲厲色，「沒有出息啦，有出息，早有了囉。」母親對子女沒有厚祿孝敬的怨懟將一如過去對伊丈夫的極盡壞想像。

不久前，阿滿唯一的訪客是一位警察，她被查出流動戶口未申報，還被罰了幾百元，心疼少了幾餐可度日。她一度對警察說項，數出單身年輕女子落腳台北的難處，未料警察從頭將她盯到腳看了一回竟冷冷說，妳去夜店兼差應該可以賺到不少錢。她把警察送走後，大力關上門。咬著牙想，這年頭連警察和土匪都難分辨了。夜店！她從鼻息哼出一口惡氣，還不是警察可以分紅，這種地方警察比人民還熟悉。

但年節這關卡，她想起這警察說的夜店兼差，竟是有些心動了。她抬眼憂心望著牆上掛鐘，掛鐘彷彿如如不動，等待總是難熬，她怕家幃突然後悔不買了。

所幸門鈴在這個時候響了起來。她開門，只見家幃邊關門邊踏著鞋墊拍著衣服的水漬。「外面下雨啊？」她接過他的棗褐色大傘和圍巾時疑惑地問著。

「毛毛雨，還好。」他的希臘鼻像座高山，上頭圈著雲霧是說話時吐出的白氣。

家蟑的心還駐足在剛剛冰冷的大手不意被阿滿軟暖的小手碰觸一下的滋味裡，手真軟暖，他想。他還一臉沉浸緬懷的神情，卻只見阿滿伸出左手上下抖動地一副索錢狀，他的心不禁有些微快不快起來。

「還熱著呢！真捨不得。」家蟑緩緩地掏進口袋拿出鈔票。

阿滿故意欺身作勢搶錢，他突然停了手下動作，盼她挨近時，卻見阿滿只是做個假動作模樣，旋即又蠻不在乎地轉身待走。家蟑卻先熬不住地挨近，他期期艾艾地說：「唉！要不是因為妳，我本來是不需要這些東西的。」

「咦！大學時你不是最愛玩音響、最愛聽古典樂了，我還幫你寫過活動的大字報，你上台講什麼穆梭斯基的展覽會之畫，對吧。講到侏儒漫步那一段時，哇！你的表情比追女朋友還認真呢。」阿滿這樣細數過去往事，說來無非是怕家蟑反悔不買了。至於什麼侏儒漫步，她記得這段樂章特別清楚則是因為寫海報時，被大學男友林蟬笑說那不是在寫她自己嗎。身高嬌小的她和長條子的林蟬併走一起時，確實有如險峰突遇斷崖，如大象與鴿子。

林蟬大學騎ＤＴ越野車，她也常因沒跨好而將膝蓋撞得瘀青，自己貪坐，可沒敢哼一聲抱怨。阿滿說著展覽會之畫，憶想過去片段，心思無情無緒著，過去如水流，抓也抓不住。

家蟑這邊聽了心情卻跌宕起伏，大鼻子頓時紅得醒目。「好慘，我記得那個時候，整個學生活動中心，竟才坐了三排。」

「有兩排還是自己人來捧場的，當時你還忿忿不平好一陣子，說什麼知音難求、校園沒有文化，根本就是文化沙漠之類的話。」阿滿笑著回應。

「說真的，以前真的是只看見自己，才會那麼曲高和寡，認識穆梭斯基的人根本寥寥無幾，還不如辦周華健分享會。我現在滿眼都是成家立業，覺得賺錢比理想重要，理想有時候看穿了只是自己的肚臍眼。妳知道我為什麼有餘錢買妳的東西嗎，因為這個月我是我們公司名列 Top Ten 的業務銷售員。」家蟑在一家美商做拋棄式隱形眼鏡的業務代表，說起排名前十名業務員一臉得意。

「那買個東西犒賞自己也是應該的啊。」阿滿說。

「可是真要買，我會買新的……」看來心仍有不甘。

「那算啦！」這三個字被阿滿說得成了好幾個音階。

「我說過要不是因為妳……」為了讓她有些自尊，家蟑便逕行走向阿滿的房間，故意擺出迫不及待想要看東西的樣子。家蟑人高，把垂吊在門邊的飾品撞得噹噹響，聲音頗是喜氣。相撞彈出聲音的是一個圓面的銅雕雙魚和拓印有佛號的玉墜子。金黃虎身黑紋的香包則在角落靜謐地傳送著少許麝香，混著香水和乳香之類的，一陣香味撲鼻。

家韓喜歡女孩子的房間，散著難以解析的香氣，非常誘惑年輕的費洛蒙，他推推眼鏡，緊握一下自己的雙手，免得有出軌舉動的狀似淡定。他走到音響前，突然不意又撞到懸在樑柱的舊年元宵紙糊燈籠，瞬間紙燈籠彩繪的深紫朱槿花紋在眼前來回擺盪著。「唉，怎老是亂買些無用的東西。」家韓心想，搖著頭嘆了口氣，阿滿這一點隨興，是嚴謹的家韓最害怕的個性，於是他明白自己雖然喜愛眼前這女生，但他是不敢娶她回家的，哪天她把家怎麼變賣了自己都不知道。

家韓試著按了一下搖控器，音響倏地閃著青綠色的光聲波，啟動電源，音響設計頗時尚，阿滿的好眼光則是他信任的，也因此光憑阿滿在電話描述內容與價格時，他就決定買一、兩樣阿滿的物品，心裡隱隱覺得這也是某種他們友誼時光的紀念物，之後兩人應該會漸行漸遠，理性的他知道自己和阿滿這樣感性滿分的人畢竟是不同物種。

曾經他天真想過如果自己開家百貨公司，阿滿應該是最適合當採購經理。但這樣的想望當然在他的生命清單裡是屬於幻想的，排序不知何年何月。他隨手播放一張光碟，隨著旋律安靜聽著，那是一張二百九十九元的英文老歌重唱曲Good-bye Girl。他知道以前阿滿就常播放，當她經常播放這一曲老歌時，就代表她又失戀了，如果沒有失戀也意味著她心情不好或者預期要分手的感傷作祟，總之她是那種濫情的人，關於這一點家韓從來都認為這是阿滿生命的標籤，難以撕下的標籤。但家韓不知道，以前阿滿聽了會悲傷難抑的歌，透過反覆播放，反而可以療癒情傷，反覆的本身就可以驅走恐懼。就像她聽過家韓初買新車時就和維護新戀情般小心翼翼，日日擔心著車體刮傷，但某天真的刮了第一道傷痕，大幹幾聲、咒罵幾次，情緒發洩之後就不在意日後有多少道傷痕了。

阿滿的房間大約四個榻榻米大，被家韓橫豎一躺，看他陶醉聽歌曲的模樣，她也不好現實收錢就趕人，於是她也只能挨在他的身邊，但身體卻怕被他碰觸地僵直著。

「還有和林蟬聯絡嗎？」他突然用手臂撞了她一下，老朋友會做的動作，但她還是有點不習慣，她對沒有感覺的人會比一般女生還要拘謹，但對有感覺的人卻又比一般女生要開放，關於這一點，她自己偶爾會察覺到身體的兩極反應，不是極貞潔就是極浪蕩，這使她經常處於矛盾或者被誤解的兩端。

「沒有，沒有，早就沒有。」阿滿討厭這人的明知故問，他自己經常看到林蟬還會不明白嗎。

但這家韓卻還兀自不休地說著：「人很奇怪，以前那麼親密，現在說不聯絡就不聯絡了。」

阿滿聽了想唉，這小子談戀愛經驗少，他不知道要做到說不聯絡就不聯絡可得流下多少眼淚，花上多少失眠的夜晚。她在心頭又嘆了一聲氣，這一聲氣還包括哀嘆家蟑這小子壓根兒不認識愛情，揪心痛心也是愛情的一部分。

「怎麼，妳捨不得呀！」家蟑竟看出她的心在嘆息，只是他猜錯了方向，不過這對超理性的他去觀察到他者的感傷已屬不易了。

「怎麼會！身外之物，你再挑些CD吧，隨機大贈送。」阿滿說得輕鬆，心眼卻沉重。看家蟑聽了瞬間翻身大舉入侵光碟架時，她心下想，這過去的聲色俱全，現今光景倒像是哈出的一口氣，如夢似幻。

家蟑挑了些光碟後，又躺了下來，竟沒有絲毫要走的意思。他那套著灰白襪的腳隨著音樂碰觸著阿滿置於榻榻米床的觸摸式檯燈，燈忽亮忽暗，惹得阿滿生起一股嫌惡感來。

最後在阿滿的頻頻催促下，家蟑這時才慵懶不捨地起身，拆著電源線、裝箱，然後下樓搬到他才去年才買沒多久的New Sentra。

「快過年了，不明就裡的人，搞不好還以為我們是小偷呢。」家蟑半開玩笑地說著，一邊逡巡附近人家一眼，一邊小心翼翼地將音響擺放在後車廂。

「小偷不會有這麼好的車。」阿滿笑著說。

「這哪裡算得上好車呢。」家蟑說著將手彎進駕駛座，先發動好車子，人還在車外，手在車頂上來回撫擦著一滴泥漬，對新車的愛護之心。前不久，阿滿向他借車，他只光說著：「妳去哪裡，我都載妳嘛，有人接送，還不好啊。」說穿了，就怕阿滿借去會開不好撞了他的車。

在賣豆花的老阿伯兜售到阿滿這條街時，時間約莫是十點半左右。這時家幛才依依不捨地坐進駕駛座，坐下前還俯身想要擁抱一下阿滿，卻被阿滿跳開了，阿滿輕快地瞬間吐出新年快樂以化解尷尬，但仍輕輕拍了家幛的手，以示親密的感謝。家幛摸摸她的頭，也回說新年快樂。關上車門，踩油門離去時，他透過後照鏡看見阿滿仍杵在街上對他揮手，模樣看起來又孤單又嬌小。唉，阿滿就是這樣，說再見時拘謹地不讓他擁抱一下，但真分離時卻又在原地揮手不捨，讓人看了難過。難怪林蟬曾跟他說，這吳春滿人美心也好，藝術品味也絕佳，但就是個性不行，不是太耽溺就是太疏離，忽冷忽熱，忽緊忽鬆，有時意志力驚人，有時卻又閒散得嚇人，根本難把握住她的心思，跟她相處常像隔了層什麼東西，她內心的風景有座讓人走不出來的森林，森林裡且埋有讓人下墜的黑洞。但有時這片森林卻也迷離得讓人誘惑不已，不是風光明媚的那種誘惑，恰恰是那種迷濛神祕伴隨著荒索的奇異情調，聰明又糊塗，讓人又氣又愛。但女神走下她的蓮花座就失去了神祕，阿滿恰恰不能走下她的舞台，她不能擺進日常的柴米油鹽。

他邊開著車，一邊回想大學四年和畢業這兩三年斷斷續續和阿滿的見面，他的理性不斷告訴自己，任何人進入阿滿的內心世界都會發生大大小小的擦撞，沒有擦傷是不可能的，嚴重的還會撞毀。他渴望安定，一點都不喜歡什麼藝術家的搖晃或者黑暗，有感這可能是最後一次見阿滿了，他在阿滿面前根本就是個孩子等級的人吧。他和阿滿上回在一家靠近醫院的連鎖平價咖啡館碰面，約在那裡代表沒有要見太長的時間。

因為阿滿和家幃的社團共同朋友阿芬車禍骨折住院，他們約好一起去探望，之後找個鄰近的咖啡館聊一下。怪的是那間咖啡館的午後充滿黃昏戀人，老戀人的畫面毫無遮掩地暴露在年輕人目光時，不知為何顯得如此違和不適，髮稀齒搖褐斑手相握一起本來可以是遲暮之美，但因毫無遮掩的卿卿我我而充滿醜相，且因老人講話大聲，整間咖啡館充滿老人味，從外相到聲音氣味，眼耳鼻舌處在那種完全缺乏自覺的老人環境，使他們年輕的生命倉皇遁逃，把他們瞬間趕走。不免互相提醒，老了絕對不能這樣對周遭毫無察覺。察其老而不生事，當時他們離老很遠，但離年少也遠，正是要航進生命青壯年最顛簸的大海。

家幃知道自己絕對不要翻船，他知道阿滿日後會歷經好幾次的翻船，阿滿有能力將翻船的經歷轉化成她的筆墨，她所謂的藝術。但家幃知道自己完全不是這樣的人，他大學喜歡古典樂是想討好阿滿罷了，加上林蟬的薰陶，他狀似靠近藝術的人，但他心知肚明，他就是一個安家立業的人，想要安安穩穩無風無浪地過一生，如果幸運還可以富有的話，他就日夜微笑了。

想到這些畫面時，他已經離開阿滿的視線好一晌了。

阿滿看家幃駛離了大街，消失在視野，他那輛寶藍簇亮的車身剛剛還和賣豆花老人的叮噹車交會，車速橫掃了些風，阿滿被風沙眯了一下眼，眼看跟著自己好一陣子的物品駛去他處，竟搖起頭來嘆口氣，好在是家幃買去，新主人是惜物之人。

「買是金，賣如土。」她轉身上樓時想起母親曾告誡自己轉手賣貨賤如土的話。

她想著自己早家幃做事一年多，怎麼反而讓他追上了，自己的物質條件漸漸被拋離了台北城市應有的水平線，難道自己不眷戀衣錦繁華嗎？哦，不，她豈有如此清高自覺。時運未濟吧，嗯，有一點。但更多是自己那無可救藥的沉淪，毫無想要向上一路的事業心，徹底把她打垮得連愛情都變得很低很低。

剛畢業時，她只顧經營兩人世界，不加班、按時放假的工作，毋寧勝過一切的考量。當雙人行不再，她又改以興趣為重，說要從事藝術，想拍電影，說自己可不在乎錢，大喊中產階級是拘束藝術家的安全陷阱。可是當在電視台工作的皮蛋，很快地用了年終獎金買了一部新車且還發出幾聲錢不夠用的喟嘆時，阿滿突然有些意會母親為何老是要罵她「憨杜杜，唔知驚」。

豆花叮噹車的聲音終於離耳，攤販拐過街角。這時阿滿走上了樓，手中捏著薄薄的鈔票，過眼金錢轉成空，她浮起這句話時，看到租窩處滿眼荒空感，忽發起愣來。

過年前，她曾有過打算，想存錢買一台卡拉ＯＫ錄放影伴唱機，放在家鄉吳姓公祠的大廣場前，就像開宗親同樂會般熱鬧喧騰，母親許會要她唱著俗豔的「我無醉，我無醉，無醉，請你艙免同情我。」以饗鄉耳。

這種台語流行歌她算是拿手的。小時候她的堂姑在鎮上的酒家夜總會當會計，那夜總會設有一個小舞台，專門給打扮得像花蝴蝶的小女生們唱煽情歌用，這種小女生的超齡打扮很能引起老男人的憐惜，以此吸引，常有不錯的生意。經理有回見著小阿滿在旁邊跟著清唱，覺得很是對味，於是叫人打扮小阿滿好給她登台試試，哪裡知道這台上和台下完全兩回事，阿滿看到酒客的嘴臉就嚇得忘詞。害她母親空歡喜一場，直嘆說哪怎沒給伊生膽。

窄小的房間少了佔位子的音響後頓時顯得空蕩。說來有價值的東西很少跟阿滿相處太久，通常是還算新就易了主。買了又賣，賣了又買。有一次，她在轉換工作青黃不接時，把她小至親手做的燈罩、飾品到大至個人用冰箱和電視，甚至極愛的骨瓷杯盤都沒放過地拋售，她全貼上價碼，然後到不遠的師大路去貼條子，上面寫著：跳蚤市場饗有緣人。一時之間，學生族呼朋來到，成交率低不說，還把纓丹室友們給吵得沒了安全感。最後，還是勞動紫陽在辦公室遊說租房子在外的有錢香港同事們來看貨色。就是那時，阿滿遇到了朱湘織，朱湘織會講一點國語，是個看不太懂中文的紫陽上司。

朱湘織外相神色和港星梁朝偉有那麼幾分相像，但人本身的沉默篤定才是吸引阿滿喜歡的地方。他的沉默完全和他長相的亮度不協調，但卻多出獨特的氣質。看阿滿要販售貨物的那天，紫陽公司的一夥人倒像是一起來同樂的，在客廳盡是吃喝玩樂，要不就是囉唆地向阿滿索取保證書想要瞧瞧，買東西任憑興致的阿滿哪會去保留這種什麼說明書保證書，她就作勢翻箱說要找找時，朱湘織忽然開口說只要主人肯賣的東西他全都買。講得很生澀，主人的音還發成了豬人。大夥聽著全愣了一下，意會之後忽然全鼓譟了起來。有的還暗暗說著阿滿如果大膽一點，這樁生意就很有看頭了。「既然什麼都買，那麼連人都可以賣掉，賣給高富帥的湘織誰不想。」有女生羨慕地竊竊私語著，彷彿很懊惱怎麼這樣的好生意會給阿滿這樣看起來像是流浪女的人給搶去了。

那天就在這句話中結束了拍賣會，離去前朱湘織手寫了紙條交給阿滿，大夥兒以為寫的是電話。當大家離去，阿滿攤開紙條，看見上面除了留下電話外，還寫了一行字：妳不該浪費時間。像開示大師的口吻，看得阿滿臉紅，被看穿自己經常無所事事的樣子，心裡有點想辯駁自己並非如此無所事事，只是擱淺的等待。但人轉身離去，無法訴說。

阿滿沒料到事情會演變成這樣，她沒有特別高興，也沒有特別傷感。暗示自己是自己的品味太好了，朱湘織學藝術識貨，一定是因為這樣他才看上眼的，不是因為同情自己，不是因為喜歡自己，她心裡不斷地發出各式各樣的聲音，彷彿這樁買賣充滿了隱喻。

她和朱湘織約了要見面拿錢的傍晚，刻意地打扮，她愈是打扮愈是不安，她找出久放有些樟腦味的套裝，還為了去樟腦味，向紫陽借來了CD香水，噴灑一番才覺妥當。一路上塞車加上膩香，使她差點昏眩不起。待走到了餐廳，和朱湘織面對面坐定，卻見朱湘織搖著頭盯著她，看似有難隱之言。

阿滿頓時覺得受辱，心想不買就算了，掛通電話要不託詞給紫陽也行，何必要她來了才面對搖頭的難堪。就在想要不要表態時，朱湘織以緩慢卻清晰的口吻說：「妳今天很漂亮，可是不適合妳。」他還說初次見阿滿那天，她的笑容像芭比娃娃，阿滿始知他還是一家玩具代理商的總裁。那日，她不僅拿到比原價多出很多的錢，還決定了朱湘織給她從未有過的優渥日子，這日子一直維持到去年的十月。正好是帶水的玫瑰花要徹底萎縮成乾燥花所需的時間。她注定無法守候太美麗的東西，她的擔心害怕不安像蛀蟲，時間一久就把感情所需的穩定柱子給啃噬而光，傾倒而空。

當然她又陷入自我指責與自我安慰的舊式情緒模式之中。說時不我予，說環境不好，說青黃不接正在等待轉業時期等等，這些於她是實情，但她更是一個缺乏克制力的人。論姿色，她當然夠格當情人，可是論性情，她似乎也只能當個情人。情人在年輕的生命泰半不會太長久，表面上年輕的生命說不結婚，實則心裡仍渴切尋找安身成家的對象，或至少不能找個敗家女，這是確定的。

阿滿其實也不是故意揮霍，她知道自己沒有揮霍的本錢，但她卻常常衝動或者不會拒絕。比如她用朱湘織為她申請的附卡買了許多奇怪的東西，現在他對她的好的證據就只剩下牆邊排放成一列的大英百科全書。大英百科全書無法解決她的問題，而她其實也僅僅瞧過A和B兩本中的幾章罷了。買下這套精裝昂貴的大英百科全書時，她正一個人坐在速食店等朱湘織下班接她一同去看電影，一個女孩子近身問說可以坐她對面嗎？她想都沒想就點頭說好啊。這一聲好啊，就花了朱湘織近四萬元。

去看電影的路上，她向朱湘織說她剛剛買了一套精裝十二大冊的大英百科全書，朱湘織也不問花多少錢，只淡淡地問她：「妳真的需要嗎？」

阿滿卻回答：「那個女孩一整天都沒做到業績耶！」

朱湘織一直到電影放映結束前都不再發一語。

散場，朱湘織頭一回帶她吃路邊攤，前所未有地帶她去吃蚵仔麵線和天婦羅。送她回家後，他不再給阿滿電話，阿滿以為他忙。過一段時日後，還是紫陽忍不住她的相思之苦，對阿滿說了真話，朱湘織自動請調回香港了。和朱湘織交往的整個過程讓阿滿像魂遊太虛地感到不真實，可是滿屋的東西卻又氣味昭昭。她才知道自己的表面慈悲其實是一種任性，這傷了朱湘織，再有錢的人也無法接受阿滿這樣的白目消費，她自責自己毫無察覺他的感受，他不在乎花錢，但要花得有理。

也許她隱隱感知自己和朱湘織是不會長久的，她一向捧著幸福走向不幸，不認為自己配得這樣的安穩人生，可她也沒想到會這麼快就結束。這樣說走就走的感情，讓她感覺像是橫生被截了肢，傷口的痛竟是遠不及感覺肢體不在的空蕩怖楚。

朋友們競笑她沒有富貴命，「夾到手裡的肉都還會掉下來。」

她知道是自己摧毀這段感情的，也許她是故意的也說不定，故意買一套大英百科全書讓朱湘織看到她個性不受拘束的底層，間接表明自己不可能過柴米油鹽的生活。提早切斷朱湘織的幻想，她這樣分析時，聽得在旁的紫陽連忙點頭認同說：「我本來就覺得你們不太適合，雖然彼此很有吸引力，但過後就會陷入水深火熱的差異中，妳只是使出一招連妳自己都沒有察覺的殺手鐧。不傷和氣的分手方式，真有妳的。」阿滿聽了搖頭笑說，當時沉浸被疼愛的幸福怎麼可能會有分手的想法？

妳的深層潛意識化身在妳的行動，只是妳不知道而已，紫陽又說。她沒有問紫陽關於朱湘織回香港後過得好不好，怕聽到對方又有女朋友的消息。哪裡知道沒有察覺她難過的紫陽直接又朝她的心砍了一刀地說：「湘織回港後就交了一個住香港的上海籍女生，妳這種土台妹哪裡拚得過上海女生，湘織把對妳的感性埋進心裡，迎接他的現實人生了。聽說他們快要結婚了。」

阿滿躺在客廳懶骨頭的身體聽了紫陽的話後突然坐正，又開始咬起指頭，她不安時會有的舉動。「妳會去參加婚禮嗎？」她一副漠不關己地問著紫陽。紫陽抬頭看到她的眼眶流動著水光，再說下去這女生可能要飆淚了。因而紫陽說會去，但放心我不會把實情轉播給妳聽的，不過反正妳又不想結婚。

為什麼大家都說我不想結婚？阿滿想。我從來沒說過不想結婚啊，她說。

妳看起來就像不結婚的人，每個人靠近妳都會莫名地感受到妳想要孤獨的這種感覺，紫陽說。

阿滿帶著紫陽說的孤獨特質回到房間後，躺在床上突然懷念朱湘織的身體，她不愛孤獨啊，她只是無法一直身邊有個人，不要一直在旁邊就可以，她只是偶爾需要孤獨，但不要永遠孤獨的啊。

阿滿不禁懷念起朱湘織帥氣的臉龐，少見的大方個性，還有獨特可愛的廣東腔調。「妳幾歲？」被她聽成「洗澡水？」，他們不熟前常有的誤謬對話。

朱湘織乍然丟下她一個人之後，她有段時間耽溺在午夜無法控制地頓醒狀態，她望著天花板，手伸進衣服裡，輕搔著背痕。那個午夜時間是朱湘織應酬完依例會來探望她的時間，背痕是他們第一次做愛時，朱織把阿滿壓在他的大廈新地毯上用力來回摩搓給擦傷的痕跡，傷痕無法轉成榮耀，只剩下騷癢難耐的感覺。而那一次朱湘織的膝蓋也被新地毯的紋路磨破了皮。

這時，阿滿很安慰彼此都留了一些跟著生命走的東西，傷痕容易讓人記住。

當想到這一點時，阿滿突然起身，她打開皮夾。抽出其中一張卡，把失去主人信用的無用附卡，放在口袋裡。下樓走到對面荒疏的小公園，她在樹下挖土，將信用卡掩埋進土裡時，還引起了幾個流浪的老漢無神地注目著。接著她開始夜晚走到鄰近的便利商店翻看架上報紙的分類小欄，她仍習慣看報紙，像個老年輕人。

她期盼有一種在她內心還帶傷的情況下可以免用腦的工作。

就這樣一家她從字眼判斷是非用腦的侍者工作，且名稱還不俗的店家，終於讓她離開租窩的幾里之外打工。她穿過假山隱在綠燈管的前庭，到了置放皮沙發的大廳，面試的男子示意她坐下，要她填表格。男子看她寫的表格年齡，然後抬頭又看看她，眉頭發想地皺在一起。阿滿瞟了他一眼，卻見男子正用專注的表情也在打量自己。表情不知是她看起來太老或太小？他開始說著這份工作是採分班制，底薪三萬五。三萬五，真好，她想可是要負責什麼呢？阿滿才在想時，就見到那男子打了一記手響，一道門開，一位穿著緊身衣服的曼妙女子面無表情地帶著阿滿走進大廳外的其他空間。

黑暗中有霓虹燈管閃爍，阿滿第一次有置身賭城的感覺，每一個賭檯都有一名小姐倚著賭客，沒有人抬頭看進來者何人，好像司空見慣似的。阿滿隱約聽到有一個男客向檯上的女子說躺著比較好賺時，她聽了轉身想要走，但卻找不到門，昏黝裡只聽見背後傳來清晰的凌笑，阿滿覺得那些笑聲全是衝向她來的。

曼妙緊衣女子嘲笑阿滿手足無措的戲謔感滿足之後，才按了手裡的遙控器，芝麻開門，門開，門外射來一道光。阿滿疾步往門外的光走，她忘了走出來前自己是怎麼說話的，她當下只想著自己說要不用大腦的工作，可沒說要用身體的工作啊。

後來她在經過那條路時，那家奇怪神祕的夜店突然不見了，像是煙雲四合之後一切都消失了。她的這種夢幻感又讓自己不禁想念起朱湘織。她不知道那個面試的男子早已在邊吃牢飯時邊臭幹著她，夜店懷疑是她去告密的呢。

年關近了，缺工、換工的人少。於是阿滿習性又起，每天像幽魂地醒來，趿著大腳拖鞋，在不下雨的日子，近午時分晃到市場。

阿滿是直到有次去買了個浴室用的掛籃，釘子抓在手裡向老闆說她不會釘時，老闆說：「叫恁尪幫忙釘啊。」尪，尪在哪裡？有臨時的嗎？我看起來像個結婚的婦人嗎？阿滿在磁磚壁敲彎了四根鐵釘時想。

這個刺激，使她愈發覺得沒了工作不僅喪失社會連繫，也使她丟掉自己的尊嚴。她很像小時候從兩層樓高的一種叫巴幾露的麵包樹上跌落，雖然無恙，但卻意外讓她發現人的一生其實可以很有彈性。於是，她終於答應紫陽朋友的引介，去為一家配音公司人手不足時兼差配音，她的嗓音很適合配神祕又富激情的情調聲音。配的音常常是A片女配角之流，說的台詞不外是好舒服，奇摩子耶之類的簡單低沉的呻吟呢喃。起初阿滿很難去複製那種哼唉的奶油酥聲。正巧那時室友蘇芳決定在她的人生裡打一個死結，搬離女子公寓，結婚去。

蘇芳於是把她的寵物白貓咪咪轉贈給群體室友作為同居紀念物。

那咪咪很怪，不按時節地發出叫春聲，加上入夜後隔壁看情色影片的聲音清晰可聞，這使得阿滿偶興大發地和室友們攀在牆沿外，大氣不哼地一同覷著隔鄰窗內播映的情色影片，她們激勵阿滿要認真學習觀摩。這般加以努力模仿學習著，使得阿滿得以符合聲音高難度的要求，猶如聲妓，阿滿第一次有被生活所迫的下海之感，以其聲音下海，這讓她覺得生命的起伏也太劇烈了。

她忽然想起南方的母親。在粗粒子、五百多條的光譜與各式伸縮進出的男女性愛招數中，阿滿看得逐漸無感。她只慶幸這男聲女音是單軌分別收錄的，收音的人也常常在午夜睡著。於是她只需口對著長條似陽具的麥克風，在圓弧燈泡下，盯著螢幕，發出哼哼唉唉之後，有五百西西的黃濃茶水解燥渴，還有微薄鈔票可以取得應付生活的通行證。

然配音賺的錢只能繳房租和付交通費，她在台北迎向富貴列車年代竟成了不上車的新人類，那時候他們被叫做新人類，而她自己卻覺得是老得不得了的人，一身的不合時宜，有如伍迪艾倫的開羅紫玫瑰，走進幻想，但她這朵台北紫玫瑰，卻無法走進影像，因為現實逼迫得比她的想像還要快速。現實就是現實，失去感情猶如失去魂魄，她沒有按朱湘織勉勵她的要去找一份正職工作，反而將生活東拼西補地在配音之餘，找到鄰近租處的一家連鎖餐廳的打工機會，連鎖餐廳正好當街掛出徵人紅布條，布條上印著：徵募新新人類。新人類吊尾巴的阿滿，先去充當客人，用餐時問著餐廳說請問：「不是新新人類可以嗎？」當店長和氣地笑說這只不過是吸引人的廣告標語時，阿滿立即向店長要了張履歷表當刻填妥。於是在店長希望她能立即見習時，她頓從優雅的客人變成出賣勞力的人。那天她被交付的工作就是不斷地拿著咖啡壺轉著桌檯，到處問客人：要不要續杯。

往後，一個小時不到百元且還要穿著制服吊帶裙的她瞬間成了打工妹，店長常在後面提醒她：「吊裙別穿反了，圓盤要單手拿，叉子要放在餐巾紙寫S的下面，A餐B餐C餐別搞混了，要麵包的別送成要飯的，點香菇粥的要記得遞上白瓷大湯匙，蔬菜麵、義大利麵別混淆老送錯，要仔細看一個是綠色，一個是黃色。」很多的要與不要，像播放器地啪啪響在她的耳後。

剛去時阿滿處在一堆在校生打工的地方很不自在，每天沉默著，唯一說的話是靦腆的細聲語調：歡迎光臨，謝謝光臨。男廚師看這女生來去匆匆，還問她是不是要趕去補習，重考大學。阿滿只是笑，心想自己都畢業兩年多了。直到未久，來了一個準備離婚的少婦，說是要先練習膽量和自力更生，「離婚前的職業訓練。」阿滿才有了說話的對象，有時還幫少婦代班、打掃廁所。

早晨時，她見到矢口否認婚外情的知名導演，戴著墨鏡攜著女伴來吃A餐。如果阿滿回到大學時光，她想也許她會情不自禁地丟下圓盤上前向導演說用我吧，只要能拍電影，任何打雜的工作我都願意。可是她感覺人老了，臉皮卻沒隨歲月增厚。當她把這個想法告訴其中一名圓胖削短髮的大學女生時，她看到的是一股同情，「妳鐵定比我老，不是新新人類。妳是巨蟹座的吧。」這大學生下了結論後就不再理她，旁若無人地繼續用高八度的丹田力向自動門開的方向吐出歡迎光臨，阿滿見到年歲也比她小一點的店長在旁邊露出十分稱許的笑靨。

而每天近午，不論陰晴則會出現一個靠退休金度日的胖老嫗光臨，老婦固定吃B餐。有一回紅條紋的吸管沒了，只剩藍紋的，老嫗卻堅持要紅吸管，不然不喝飲料。於是阿滿奉店長之命當跑腿，阿滿走了幾條街沒買到紅吸管，折返店裡，果然這老嫗的拗是僅見的，竟不喝了。

三個多月後，阿滿把一個油頭老男人點的高腳杯冰淇淋聖代，端至他面前時，整個聖代杯太高，她沒站穩，於是整個聖代杯跌落倒插在男人的褲襠裡。店長見狀差點沒暈倒，忙要杵在一旁驚呆的她幫忙把男人的褲子弄乾淨，阿滿卻不肯，說是被男人的腿伸出才絆倒的。日本式訓練的餐飲文化風格走的是客人至上。於是在紫陽那群室友們還沒有來得及到店裡探望阿滿時，她就被打發走人了，只可惜她再也吃不到餐廳每天要丟棄的美味麵包。纓丹她們聽了都很生氣，合謀也不再去那家店吃飯。「士可殺不可辱。」她們都這麼認為，雖然後來還是常常趁阿滿不在時，去買了麵包吃。而阿滿一點也不在意，她沒有這種心思，何況她還要為生活打仗。

阿滿想朱湘織就像個蜘蛛，丟下她回原地織網了。偶爾看到牆邊用竹籃裝的辛普森家族娃娃玩偶，甜膩在一塊，表情永遠掛著不變質的笑意時，她才會淡淡地想起這個短期遭逢的情人。又或者她走在路上碰到火災時，也會思起他。說也奇怪她和朱湘織好幾次出門時竟就見到大火忽然在某處延燒出橘紅的火光，「香港很少見到這種乍燃的場面，生死攸關的一刻。」他當時撫摸著她的手時是這樣說的。

3

紫陽在年前被她油漆得很像鄉公所的墨綠色大門上貼了張千元鈔，旁邊貼著一張紙，紙上囑託阿滿代購兩個盆景裝飾。紫陽不忘美言阿滿幾句，說是阿滿有審美眼光，事關幸福，記得挑選的植物得帶吉祥瑞氣。

阿滿瞅著門上紫陽笑得只露出四顆牙的噴霧寫真美麗照片，她笑這個女人想嫁人可想瘋了，只要和嫁人有關的什麼吉祥風水她都要沾上邊。「懶人一個，還要我幫妳挑。」她啐口道，心中湧現的卻是相惜之情。

安靜中，陽台外突然傳來不耐煩的喇叭聲到處肆放狂鳴，阿滿跑去陽台看，她發現路口不知何因癱瘓成八爪章魚般。待她下樓才發現有個女生穿得很漂亮地躺在路口上，看不見女生的長相，50 C.C. 的小綿羊則還在轉動著輪胎。周圍觀看的人和地上的人一樣紋風不動，她忽然被一個卡車司機在耳邊大喊一聲：「人還沒死啦，驚啥！」給駭醒。接著她聽見刺耳鳴響的救護車聲在身後了，逐漸收復了順暢的路況。阿滿見了被抬走的女生，心裡替她也感到疼痛，她失魂地走到隔了兩條街的花店。一路上，腦子裡胡思亂想地轉著畫面，心想車禍女生的家人一定難過這個新年了，她知道這是她個性濫情的一部分，偏巧她天生對影像殘留的記憶又特別強。

去花店前，她先拐去路上的一家舶來品店，她看擺放櫥窗內的ＬＶ皮包是否賣掉了。結果皮包仍在，她好失望，那皮包是她寄賣在這家精品店的少數奢侈品，朱湘織送的幾件有價值可轉賣的奢侈物。曾因買過幾次衣服而認識的店主原先不肯讓阿滿寄賣。「是真貨啊，為什麼不賣呢？我會給妳抽成的。」阿滿不解地說。「就是真的才不賣嘛，小滿妳想想，真正ＬＶ的東西有多貴啊，我們這個地帶有幾個人戴得起，假的揹揹就不錯啦。」阿滿才知道朱湘織送的皮包真的價值不菲，寄賣前她先是撫摸著才揹兩次的皮質，十分感傷似地觸摸著，但末了還是把頭一揚，心一横，她央著店主盡量賣吧，四六分帳。這四六一出，店主方首肯，滿臉笑阿滿傻。

沒賣掉就還沒現金可收，她沉沉轉身。想真貨掛在一堆贗品中，孤傲又孤單啊。

踱步到花店，她眼見紛紅駭綠的色彩，心情才稍為平靜。店裡沒什麼客人，不過她還是等了好一會兒，因為店裡一直有電話進來。

老闆娘剪著齊耳直髮的學生頭，穿著大紅棉襖，隔著玻璃遠看，渾身散著男人的大派氣息。這花店賣的花跟主人很像，也跟著柔中帶剛，毫不遮掩地感染著人。

有些路人看看花就走了。阿滿倒也不催老闆娘，她賞著花，邊仔細為紫陽的喜氣盆景挑選著，有一盆放的位置是平視的角度，開的花很是從心所欲的極盡揮灑的氣勢；有一盆則吊在鐵架上，阿滿仰觀覺得富貴逼人。當下她就為紫陽相中了。接著又挑了兩把臘梅和銀杏，她打算插在自己的陶甕裡。

一時，花色都跟著失真，這老闆娘的大紅棉襖已走近她的身邊，阿滿聞到老闆娘身上有股熟悉的薄荷淡菸味，抽菸的女人，但這味道卻是朱湘織身上常有的。

老闆娘在包紮花盆的時候，來了一個約莫六旬的老婦。老婦手眼明快地從水缸挑起幾朵大紅色花。阿滿知曉上年紀的人視力較差，盡喜大色之顏，她也跟著開心地賞花，並示意老闆娘可以先替老媼包花，自己不急。老媼不斷叮嚀老闆娘要包紅一點，老婦說：「我厝樓下死了人，也沒來貼紅紙。」

「無要緊啦，死活只差一個沒喘氣，一個在喘氣，免驚啦！」老闆娘說，老婦聽了這話才閉嘴，深怕被看穿心思，心想自己這麼老了還怕死，臉上突然略顯羞意。

阿滿目送這老婦一身的大喜紅花和遲暮耆顏離去。

老闆娘轉頭盯著阿滿看，忽然說：「妳大概還沒結婚吧。」阿滿笑著搖頭，她彎著身，低頭聞著百合的清香，她那懸在頸項的雙魚綠玉墜子，像鐘擺似地在胸前盪呀盪的。

「我給你介紹男朋友，好否？我朋友的後生囝，三、四十歲左右，有三棟樓啊厝，伊講嘸免娶媠某。」旋即意會到什麼似的，轉口說：「不過，個性好又媠的最好，妳真媠喔。」

阿滿聽著心裡倒有些趣味感了，心想三十和四十可是差很多呢。這陣子她老遇到要幫她說媒的人，連在地攤買個成衣，跑單幫的小女生都要把她的哥哥抬出來攪和一下，好像每個人都想替她的未來配對。

「無知妳叫啥名？」

「吳春滿。」她說。

阿滿見老滿娘隨意在桃紅色的訂貨單上寫了「吳　ㄘㄨㄣ　ㄈㄢˋ」音注錯了。她見了遙想起第一次認識自己的名字是在米缸和土塊厝的竹門上，母親過年貼的「滿」字和「春」字。

剛進小學時，她見到自己的名字被貼在赭紅色的泥缸上，看春字時頭得要倒掛著，因為倒貼為春到。她感到有些茫然的好玩，覺得倒過來的字很有意思。等到她稍微大了些，她不僅認識了字的字意，也不知帶著它上陣考試過幾回了。母親反而老花眼日深地常把春聯貼錯，有一回母親還把「滿」字貼到她哥哥的房間，又有一回則貼到茅廁。

其實阿滿一直懷疑，母親又不認識字，小時候看母親卻是門前門後，裡裡外外地挪著板凳上下地忙，母親貼好春聯還會雙手合十地佇立幾秒，虔誠的凝聚感簡直無法和母親見到阿滿父親時的張牙舞爪相提並論。

阿滿猜想母親可能是記文字的筆畫有多少吧。母親非常在意這種乍看是瑣事，卻又關乎來年運勢與風水、豐年的大事。一度她母親還想替她改名，母親的論調是吳這個諧音是無，不該接正面意思的名字，否則就是有也變成無了。她母親怪丈夫姓吳諧音很不好，這諧音一直讓女兒沒賺到什麼錢不打緊，眼看二十好幾了，竟連個感情寄託都「無」。

印象裡，只有一回，母親滿意過這個姓氏。那是有一回在公祠旁的大榕樹下，母親聽到賣藝團來樹下說唱，說的是吳三桂的故事，母親也沒聽完結局就自己聯想丈夫的吳姓大概和吳三桂有血統關係，她想反正是大人物，應無命壞的道理，至少是歷史留名的人物。豈料後來母親看歌仔戲，又不分真假，知道吳三桂竟是壞人的想法又改變了她的心。母親找來當警察的堂叔，要他調查是否有同名且在同縣市的人，以利改名之由。阿滿雖不喜自己的名字，但改名也是不願，因為改了名字就等於改了過去，雖然她的過去也是黯淡無光，但習慣被叫阿滿小滿，叫了二十多年也都有感情了。於是換她私下偷偷遊說了堂叔，這堂叔以省事為樂，就跟她的母親謊稱這吳春滿可是獨一無二的，無法改名。

花店老闆娘終於把阿滿堅持要包紮的美麗樣式給完成了，兩個盆景頓時就像擺在喜慶的花樹，金裝紅豔地氣勢凌人。阿滿想這可是老闆娘的一番好意，雖然有點過度包裝了。這老闆娘竟熱心地要幫她送到家，自行扯起嗓子呼喚在隔壁打電動的兒子幫忙看顧店。

盆景安置好在機車前座後，阿滿就塞進老闆娘肥胖身軀的後座。一路上，紅衣噗噗地穿過巷子，然後老闆娘也沒問她是否時間允許地就在一處賣春聯的攤子逕行停下。「富米！生利好否？」老闆娘大剌剌地挑著春聯。

「普通啦，差不多要收了，該買的人都買好了。這年頭，少年夫妻無中意貼春聯這項了。」

「妳這個囝仔，以後一定愛寫字跟讀冊。」老闆娘逗弄著富米的孫子。嬰孩還在襁褓，婦人已在定論未來。

阿滿也跟著在飛揚紅紙的攤位裡流覽著書法筆意。傳統陳年味兒雖然少了，但過年還是很重要的事，她賞著望著字，心思也像宣紙般地筆墨逐漸被往事暈開。她看著春聯，心想這紅是何等熟悉，就像在骨肉裡流出的血色，眨眼的疼痛。

某年寒假，菜價低到血本無歸，田事又如牛馬生活般的苦，阿滿母親罵了幾次飯桶政府、垃圾丈夫、不中用的夭壽短命的厲言咒聲後，在東北風烈烈狂吹的午後，她自行走了好長一段路，她拐進鎮上一家賣傳統糖果兼賣年貨的店裡批了好些春聯，一回家就跟埋首在小說堆裡的女兒說：「冊本無黃金，邁擱讀冊。」阿滿從文字裡抬頭看著被夕陽照著臉龐的母親，阿滿看見母親竟滿臉滄桑，彷彿冬季的寒風如刀地割傷她的臉，瞬間她對母親的厲聲厲言竟感到前所未有的同情，因此她點頭，願意跟母親去市場叫賣，從書堆走入人群，對阿滿是極為艱難的，但母親那張臉，瞬間讓她的心柔軟，放下讀書人的顏面。

更難的是她的心，那是難熬的日子，寒風更催迫了苦味，每一天都因不確定感而帶來一種如霧的迷惘，擺盪的難受吞噬著她的心，她的心彷彿是失去經線儀的船，難以定位。那是她和林蟬感情破裂的第一回合，當下只覺寒假日日甚是難挨了。母親卻生龍活虎地打點著，沒有看見愁容滿面的女兒，只是一逕地傳授女兒關於作生意的竅門。「妳擺好勢，一定要大聲喊。記得喊最便宜的，給走過的人聽到心動了，無走了，停下來看，旁邊的人看見有人看也就會跟著一起鬥鬧熱，人氣旺自然生利就好，人心同款，生利滾動，財源就來。」母親不斷叮嚀，忘了女兒從小曾經跟她跑市場，跟著收錢數錢呢。

阿滿感覺自己是被迫杵在雜沓的市場，且還得開口說著：「紅包袋十個五元，紅包袋十個五元……」她哪像是用喊的，像是說給自己聽似的聲音細小。不過多少還是有人停下來觀望，問著一幅幅春聯的價格，她常禁不起那些持家俐落的婦人眉毛一揚地說：「太貴了啊，太貴了……」嘴盡嫌著，手可也不曾停下地四處撥弄。好端端夾在細繩上的春聯，扯了全沒了喜氣。

也有老莊稼漢尋開心說：「小——姐，賣多少？」黑漬的牙齒、風霜的溝紋，她並不鄙視，只是想「年」趕緊給過去了吧。

結果擺在市場前頭、好地段的阿滿，卻遠遠輸給了擺在尾端冷僻角落的母親。母親於是又打發她爸爸來幫她壯聲勢。母親前腳剛抽走，她爸爸就說：「妳先顧好勢，爸爸來去呷早頓。」一吃吃一天，也沒再出現。賣最好的一天，還是托小學同學來紅的福。國中就發育得像個小大人，一畢業便嫁了大戶人家的憨囝子，丈夫笨，但吃穿不愁，來紅算是自在的。來紅拖了大宅院裡外的親戚們一起來買，阿滿謝了又謝，來紅則是不斷向著她那些親戚們反覆地說：「伊是我小學的模範生喔，每次嘛考滿分，我不時講著『阿滿阿滿考滿分』。」

那一年，阿滿和她爸爸賣剩的春聯，足足讓他們家可以再貼了好些年，年年詞同，只紅紙褪了色，換張新的罷了。

阿滿在路邊攤突然想起爸爸，阿滿忽忽眼眶噙淚，爸爸沒有等到隔年的春聯，母親後來把春聯都收了起來。這時花店老闆娘不意間回了頭，看阿滿流淚心裡納悶了一下，但也沒往下續想，畢竟才初識。老闆娘趕緊挑好春聯，算帳時為了富米不收零頭，又推謝了一陣，末了，擰了小嬰囝仔一把，得意地看見小嬰囝仔哭嚎才罷手。再度發動摩托車，繞過兩條街，阿滿指了前方路口的老樓房。老闆娘抬頭望了她的頂樓加蓋住處，那映著天光的目色看似有雲彩挪過，老闆娘忽悠悠對她說：「查某囝仔啊，找個人嫁了，比較妥當，人才會安定，到頭來妳會發現安定很重要。」阿滿聽了頗為動容，自己的媽媽都沒對她這樣耐性說話呢。她對老闆娘謝了又謝，心想素昧平生怎好勞煩如此關懷。

老闆娘笑得赫赫朗朗，像是老朋友似地又祝福著阿滿一番，說以後買花記得來找我，接著才跨上車，啟動車子後，又轉身急切地拋話過來。這回說話帶著台灣國語：「妳還沒有男盆友吧——」正要開啟一樓大門的阿滿搖頭笑著。老闆娘看了瞬間像是放了心似的，一副她紅娘做定的表情，拍著胸脯說：「我一定會跟妳聯絡……，對啦，人人叫我高太太，啊妳的電話是幾番？」問清楚後她仔細地記下，離去前又說了句：「祝妳明年找到好尫，新年快樂。」

「這樣認真的人實在不多了。」阿滿望著那漸離漸遠的煙塵和身上的一抹紅。

盛開且容易照顧的盆景，阿滿按照紫陽的指示，放在紫陽房間的向陽窗台前。聽紫陽說這是算命仙教的招桃花術，必須在新年前，有花景襯托，新年一到即氣勢如虹。紫陽年底老是對一幫女孩們說，我來年一定將自己嫁掉。紫陽的房門貼著一幅雙雞情意對望的年畫，可惜的是紫陽沒有注意到，或根本不了解，這個年畫的雙雞，竟都是公的。看來阿滿得一直保密，否則紫陽會抓狂。

去年紫陽才自美返國，說是看破美國生活的無望，更重要的是看破在狹小中國圈裡，無對象可覓，或者曾經覓著了，卻是場苦果。會住到這棟老樓房，紫陽說是要給自己的慾望鎖緊，不要亂消費，且來看房子時被一屋的女性情誼給吸引住。當紫陽想把自己嫁掉時，阿滿她們都能意會，紫陽是她們裡面年紀稍大的，快到三十關卡，嚮警報前總是緊張，深怕被愛情市場退貨。

自美返國後，紫陽就很開明地參加各種名目的公、私未婚聯誼鵲橋會、小倆口、圓滿意等，但卻皆無所獲。上網交友或者筆友，紫陽嫌太慢。朋友邀她去參加各種聚會，她卻討厭社會上看人的勢利眼，雖然她是高學歷，但卻受不了大夥兒帶著頭銜學歷的階級氣氛，搞得聯誼像是一場文考才女或是身家調查似地咄咄逼人。

沒有什麼頭銜又常四處打工的阿滿看起來傻氣，最得紫陽入了心，兩人很快就成了可以託付事情的好友。

紫陽是那種連相親，都會出意外的人。

有次她去相親，卻因雙方媒人偏巧都沒空，於是仔細交代雙方會穿的衣服樣式，就要紫陽和對方在金華國中旁的咖啡廳自行碰頭聊聊。那天週末，紫陽下班先去了對面不遠處的連鎖乾洗店拿衣服。不一會兒卻見她氣呼呼地空手回來。直嚷著完了，衣服還沒洗好，說好我要穿那件衣服的。

「怎麼會呢？上個禮拜妳不就拿去洗了嗎？」

「對呀！剛剛那個人就被我兇了一頓，我說我的終身幸福都被他耽誤了。」

「其實這樣也不壞呀，等於妳是處在暗處，而他在明處。故意不穿衣服密碼前去赴約，當作路人甲。」阿滿安慰她。

「算了吧，搞不好他也是個不按牌理出牌的人，結果約會成了兩個陌生人，兩輛不交會的列車。我在意主要是因為那套衣服一直都是我的幸運服。」阿滿看紫陽認真的神情不禁噗嗤一笑。

「我講真的嘛！我口試論文的時候就是穿那套衣服。我這種不怎麼樣的英文都能High Pass，這不是幸運不然是什麼？」

結果在六點鐘左右，紫陽終於選好衣服。她穿上像英國宮廷的繁複蕾絲邊綴著花點的長洋裝，足蹬細高跟鞋，使她整個人有如踩高蹺。然後她手挽著只有雙掌大的仿珍珠皮包，走到阿滿門前，抿著鮮紅的嘴喜滋滋地說：「不成功，便成仁，妳這菩薩可否唸點經求神保佑我。」

結果在阿滿經文都還沒個譜，空氣還飄散著紫陽那過濃的毒藥香水時，電話就來了，說這裡是不是有住著一個叫石紫陽的人，阿滿以為是相親的男人，心想這人可真猴急呀，忙道紫陽就快到了。電話那頭的人卻說石紫陽早到了，已經在醫院裡啦，妳們可以有人來看望她嗎？

等到阿滿找了纓丹一起趕到醫院，尋到紫陽的病房時，她整個人已經包紮好了，但臉卻鐵青著。「都是他啦……」一時不知如何解說箇中因由，只是不斷地糊吐著一句：「他是計程車司機。」紫陽指著病房一角，臉上寫滿歉意的男人。都是他害的，她們都相信應該是，但說那個人是開計程車的，她們幾個卻想這紫陽是不是頭殼撞短路，這男人斯文如書生，怎麼看都不像嘛！

還是男人拘謹地說他才第一天開車賺錢，人還沒載到，卻先傷到人。

「沒關係啦！大家有緣囉。」纓丹本能地說這句話，被紫陽狠狠瞪了一眼。她很了解自己所要的型，絕對不會是這個計程車司機。

這段因緣沒成全紫陽，卻替纓丹開了另一扇窗。

纓丹剛剛結束三明治似的三角慘澹戀曲，旋即卻投入這一波想都沒想過的情關。紫陽的傷幫纓丹和計程車司機牽起紅線，阿滿給司機取了豺可夫司機外號。

如果豺可夫的荷包還算充裕，纓丹就會做個隨車服務員，她這個車掌像個小女人，只管麵包和娛樂。據說那陣子，豺可夫司機曾抱怨車油吃得太兇。「纓丹該減肥啦！」她們笑說。當然更多是擔心這女人可別又因為貪吃而失去愛人，要不她們想纓丹也該為自己的身材方便進出車門著想啊。

阿滿很難忘記不久前的耶誕節，紫陽的模樣，那時她傷勢才剛剛痊癒，紫陽卻硬拉著阿滿同去參加一個未婚聯誼舞會。

全會場只有紫陽很當一回事地盛裝著小禮服，但未料卻著實地坐了整晚的冷板凳。紫陽真的從一進會場就黏在位子上，一直至散場。紫陽沒有想到現場盡是在玩什麼遊戲，等到燈光轉暗，傳來的輕快音樂價響，別人看她一身華服也不敢邀她跳快舞。

回家路上，寒風游移在紫陽肩上露出的一片雪白，她漲紅著臉直叨說著：「在國外這種場面都是穿得非常正式的，哪有隨便穿的，真的文化大不同。」

阿滿不知道國外是怎麼回事，不過她很能體會整個會場的尷尬。女生多過男生很多，更糟的是上了年紀的男女，被迫在遊戲的擺佈中，淺薄的遊戲難以看到人的本質，外表成了最快下決定的選項。

一個短暫的晚會，時間只夠看表象，而這一點紫陽是沾不到好處的。紫陽是慢熱的文青氣質女生，很難快速被嗅到內底。紫陽在生氣的漲紅熱潮稍微退去後，她開始平撫了心情，朝阿滿露出一個無奈的微笑，一路上兩個女生吹著風賞著月色，安靜無語。倒是耳邊不時地傳入騎機車夜遊的隊伍呼嘯聲往來，或是剛散場在殷殷話別的餐廳騎樓的人群；也有互相擁抱的情侶們，在她們周邊形成高高低低的溫度，或遠或近地散放著。夜行者不少，但都沒有像紫陽和阿滿這般的安靜奇異氛圍。

紫陽在高跟鞋敲地的單音裡，終於吐了一口白氣，她握著阿滿冷冰冰的手，一臉堆著歉笑。

阿滿意會紫陽已經接受這社會本質擇偶很勢利的一面，且阿滿深知土象星座的紫陽，不會輕易妥協，紫陽很像樹根著地，盤牢既有的相信價值，牢牢守著她要走的人生，對於人生排序，她會貫徹執行，不用替她擔心。

果不出阿滿所料，紫陽是向陽的植物。

紫陽在冬天來臨前去批了流年。才知道自己今年根本是瞎忙一場，來年才是紅鸞星動的一年。因此紫陽開始靜靜期待新的一年來到。爾後，那些新舊交替的時日裡，紫陽跟著阿滿進入了冬眠期，少有應酬。夜晚，常見她們倆披著外套，危顫顫地在陰幽窄小的廚房弄點湯湯水水。吃過的碗通常是擱到明日的下一餐。浮在水面上凝結的白油，一如這房子主人的生活，毫無屏障，使不上力。

假日的下午，如果天氣不冷，她們倆會抱著貓仔咪咪坐在藤椅，拉開藍絲色的簾子，像安養院的老人似地坐著、搖著，斜陽柔光映在尚是青春的臉龐，一種矛盾又融和的奇特氣味散著四周。她們輕加熱茶在小圓桌上的白瓷杯，各自懷抱對人生的愛情想像。阿滿假想仍和朱湘織幽會，在酒店看海霧看船浪。啜飲她每一次真心以對又糊塗不已的戀情。

她和朱湘織在一起，也不知是緊張還是餐廳食物使然，她常吃一半忽然很破壞情調地想拉肚子，忍不住地額前冒汗，只好靦腆地對朱湘織說，要去廁所一下。朱湘織盯眼看著她，搖頭笑著說：「趕快去啊，可憐的芭比。」

有天阿滿發覺朱湘織竟剪了個前額有瀏海的妹妹頭，她開懷大笑，心想帥哥變豬哥亮了。朱湘織看她天真的笑容一時覺得彷彿南國的暖風撲面，好不溫煦。

和朱湘織的那段時日，阿滿去遍了台北高級飯店、高級餐廳用餐。只一回坐了火車去了宜蘭，但朱湘織也還是盡在找著精巧旅館與咖啡屋。那回隔日朱湘織要回香港一趟，帶阿滿一同前去，阿滿卻常在旅途每間隔一段時間就提起要幫她母親買萬金油的事，朱湘織聽了總是點頭微笑說：「只買萬金油？妳要什麼我都給妳。」當時他的眼裡盛滿著對她的疼惜。

旅遊結束她的行李多了Polo藍格子皮包和一堆纓丹交代的瓶瓶罐罐，還有一打的虎標萬金油，大瓶小瓶、青白色、金橘色齊全。阿滿給母親時，母親邊叨唸會不會買到假的，邊責伊浪費。「是在地人買的，哪會買到假貨。」阿滿開口辯解，只因不想讓朱湘織蒙冤。「妳幾時識香港仔，我哪不知？」她母親在燈泡下端詳虎身圖案，彷彿驗明正身才撕去黏標處。摳出些抹著頸，喚阿滿幫忙搥打一番。空氣一時散著涼涼薄荷味，使她們母女尋常的生活戰火煙硝退了去。

阿滿看不出朱湘織送的皮包有什麼好看處，有個朋友喜歡她便打折給離手了。朱湘織知道後二話也沒吭，但心裡對阿滿如此輕易輕率地就把他的禮物轉讓感到傷心，傷心的自然不是物質，而是對阿滿感情產生了動搖。既然不惜我贈的物，那麼定然也不惜我對妳的感情，朱湘織這麼地想。阿滿卻太輕忽感情對象的心思而錯過了解釋的機會。若朱湘織開口問她為何轉讓他贈的包，她會怎麼回答？她可能會說你已經在我的心裡了，物質只是一種使用，我沒用它反而浪費，所以想讓給需要的人，但相信我，你買的那一刻，你的一切都已經長在我心的血肉了。阿滿是真的如此想的，但畢竟心難被認證，誰能懂她的心呢，何況她的心善變，有時連她自己也是不清不楚的。

和紫陽的下午茶，阿滿端的白瓷杯也是朱湘織離開後她才添購的。那陣子她突然眷戀起一整套全白的壺和杯盤，好像想要回到生命空白或者最原初的樣子的渴望。但她卻已經無錢可以奢侈了，等到了打折，她借了紫陽的信用卡刷得，再分三次付給紫陽。

附近開挖捷運的工程大燈通亮地照向她們，霧飄來散去的動線清楚可見，這霧像是濃稠到化不開的記憶，阿滿呷了口茶，忽然思念起朱湘織對她的好，雖然那個好常常不是她需要的好，但她這一刻才明白辜負了湘織能表達的就是物質的給予，他想要讓自己過過好生活的一種感情原來是珍貴的，是自己太輕忽感情的各種面向，輕忽在城市討生沒有經濟來源的痛苦，輕忽摧枯拉朽的現實逼迫。她從朱湘織一路延伸想到母親，她瞬間也覺得自己愧對母親，母親的務實是如此真切，是她自己過得虛無，但卻又離不開現實。傍晚很快就來了，晚風初啟，瞬間吹皺了杯中茶水，她喝茶照面，只覺顏面也跟著老。

常常一個人孤獨過日子，但卻又什麼東西都喜歡買成雙成對的她，突然轉頭向也在發怔的紫陽嘆道：「只有人造不出另一個完全的自己來，我們造出來的都只是一種自我的假想。」

某個夜裡，阿滿好端端地躺著，等著懷抱睡神時，她的淚忽忽順著枕頭滾了下來。她感到生命的流逝，被一種虛幻又真實存在的感覺抓住。她憶起大學時期的某日夜裡，林蟬抱著她，做完愛後，他第一次在她面前忽然流下淚來，那時林蟬和她於今躺的姿態幾乎雷同。當時阿滿還甚是不解地想，剛剛不是還邊做愛還邊開玩笑嗎，為了誰要在上方地彼此鬧著玩。阿滿說讓她在上面，這樣可以把林蟬的體力節省起來，「我是百萬富翁，用不完的。」林蟬說著又把她倒翻了過來。在高潮過後，林蟬頹然倒下。

「怎麼了，大富翁遇上通貨膨脹了！」阿滿說。她還以為說完後，林蟬會反撲過來壓她鬧她，轉頭卻見他平靜地望著天花板不語，他緩淌下淚來，末了只沉沉說自己剛剛想到了聖經裡的一句話：「走過死亡的幽谷。」

那夜，林蟬的這句話又和阿滿再次熟悉地相逢。可這回她卻是為了朱湘織流下懺淚。

4

亂忙一番後，阿滿回到房間，開了僅存的電器品，一只小小的電熱風扇，石英管的橘紅頓時啟動了溫暖，如太陽般讓四坪不到的房間開始傳動著一絲溫度。在唯一熱風扇的聲響裡，她想該打點什麼衣物好返鄉過年？她一打開貼壁式的小木板門，衣服突然轟地滾落。阿滿抽了幾件久久才穿一次的紅色系衣服，把黑灰衣服塞回去，緊扣上微凸的木門手把。

許久她不曾在白日裡細看自己。現在她坐在鏡前仔細地勾勒唇形，帶著某種莊嚴儀式感，她一筆一筆地往上加。她的臉是白淨、微油，因而皺紋不易附生。她想起第一次上妝是高中好友華枝幫她畫上的，那是為了高中畢業公演的話劇。本該華枝上場演戲鳳的賣酒女，臨時臉上冒出痘痘，華枝一氣，不僅主戲讓給阿滿演，還把家裡的鏡子全給噴了漆，被華枝老爹氣得還給追打到村外。那次的演出，竟讓阿滿確信自己的前生是上海或者哪個靠海城市的小歌女，現在她也還是如此臆想。

今年尾牙時，她甘冒被人指點朱湘織「已故」女友，還跟著紫陽去參加他們公司辦的「歡唱新春」歌唱擂台大賽，雖說有大半是衝著摸彩去的，但有很大部分是她其實還頗能唱歌。只是到現場她才發現竟是用樂隊伴奏，可不是什麼卡拉ＯＫ，且還得走台步。以歌后歌王在卡拉ＯＫ打響名號的全敗陣下來，嘟囔著根本在台上只聞伴樂卻聽不到自己的聲音，拍子對不上，阿滿可了然這光景。她以略帶一絲顫意的歌聲唱著：「叫著我　叫著我　黃昏的故鄉不時在叫著我　叫著我這個苦命的浪人」她想如果母親也在台下就更好了，她斷然不會像小時候在夜總會上台時出糗而讓母親大大地失望。

想到此，阿滿拉開抽屜，找出一卷當天紫陽幫她錄影的帶子。「算了，家裡又沒錄影機。」她想著，又失望地把卡帶放回抽屜。

將衣物裝進雙肩式布包，她關上房門。接著進入氣喘咻咻的老電梯，下樓。推開生鏽的鐵門信箱，手上沾滿了鐵鏽，心想這棟樓怎麼到處都是老鏽的，但住的卻都是生猛青春人。瞬間信箱紙片嘩啦嘩啦地掉了一地，一張紅色卡片顯得特別耀眼。

一張結婚啟事。

思及紅帖上的大學同學魏蕊曾說過死也不嫁厚唇四眼田雞的話語時，阿滿已經坐在開往東區的公車內。

車內竟只有她一個乘客，車內充斥著潮溼的霉襪味，陳舊得像車內播放的老歌。那歌阿滿識得，光碟封面上飾著花邊，把豐腻霜媚的女人給滾在圓心軸中，那是白光。初識時，阿滿毋寧更像見到她年輕的母親似的，內心有種驚駭。等到聽了歌聲才覺得殊異。很像是兩個雙胞胎被不同的人豢養，以致於有了兩種根深蒂固的口音。

「天荒地寒　世情冷暖　我受不住這寂寞孤單　走遍人間　歷經苦難　要尋訪你做我侶伴」阿滿這段記得嫻熟。末了歌聲被司機關掉，聲音忽忽嘎止，空氣殘留著悽惻的尾音。

不耐煩的司機把車開得像在駕御一匹難馴的馬般，風一路在阿滿耳邊嗚嗚響。風把她的頭髮吹到眼前，她見到不少根不安分的髮絲在覓著岔路。她曾經有一段時間，唯一能專心做的事就是悶著頭剪長髮的分岔，一根一根地挑剪。再抬頭時，彷彿已是百年身，過了難熬的時間。欲念漸漸死去，等待明日復燃。

剪過一根令她起雞皮疙瘩的毛髮，主幹開了另一條支線，支線又岔出小徑，小徑再岔成網狀。一條細絲能承載這麼多裂痕，韌度著實令阿滿不解。

她從脫離高中生活就開始留長髮，而且是大波浪的那種。這根源於九歲那年的夜裡，母親離家悄聲回來，偷偷在她的床旁擺了一個金長髮娃娃。那是她空前絕後的唯一擁有，洋娃娃穿著連身燈心絨的大紅，瀏海下映著一眨一眨的亮眼，翻過背時還會透出哭泣的嬰兒聲，很討小女孩喜歡。某天洋娃娃卻被家裡的大黃狗偷玩給叼走了，小阿滿自此就再也沒有第二個洋娃娃了。而她的母親夜裡悄然歸來的日子也逐漸停擺，回歸正常。

公車車速從快速中突然停下，上來一個男生，男生在前排位置坐下，沒看向她坐的後排。她定眼一瞧，覺得很面熟，緩慢地想著，靈光閃過原來是她在兼差配音時照會過兩三面的人。「是不是很多人也是這般看我，只是我不知道而已。」阿滿想。這個靦腆有很多性幻想的男孩，在他們最後一次為粵語三級片配音空檔，曾和阿滿間歇地聊了點話。配完音，他們從暗中走向亮處，阿滿向蒼白少年說新年快樂。男孩微微牽動著唇，卻很認真地吐出他屏東的家沒有裝電話，接著又自言自語說著他的妹妹不見了，離家出走至今音訊全無。可惜當時阿滿面對他人的內心領域，無從多想。他們倆一路無語地走到路口，等綠燈時，水泥桿上有和男孩同齡的人正在架設第四台的天線，橫跨樓房的黑電線上停著幾隻鳥。阿滿抬頭望，依稀記得當時男孩在旁說著能飛真好。

他去哪裡過年呢？他那空蕩蕩的雙手說明了他不準備回山上的家。阿滿回頭再看時，卻只見到男生下車，她從被噴漆「幹」字的後窗看見隱沒在某棟樓的男孩紅外套的背影，被風灌飽欲飛狀。男孩的身體如稻草人般，單薄地只剩下殼。路旁的椰子樹，新種下的，樹幹被一綑綑的粗稻草裹著，每一棵樹都掛著一個牌子，上面寫有名字、年齡和住的地址。男孩下車，穿過人行道的樹。

「樹比人更被妥善照顧呀。」樹身後，一紅門人家的僕人掃著落葉，隔些路磚的花青藍門，約略無人住了，年關將至，門上貼著紙，但紅色褪盡成了白紙，倒像是在辦喪事。阿滿就著街景，拾回了觀賞的能力，只要心念不絕，她就可以將意識穿梭在任何的想像與記憶裡。

車行至市集附近，街道上有兩個老婦人在朝著公車猛招手，身體幾乎要跑到路中央了，彷彿要以肉身擋車時，司機才險險剎車停住。這時兩個老婦顫顫巍巍地踏上車階，她們各自提著年貨和牽著一個小孫子，其中一個小孩身體還半懸在車外，車竟已在滑動，老婦惶駭地大聲疾呼拍打，司機再度停下。

阿滿見狀心想難怪母親不願意住台北，她說台北容不下年華老去的女人，台北也不善待弱勢的人。

她想如果老婦換成是母親，母親絕對不饒此景落到自身上。

阿滿望著眼前這一幕，遙想起時間如果倒回二十年前，母親也是同樣風貌，只是車子換成長條椅，多了個殺氣騰騰的車掌。母親在她念小學五年級以前，從來不給她買票，屢屢和車掌爭吵。有次車掌罵母親：「臭雞屄！」母親竟抓對方的頭撞車門。某回母親仍然上車後無論車掌怎麼說，她仍硬是不肯再多買張孩童票，「騙猾嘛無是這款，沒三塊豆腐高的囝仔也要買票。」結果車掌趁她們母女下車時，推了走在後頭的阿滿一大下。阿滿沒吭聲，她的母親卻用餘光凌厲察覺到了，此時車門尚未闔上，但車已開走。母親旋即丟下阿滿，死命地以跑百米的速度追到下一站。阿滿定定地緩慢走著，看著身軀微胖的母親，竟以身體速度和灰撲撲的公車龐然大物在競速，然後母親得償所願地在車掌尚未看清乘客時就一躍而上地狠掌摑下，狠摑了車掌的一記臉。母親還因此被拘罰，然這對她母親已不是頭一遭了。「人是呷一口氣，無呷悶虧。」母親說。

有一種關係是這樣的，背對背，永遠給彼此看到的是反面。

阿滿永遠填不滿母親習慣的怨懟，總是看沒有的一面，卻不看她擁有的一面。她曾一度像精衛填海般的努力，一個月好歹總算賺過三萬元，但半諷似的話還是傳來：「妳畢業幾年了？還好意思說。隔壁村的阿梅女兒畢業一年一個月賺四五萬囉。」

她近來總是容易想到母親，每每令她有種風塵碌碌的無明感。而說得確切一點是，當她無法阻止母親進入腦海時，她的神色只有兩種：感傷與嫌惡。林蟬曾數落過她的慈悲，只是一種濫情。

「如果妳不能對妳媽媽和妳自己好一點，那麼妳的慈悲終究是沒有根的。凋零了就不容易再滋生。」阿滿當時是不可能意會的，她只在乎林蟬說這句話是不是代表不愛她了。

就母女關係而言，阿滿的感傷其實和她母親的感傷是相似的，她們總在見到別對母女黏膩時，眼光飄走不視，手卻渴望投降靠岸。至於嫌惡也是一樣的，阿滿不愛母親的大，大嗓門、大脾氣，大口食、甚至大胸脯；而她母親不歡喜阿滿的小，嗓門小、個子小，吃飯像貓食，睡覺只窩曲在小地方，還有小家碧玉的見人不大方。

細觀相似之處竟是她們在十年前雙雙得過香港腳。那也是唯一母親傳給她的頑疾，只因她赤腳穿了母親的鞋子就被感染了，她想如果感情獲得如此容易該多好。那癬的頑固，足足一年才熄滅，稍不察，季節之交也會出沒擾人。「頑」這個字很適合形容自己與母親的字詞，也是那時她開始有的體認。

母親把親情的細線綁在她腳上。

阿滿隨著車速無聊與無奈地亂想著。今早天尚未亮時，電話鈴響，賴床沒去接。鈴聲仍不放過對她的催魂續響。這聲響讓即使窩在夢中想要逃離的她都能曉得是母親打來的，除了母親，沒有人這麼催迫她，除了母親，沒有人這麼執著於她，除了母親，沒有人這麼愛她又兇她。果然她緩慢起身接了電話，傳來的是厲聲厲語，母親劈頭大聲質問著妳還無要轉來厝？

「妳咁是人生的？呀是畜牲生的？過年過節無想返轉，妳是在衝啥？妳太自由，攏爬到頭尾頂澗尿了，真不是查某囝仔啊款！妳無存錢，媽媽已老皮囉，日後無能給妳一仙半角銀，到時陣，妳叫爸爸不應，叫阿母也不應。」母親連畜牲字眼都丟出了，綁在炸彈上的語言瞬間把阿滿炸醒。

阿滿心跳加速了，但眼皮卻仍閉著。她心裡冷笑著想「本來叫爸就不應的，死去的人怎麼回應？」她的母親又叨絮說夢見阿滿渾身髒漬地睡在草薦上，見狀好生氣，要打伊竟只打到空氣，氣到從夢中醒過來。

阿滿這時聽到母親說的這番話突然有點驚醒過來，心想母親竟連在夢中都要打我，真嚇人，夢中都逃不過母親的天羅地網。

末了母親又叨叨地叮囑阿滿一定要睡有腳的床，榻榻米離地太近，會吸到石頭地板的冷空氣，身體不舒服，精神就不清爽，人也會一直沉睡不起。

「妳過日子，陰陽倒反，妳像上夜班賺食小姐，妳知否？」

賺食小姐？阿滿聽了心裡笑，母親也太有想像力了，不知道自己的女兒表面自由任性，但其實膽子小，很多事根本只能逃遁在小說裡幻想，對現實是很無能為力的人。

阿滿半睡半醒地約略不清地又耳聞母親說什麼水啊氣啊的，她的人還是杵在還很想睡覺的昏蒙中，最後她任由電話擱在旁。

睡了一會又醒了過來，卻發現電話好端端地掛在座架上。彷彿作夢的人才是她。

但母親的話語還在耳蝸通道嗡嗡響著，她知道母親確實曾經抵達她的耳朵國境。母親的聲線，化成灰都能辨識。

當時她見著桌旁白紙上還歪歪斜斜地寫著買驅風油，她更確定是夢非夢耶。母親電話最後交代她在台北美妝店買驅風油，說是台北才有正港貨，並提醒她是要買虎標的。母親肖虎，這她可不易忘。倒是自嘲有無驅人油可買，哪天一定買來驅走母親，「彼此是天敵。」她和母親的關係讓她想到就像自己之於林蟬，總有一方覺得是受壓迫者，一方想逃，一方卻總以「愛」之名窮追不捨。一方心痛，一方懺悔。來來回回，疲憊不堪。

她驀地倏然驚想，母親帶給她常有的擔憂魂悚之感，也許也正是林蟬對她的感受。可他終於成功地丟下自己了，「而自己要何時才能掙脫母親的束縛？」

公車婦人的對話聲音漸漸隨風傳到了阿滿耳邊。

「昨晚，隔壁的法事終於辦完了，否則過新年還得沾著穢氣。」

「聽說人死了，天兵會帶領這個亡者來到某個地方，先是去看影帶，那卷帶子會把人的一生從頭到尾播放一次。」

阿滿聽了對話，心覺異樣，心想那麼這生活影帶將如何攝錄關於自己和母親已然年代湮遠的一些往事？也許影帶是無畫面的，只剩聲音來回無休止地在迴盪著。

「拜託！那麼多死人，從頭至尾要播完，那要看到什麼時候？我是聽說根本直接就用燈光一照，照不到光的就直接下地獄。」

忽然其中一位老婦的小孫子不知為何聽到地獄之詞竟哀嚎了起來，老婦忙哄著，雙雙止了話。

用燈光照？阿滿想這真是太有梗的畫面了。像她這種常用電影高倍燈光照射時，心都還是發冷的人，燈光對她恐怕也是視而不見的吧。但燈光對母親卻不同，母親本身就是一個發光體，發光到甚至會灼人的地步。阿滿竟犬儒的希望如果是用燈光照的方式來決定上天堂或下地獄，那麼應該很適合母親的，母親一定是上天堂的人，母親的光燙人。但一個念頭又忽然閃過，不行，那爸爸該怎麼辦？他常年悶沉無光的身心，又該何去何從？

過年前好多喪家在辦法事，趕著過年前送走亡者。年獸很凶，對亡者不吉，對生者也不利。阿滿想起過年前的幾個所謂的好日，窗外常傳來孝女白琴的電子哭聲哀豔淒惻地傳進耳膜，或者敲鑼打鼓的送行隊伍，敲得冬神都熱了起來。

公車行駛經過一處時，阿滿望著窗外覺得眼熟，想起是五月時節陪紫陽去算桃花緣的地方，阿滿記得算命仙說紫陽的桃花枯萎，一棵桃花樹都沒有，說得紫陽緊張萬分，忙問有辦法將桃花林復育嗎？算命仙沒有回答，卻說阿滿桃花林太雜蕪，要修剪。

她從車窗外看去，這算命仙攤子不見了，只留下牆角的香塵燃燒的燻跡。那是算命仙在算命之前會先上香的煙痕，說是在關帝爺面前不打誑語。

算命仙聽紫陽的擔心，立即說只要補運即可，一補運就會把命給補上，鐵定紫陽年底會嫁掉，連對象都還作了一番描述：南部人，個子不太高，眉清目秀，做運輸或貿易工作。結果那個撞了紫陽的司機倒是滿符合這個條件，不過卻是纓丹的桃花緣。

「妳上回生辰八字沒給錯吧。」阿滿覺得奇怪。

「別鬧了，這麼重大的事。」

算命仙在關帝爺前失算，白花了紫陽補運的千元大鈔。之後紫陽又拉著阿滿跑到行天宮地下道，在滿是鐵口神算中的成排攤位裡，她找著了一處窄小，外頭掛著紅幛貼著「準紅」的金字招牌。

她們推開布幔，女算命仙抬頭說還有別的客人，示意她們先坐在一旁等著。她們在旁邊看著身穿紅色毛衣的女客，依算命仙指示在一盅窄口的杯內，用大拇指和第三指抓米粒，結果好些米粒給掉在外頭。

大家見狀忙跟著幫忙彎身撿起，只見阿滿忽然笑出聲來，這笑聲遭了那女客人轉頭瞪了她一眼。這一瞪可沒嚇著阿滿，但那一張臉卻嚇到阿滿了，阿滿沒想到紅衣襯的是臉上的一張風乾橘子皮。

女客問畢桃花問事業，還悄聲低說是做理容業的。

算命仙要那女客最近小心一點，該打點的就要打點，警察一定不能忽略，如此當可度過難關。末了又壓低聲量地傳授些五行八卦方位的話，這時紅衣女客人才滿意地包了紅包離開。

輪到紫陽抓米時，不知是個性使然抑或見了先前的女客人抓米掉滿地之景，紫陽於是只象徵性地抓幾粒米放在桌上。算命仙從那幾顆米散置的氣勢卜卦著。問愛情的紫陽獲得的指示是今年的愛情擱淺，明年才會開花，房間要記得擺放大片葉脈的植物，且要注意不能讓它枯萎。然後要紫陽把尾指的指甲留得像慈禧太后般細長。

「這樣會有貴人相助，妳的名字太陽剛了，花不易開，這要注意。」紫陽深信不疑，阿滿卻想「紫陽」本身就是花名，何患花不足？

「妳漏財漏得很厲害，而且犯口舌之災，要去買金戒指戴戴，把空隙大的地方補起來。妳的名字有春是好的，可是本身太滿了，別人不易進來，這話送給妳，不收錢的。」算命仙看了阿滿幾眼，突然像是洩漏天機地說道。

阿滿謝了算命仙，心想要是真能「滿」到自給自足就好了。

「口舌之災，除了我媽還會有誰。」她悄悄地把玩自己的手，指頭之間雖有縫隙，可是挺修長呢。小時候玩吊單槓，還被男生譏為長臂女猿。阿滿她母親就是看到她那雙手才放心這個囝仔不驚飼養不大，說看手長就知道身高不矮。是直到阿滿進大學了，有一回返鄉，母親問她有無交男朋友，她搖頭時，母親才像發現新大陸地驚說：「夭壽！啊妳攏無長大漢？」然後母親眼睛飄到她的胸部，胸部一片平原風光。於是母親去問了偏方，硬要她喝那帶點酸苦味的黑汁。

「別驚，聽講查某囝仔長高到大腹肚。」母親似在安慰自己也安慰她地這般說著，阿滿當時在意的只是林蟬會不會嫌棄她不夠高。

結果是阿滿果真再竄升了四公分，母親的愛悄悄躲在對她進行祕密儀式的祈福或給她尋找傳統祕方上。但愛情沒有偏方，林蟬還是離開她了。

彼時陪紫陽在東區算命已是暝夜，附近電影院子夜場散場的人行過亦停下步履好奇地豎耳聽著女生坐在騎樓下算命之語。讓自己的未來大聲揚揚地被路人聽到，這點阿滿是做不到的。好在紫陽聽得入神，何況當時算命仙說的話是如果今年紫陽沒嫁掉可以來砸他的牌。

但現在算命仙攤位卻連個影子都不見了。她們當然不會來拆他的招牌，畢竟是她們自己願意相信的。

阿滿下了公車，走在往東區的人行道上。兩旁的下水道被挖開，小川似的溝渠，不喘不息。間歇的雨，滴落積水處，街上到處飄著粉紅鞭炮屑。

她路過以前常去發呆的咖啡屋，年前透著冷清，唯獨環屋的塑膠花無分季節日的照樣過活。咖啡館的鐵門半掩，看不見她常坐的靠窗位子，阿滿習慣擇窗而坐，她喜歡看景。據說「跑路」的大哥，也只敢靠牆坐，要提防背後被人偷襲。「沒兩樣，都很戀生。」阿滿想。等到她走到東區商業圈時，以為陽光冒出來了，抬頭一望，看見天色仍灰撲撲的，原來是銀行大樓的金色玻璃面所營造出來的陽光錯覺。

雖說異地人大多返鄉了，且過年天候奇冷，但東區卻依然人潮活絡。紛紅駭綠的男女，親密地交談，四周釋放著愛情的熱氣，嘴巴吐出的白氣瞬間在空中杳去。

別人的親密愛情看在阿滿眼裡卻倍覺得冷。

四周聲音之河四起，好似所有的流動攤販全都出籠了，為了搏得除夕最後一波購物人潮的青睞，叫喝聲此起彼落。警察也彷彿知曉人情世故地自動銷聲匿跡。一件件流行服飾躺在隨時可以一收的塑膠布裡，個個身手矯健的跑單幫客，都在做著年前的背水一戰，撒下魚網，想罩住稍為遲疑駐足的人。騎樓一排排臨時攤販的起勁叫賣模樣很有阿滿小時候跟著母親在市場幫忙收錢找錢的氛圍。

九歲那年同樣過年前的這一日，阿滿連個像樣的衣服都沒有，於是母親用賣剩的水果和幾籃菜，跟隔壁的臭耳嫂換了一件孩童穿的碎花橘紅棉襖。

在賣場收市的燈光昏幽中，母親草草收了菜籃，半拉半拖地將女兒和染著綠汁的籃子上了貨車。一路上，阿滿坐在搖晃的大竹籃內，手指繞過隙縫緊抓著籃邊。如果從車後看，看起來她就像是要被賣掉的小孩似的躲在竹籃裡。倒退的樹景她還不識名字，而母親凝結成霜的側面好陌生，只有肚皮的飢餓感和爸爸彎曲的背脊是她能體認的身影。

阿滿走在街頭，忽然懷念起那一晚除夕吃的番茄汁魚罐頭，紅汨汨的汁淋在白米飯上，紅豔香噴，使她的飢餓被填充，瞬間有活過來的感覺。她還偷偷把被丟棄的空罐頭撿起來，趁母親不注意時用手指去挖著鋁罐剩屑，舔著也滿足。當她用雙手攀在桌緣，直盯著母親強勁有力的手掀開鋁皮蓋的那一幕，自然也是她日後回顧往事的大特寫了。

多年過後，當她在新年前夕走在這個東區的下午，那種對往事如刀射來的疼痛感轉成稍稍能夠體諒理解母親那個為生活而奔走的茹苦寒霜側面，她因為生活的現實面，朝自己飛奔而來，因而也稍稍原諒了自己從孩童時代就絕少依偎在母親身體撒嬌的刻意疏離。她不知道母親的心是否受傷，但想來也一定是不好受。

阿滿所不察的是，為何她的心和身體總是有意識地在分裂，心裡同情也理解母親，但身體卻像得僵硬症地不肯柔軟。就像童年和母親同眠，母親用大腳溫著她的腳板時，她會悄悄抽走，可是有一年，她北上和姑母住了幾天，卻天天哭鬧地要找媽媽。等待母親來接她了，她又表現得很淡然，像個小大人似地知曉分寸。渴望母親抱自己一下的想法瞬間在見到母親那一刻就吞回了肚裡。她不知道母親早就看見她哭泣過的雙眼，不知道姑母直跟母親說妳這查某囝仔一直吵要媽媽，早吵晚哭，每天搬著板凳坐在入口看是否媽媽來接伊囉。

母親聽了暗喜，但卻也是淡定如風，什麼關心思念的情緒都沒說出口。

阿滿知道自己一向畏懼母親，也習慣嚴厲神色的母親，因此母親偶爾傳來溫情時，她竟有如冰塊遇熱解凍的乍然扯裂之苦。當然這種苦轉變成有意識的理性分析時，她已是北上念鄉下人所謂的高等學府了。起初高等學府對她只有遠走高飛的意義，於是寒暑假總是在校延宕著起程返鄉的時間，所不同的是她對以往的記憶竟一年比一年更鮮明起來，當往事畫面微調了亮度和厚度時，她對母親卻更招架不住，彷彿記憶的侵蝕力與作用力把她的整個人削得愈發輕薄起來。

或許是愛情的挫敗才使得母親可以打入她的心，也可能年紀漸長，埋藏深處的記憶反而愈發看得清晰。唯一可以確定的是如果換做多年前，或者剛和林蟬分手時，那麼不久前的那幾個過年，阿滿絕對不會想起九歲的新年，不會想起母親而有感傷之情。

那個新年的第一天早上，她歡喜地穿上棉襖時，突然往屋裡大叫著：「媽！袖腕少一邊！」正在祭祖的母親，回了頭，望見那紅熾棉襖空蕩蕩地少一邊袖子，正確說應該是袖子一邊有鋪棉，一邊沒有鋪棉而顯得空蕩。母親在半晌的詫異中瞬間明白怎麼回事了。一向倔強的母親，狠狠瞪了吳家祖先沒有庇佑，以致於讓別人占了她便宜。而小阿滿還在一旁學唱戲般地揮舞著獨袖，冷不防母親已一個箭步上身，一把扯下她的棉襖，劈頭就是硬撕下另一邊的袖子。撕布的斷裂聲令小阿滿全身毛骨悚然，那個新年，她老蹲在那裡望著袖子孤伶伶地躺在泥地上的姿態，有時雨淋得沉了色，有時腳印落了邊，有時村裡的小黃狗正好在上頭給撒了泡尿。直到元宵那天起了大風，才給吹離了視界外。爾後她再也沒有過第二件棉襖，母親說是別穿外省婆仔的衣服。

另一邊袖子為何沒有鋪棉，是論件計酬的裁縫師為了求快忘了鋪上，還是上帝的創意？讓她和那件棉襖在這麼多年過去後的下午，還在心鄉重逢。

抑或母親有意無意地給買了？哦，不。不可能。阿滿想，母親那種不輸人的信仰絕對不等同於自己的思考。母親長年灌輸的爭一口氣，在女兒這廂卻是過日子嘛，有什麼可以爭得那麼厲害的。她做不來年終獎金幾十萬的工作，她知道她有能力得到那份工作，但她不想得到那種賣命或者賣理想的工作，而理想是她母親最嗤之以鼻的虛無東西。母親卻是可以為五粒米就折腰的人，她可以聽說哪邊有賺頭就往那邊去鑽的本領。

童年阿滿跟著母親做的第一宗生意其實並不是到市場賣蔬果，相反的是打扮得漂漂亮亮地到大城市去跑單幫，賣洋貨。

出發前，屋子只剩她和母親。她蹲在門檻望著母親在鏡前打點著，日頭正射在母親發亮的緊身絲綢的面料上，母親用胭脂抿好嘴唇後，轉身一拉，旋即把她拖到跟前。要她穿那件有著白蕾絲的洋裝，洋裝有點短了，露出了一丁點三角褲的內裡，母親會為她再套上一件短褲，接著穿上長至膝的白襪子。然後拿起佈滿釘子的大梳子，在她黃而長的髮上大力梳著，然後編出漂亮的兩串麻花，綁上橡皮筋，橡皮筋綁的時候卻扯痛了她的頭皮，母親省錢用橡皮筋，橡皮筋卻容易扯痛頭髮。打扮妥當，阿滿通常還傻傻地佇立原地，從反射鏡看著母親從床底拎出一個褐色塑膠皮革製的大包包，母親拎起大包包，走到廚房櫥櫃下方藏物之處，用英文報紙裹著那些瓶瓶罐罐的玻璃瓶身，那些報紙密密麻麻的豆芽符號給她一種莫名的邪惡感。於是她從不挨近，除非母親吆喝她幫忙。家裡沒有時鐘，總之是在村裡幾乎泰半外出的寧靜時刻，母女倆走到大街，等候半小時一班到來的公車。

從村莊走到大街的路途，阿滿總是遲疑著步伐，母親心知肚明她那步伐透著不情願的心思，母親以淡然卻又強悍的威脅口吻說：「妳不跟媽媽去，以後別叫我媽媽。」

沒有媽媽那自己多麼可憐啊，阿滿聽了立即邁開小跑步姿態追到母親身邊。大街上有好些商家，米商、油行、鐘錶店、銀樓、公司行號，這些都是阿滿她母親鎖住的目標。母親一進店裡立即出現阿滿從未見過的有禮謙和的模樣，那些老闆覷著母親提袋裡的洋酒洋菸邊沉吟地說：「這該不會是假的吧。」母親指著英文報紙說：「哪會啊，這攏嘛是朋友偷偷帶回來的。」有的老闆會好心地告訴母親要提防小心被抓，說完還摸摸小阿滿的頭。

回程的公車上，夕照一片金黃，阿滿的白襪積著厚灰塵，而母親的妝色已殘，阿滿在母親示好的安撫下，擔憂的心情終於放鬆，一頭倒在母親的膝上趴睡著。

和母親做流動生意的日子裡，有一回阿滿記得特別牢。那是在一家大五金行的後面，老闆的大兒子一直撫摸著扁形的深綠色酒瓶，在白鎢絲燈裡搖晃地看了又看，阿滿瞥了一眼在旁緊張陪笑的母親，那臉上不復見帝后威儀，這讓阿滿覺得很陌生，但她那敏感的小小心思卻無端地頓時起了悲涼。於是在那個清幽、堆滿白磁碗盤、冰冷不鏽鋼鍋的雜貨五金地方，阿滿開始有了她人生的第一次的暗暗祈禱。那次她成功地讓那個戴著銀白絲邊眼鏡的小開買了三瓶酒。那酒日後才知道叫做白蘭地。托白蘭地的福，那回阿滿得到一隻炸雞腿，且吃得油汁滴在洋裝的白蕾絲領子上時，竟還能搏得母親的一抹微笑。

當然有時候祈禱也是會失靈的。母親食髓知味，隔半把個月再前去那家店，就遭人告密，被警察帶走。阿滿記得到警局的路上，必須渡一條河，那次她真的不用買票，船家售票員把她推往柱子一量，剛好在刻度的橫槓上，警察喚她們母女倆趕緊上船。母親一邊叨唸著無免自己出錢，顛倒免買票。

到警局之後，阿滿被留在服務台後方，年輕的警察遞給她一個菠蘿麵包吃，她兩腿空懸在椅上盪呀盪，輕撕著菠蘿麵包的表皮，覺得真美味。然後她捨不得吃完，就將吃剩的一半放進了洋裝外的口袋。傍晚，遞給她麵包的那個人，覓著地址送她回家，送她回家才發現家裡沒人。

妳爸爸呢？警察問。

去外面打工，住在外面，她說。

沒其他大人？警察又問。

沒有，哥哥在台北讀書，她又說。

警察只好又把她帶回警察局，讓她吃睡在警察局，等待她的母親出來。

母親被關了兩天，從看守所出來時見到阿滿，嚇了一大跳，牽起她的小手，疲倦萬分地走出警局。小阿滿一點也不敢抬頭瞥視母親，她不怕很兇的母親，卻怕低聲下氣的母親。

母女倆才回家。卻正好碰見也從山上打工返家的丈夫，丈夫正好在廚房喝酒，這一喝不得了，氣惱著阿滿母親，母親把所有的委屈和不幸都轉嫁給這個無用且嗜飲的男人。母親大聲嚷嚷，還把牆角的空酒瓶給摜在地上，然後憤咒著：「尿怎不拿去飲，飲死最好！」往後幾天，洗衣服時，在阿滿的洋裝口袋內掏出半截發黑長著綠黴菌的菠蘿麵包時，母親不由分說地用衣架抽她的小腿，生氣地忿唸著：「討債囝仔，恁爸有錢乎妳浪費係否！」

後來阿滿隨著母親斷了走私貨源，於是開始能準時到學校上課了。但她吃飯仍不準時，有時餓了她會到賭間去找玩撿紅點的母親要錢，如果正巧輪到她母親當尾家，母親通常會要她幫忙抽好牌，她有時抽到三十分的黑心桃，差一點也會抽到有十分的紅色老K，這時母親面露喜色地抓些零錢給她去攤子吃碗麵。可運氣也有最壞時，有次她竟抽到像黑框眼鏡的8，母親沒給錢就打發她走了。

阿滿照例逛到麵攤上，猶豫半晌，還是坐到了鐵皮下的攤子上。那一碗麵吃得極慢，她記得是趁著老闆娘轉身洗碗時，她個子小隱在攤子下，矮身溜走。有一回，大她很多歲的哥哥不知去哪來弄了些綠豆，和她興高采烈地煮著，左等右看，綠豆還沒熟，兄妹倆卻已睡著。等到母親回來時，那鍋子已經被燒破一個洞，隔一個月，屋子還能聞到綠豆焦味。

燒壞鍋子的那回，母親竟一反常態地沒有動口罵也沒有動手打，母親還安安靜靜地望著破鍋發愣，忽然淚滴落在鍋上的聲音，像雨敲打接水的甕上，很音樂式的，卻把阿滿駭了好大一跳。那模樣全然不像母親以往會氣得臉紅脖子粗，或者搥胸頓足地哭天搶地。母親安安靜靜地回到房間，然後關起房門，沒有發出任何聲音，安安靜靜地讓阿滿感到害怕。阿滿每隔幾小時就跑到母親的房門外貼耳聽著裡面的動靜，直到聽見母親疲憊的打鼾聲從門縫傳出時，她才放下一顆忐忑的心。母親沒有要自殺，母親只是傷感過度而顯得疲憊不已。

隔天，母親睡飽了之後，她放棄發財夢，黯然神傷地又回到熟悉的田裡勞動。母親依然過著過往所熟悉的節奏：白日和天鬥，深夜續和蚊蟲拚，然後趕赴凌晨三四點的早市批發菜場和販仔同業較勁。

之後阿滿再和母親一同乘坐公車時，已經是小學畢業的暑假。為了去吃大堂姐的結婚囍酒。在家時，母親打扮好卻不急著上路，說是太早去等吃，會被人笑；走到等公車的路上母親卻又數落阿滿走慢了。阿滿惦掛著的是等一下母親可別又不買票了。

那次母親倒是很知趣地主動替她買票，但因不知票價漲了，又和司機拉扯了好一番才甘心付錢。到了酒席間，按坐位入定，主人卻高喊拜託大家挪位，母親說為了多收紅包就暴桌，不夠坐。等到上菜後，阿滿已然沒了胃口，本來她對結婚喜筵就沒有興致，只是陪母親同來，怕母親在親友間覺得落單。

「年」帶給阿滿的一如傳說年獸的恐怖感一直存在，她不願意去承認這隻怪獸多少混合著她母親的影子。就像她不肯正視自己遺傳了母親固執的一部分，她會將它合理化，好比小學某回為了身體檢查之類的因素，學校規定每個人在家不能吃東西，要等待到校檢查身體之後的第三節課，再由老師下令大家把自備的食物拿出來吃。阿滿那回帶了一個褐色甜饅頭，她眼見同學們不是麵包就是蛋糕，模樣好秀色可餐，她一直不想拿出饅頭，悄悄挨餓著，竟不拿出她覺得樣子土醜的饅頭吃。後來她為了這件飢餓事嘲笑過自己怎麼從小心機就這麼深，饅頭就饅頭，饅頭現在她可常吃呢，真不知小時候為何有那麼多的恐懼。紫陽聽了曾說，那是因為妳缺乏自信，所以心裡綁著恐懼，在意別人的目光。

食物的底層透露更多的是她的個性，她的愛情亦如是。

她開始能蹲著和人群擠著看地攤貨，還是纓丹帶著同逛給練出膽子的。纓丹一身名牌，幾乎全都是從地攤貨買的。她的方法是重點的東西要穿插一兩件真品，比如皮包一定要是真品，衣服配件則未必要。纓丹殺價也都能稱其所意，大刀闊斧面不改色，不賣就佯裝走人。

同住一個女人窩，很容易分享生活用品，比如化妝品用罄而還沒有餘錢可以添購時，纓丹總拉著她去參加免費化妝品試用，這樣就可以免費帶回樣品。光天化日下，臉被旁人搓揉著，面目全非之感，阿滿只看著纓丹在試妝，自己絕不讓別人碰她的臉。她喜歡一切都置之度外。

有時阿滿不禁覺得生活方式和身材有很大的關係，她太瘦小，有氣無力，殺價絕對不帶殺氣，怎麼可能殺得成。母親也是殺價高手，母親微胖且豐腴，氣勢更是卯足了勁。兩方廝殺，母親佔上風。有朋友看過她母親的相片，一眼就說妳母親把妳吃得死死的。阿滿心裡認同，但其實她知道最後是自己把母親吃得死死的，母親兇她，兩人都受傷。她不理睬母親時，母親受的傷比自己還大。沉默是最可怕的刀，尤其對母親那樣的人。

此刻阿滿若有所思地看著躺在最貴地段的攤販衣服，一如童年在原地望著那個被母親扯斷棉襖袖子的姿態一般。心想大凡人和衣服也總是有緣的，衣服只有在被擁有時，才有了人氣的聲色。衣物延伸了主人的喜好品味，也反映主人的心眼愛憎。

回想十月，天氣還熱著，偶有涼風。某一天家幃約她吃飯，她終於答應，因為再拒絕下去連朋友都要失去了。她看著家幃一身西裝筆挺，手提黑皮箱，敲著發亮如黑曜岩的皮鞋，氣勢像是全世界所有的銷售員般高昂，腳敲得躂躂聲響，他意氣風發兼流露無限渴望地走到了她的面前。

阿滿看了心想，他不熱呀，這麼符合社會集體意識的打扮，一下子拋離大學好遠好遠，她瞬間覺得兩人是不同路的人，和他像是兩條平行線。兩人走著，家幃突然九十度轉身地面向阿滿，他指著湛藍西裝裡面花成一團的領帶說：「怎麼樣，好看吧！」

「好看。」阿滿想都沒想的就隨口說，心思尚在盤算月底要匯給母親的錢還不知在哪裡呢。

這邊家幃卻眉目緊接一揚：「妳猜多少錢？」

「五百九。」

「妳看清楚，妳再看清楚。」這樣說還嫌不夠，手已過來抓她了。「來，用手摸摸看，仔細看看這是什麼質料。」

阿滿只得把頭往他的胸前靠近了些，她乾脆索性說著「兩千九。」

「哈！錯了，才兩百九。怎麼樣，眼光不錯吧。」家幃嘿嘿地笑著，一抹得意神色，像是在說著真真假假是何等厲害的生活哲學。

阿滿暗忖此番返鄉錢的用度，當下也決定實踐打不死「家蟑」的生活哲學。她走上百貨公司電扶梯，巡著百貨公司攤位上的花車：招財紅色內衣褲、好用拖把示範、蒸氣燙斗、多層衣架，咖啡試喝；她在好洗不沾鍋的攤位前停下，示範員正做好一片法式三明治，硬是遞給她試吃。阿滿想母親用慣大鑊大鍋，這種不沾鍋精巧，恐容不下母親的大手。因此才起心就止了念。但那示範員講得起勁，阿滿又拿了人家的麵包，愈發不好意思走開。好在後來聚上來一群老少婦人，阿滿才乘機從縫隙鑽出來。

人一走出百貨公司，在騎樓迎面就碰上賣愛心紅包的女生，緊抓著阿滿不放，於是阿滿只好付上百元以換得十個紙袋及不被糾纏。沿路她晃到一個玩具攤位。老闆和玩具年齡差不多，是個大男孩，咧著嘴笑。旁邊約莫是他妹妹，由於攤位恰在風口，小妹妹不時的把吹倒的大玩偶扶正，因而寒天裡齊眉的瀏海泛濕著。

偌大一隻本土仿日製龍貓傻傻地在風中飛揚著如浪紋的毛絮，阿滿想就是它了。她知道百貨公司一個可得上千把元，買這個送給哥哥的兒子小鯨，嫂嫂應不至於看出是地攤貨。她開始有家蟑常浮現臉上的得意。

「最後一隻了，要買要快。」大男孩用大人口吻說。

阿滿抱走了大龍貓，大男孩的位子一下子空出了許多，回頭一望那小妹妹不一會兒又不知從哪抱出了幾乎有她半人高的另一隻龍貓。

「永遠有最後一隻，就像每個人都以為自己是戀人的最後一個唯一，實情難料。」阿滿在路口人潮中等綠燈時胡亂地這般聯想。

5

抱著偌大龍貓混在人群中的阿滿，遠看像是一個無辜的小孩。近觀則見她憂鬱的眼睫毛和龍貓的毛隨著風一起飄飛，眨呀眨地如簾子。

她抬頭見了店家招牌霓虹燈閃出誘人的折扣價，想起皮包袋內有兩張折價券，是紫陽給的，不過即使打折阿滿還是買不起。過年前一個月吧，大約是吃湯圓的日子，天氣算冷的。阿滿陪紫陽來到此地購物。起先紫陽原只打算花四千元買兩件衣服，剛巧百貨公司舉辦買三千元送一張刮刮樂，紫陽刮了兩張都中了限期打折券，於是覺得不買可惜，再買，再刮，又中了，才發覺中了行銷圈套，買個沒完，心想自己貪小便宜的就是被徹底打敗了。回程紫陽把一件愛不釋手的外套先喜孜孜穿上，誰曉得才剛搭上公車，竟見到一個身材臃腫的女生也硬撐了同款同色外套，就坐在公車的前排，女生也當場盯著紫陽看，神色尷尬而怪異。當下紫陽就把外套脫了，轉遞給阿滿。阿滿當時心想妳擺闊呀！

現在阿滿身上穿的就是和紫陽無緣的那件衣服，奇怪，衣服套在阿滿身上，似乎昂貴了不少。阿滿想起高一的過年前夕也曾經發生同樣的情景，她和華枝去台中玩，兩人逛百貨服飾專櫃，阿滿喜歡一件毛衣，卻漏看一個數位，就向店員說要買兩件，待店員幫她包好結帳時，才發現多出好多錢吶。阿滿不斷地說對不起，我看錯價錢了。店員聽了卻大聲嗆呼著：「沒錢就別看！」音量很大因此把移到旁邊專櫃看衣服的華枝給衝了過來，她二話不說就往店員臉上丟了大把鈔票，全買了。

衝著華枝那樣的霸氣相挺，阿滿對那件毛衣的喜愛就像小孩對含有母親氣味的枕頭的無限眷戀。她穿毛衣穿到起了毛球，仍一直保存著。她是那種把情感刻在日子的人，總是一再反芻咀嚼卻不捨吞下的人，即使明知感情如煙、時間若花，生滅如斯。

阿滿看看錶，心頭浮起個人影，動了心念，她往百貨公司的前頭某家精品店走去。里香，她小哥分開有一陣的女友。阿滿上了精品街二樓，正巧見里香拉拔身子關鐵門，見了阿滿堆滿笑意地左看右量，接著里香又拉開鐵門，說她有兩件套裝，阿滿穿了鐵定好看。於是里香在只容兩人可轉身的精品小店裡翻找著。

找到了，找到了，於是阿滿抱著龍貓，里香拎著大袋子，一同又去了里香住的地方稍做歇息。

橫越馬路時，眼見是綠燈，阿滿想快走，卻一把被里香拉住。阿滿始知里香一定要看到綠燈在眼前亮起才敢穿過馬路。「不知道什麼時候要變紅燈的感覺很沒安全感，有一次走一半，突然轉紅燈，頓時身陷四面八方的車陣，好恐怖！」阿滿在等綠燈的半晌，有點意會里香為何要離開她那個留在故鄉山上做森林實驗的小哥了，因為沒有安全感。

阿滿打破沉默空氣，提議數對面一棟有產權糾紛蓋一半的大樓，水泥表面的骨架形成若干井字。「直的有十三層，橫的有二十二間，……總共是兩百五十六間。」阿滿和里香兩顆頭抬得高高地數著，有的路人也和她們採取同樣姿勢瞧端倪，納悶有啥好看的。等走到了對面，她們乾脆走進廢棄的大樓，遠遠望去，她們兩個小點在過年車流的環伺下，忽快忽慢地在外露的樓與樓之間移動。

在對面建築物高懸的鐘聲敲了幾響，下午兩點時刻報數時，她們正好已經攀上了頂樓。頭髮被風吹得沒了章法，兩個女生氣喘咻咻地朝大樓下方興奮地嘶吼著，聲浪在半空就遭到攔截，車陣人潮當然沒有因為她們的瘋狂吶喊而改變節奏。她們比較像是想要把舊有的過去往下傾吐一空似的自我解放，舊曆年前的最後吶喊。喊累了，她們順勢倚靠在斑駁的泥牆上，剛剛攀爬高樓出了一整身汗，抖掉了不少過膩過重的舊年汗垢感。

「阿滿，你還是沒有什麼改變。」里香說。

阿滿聽了笑一笑，聳聳肩指指天色。

「天打造好的個性。」

里香聽了搖頭報以一笑。登高近天，天倒是晴亮。

阿滿把大龍貓玩偶放在高牆的邊沿，一副置它於死地狀，「這麼高掉下去會不會死？」

「是假的，當然不會死。」里香真受不了阿滿問這種傻問題，忙說要下去了。

有種從太空歸來陸地的輕輕飄感，阿滿才知道，原來輕必須通過重來體現，因為重，輕才被感覺出來。

天氣已漸轉晴亮了。

兩人回到了里香住處，里香的室友不在客廳，但電視聲開得很大，ＭＴＶ不斷地播送著流行歌的年度排行榜，一名誘惑美豔的女子僅穿著牛仔褲慵懶地躺在床上，一雙男性黑皮膚的手入鏡，正在緩緩地解開女子的釦子。里香的室友脫魔蜜正好從房門走出來，脫魔蜜是日語發音。她才十八歲，半句中文也不會就從日本跑來台北，所幸遇到的二房東是好心又美麗的里香。

「嗨！午安。」脫魔蜜把話說得很像台語的「有尪」。

小女生淺笑眉開地推了陽台紗門，水聲嘩啦地開始洗著衣服，她邊唱著日本歌曲，歌曲的旋律是阿滿熟透的「愛你一萬年」，脫魔蜜唱得深情入骨，一時空氣散恣著濃濃的演歌似的胭脂粉味。這聲音讓阿滿想起她的夜總會童年，那些打扮成熟的小女生年代，沒想到竟在脫魔密身上聞到舊魂魅影。

紗門咿呀一聲地又被打開了，走進來的是冷春蘭，也是里香的室友。人和名字一樣，像一張宣紙上白描著一朵素淨的瘦蘭，只差這紙是有些皺紋的了。

近一枝花的年齡，身裁形色明顯地和阿滿這群二十幾歲的女生們區隔了好一代。

「嗨，妳還沒回家過年啊！」里香問。

「等會兒就要回去了，陳太郎會來載我，我要把這個上好彈簧床墊搬回去家。」春蘭說著邊捶著手臂關節，約是洗衣服洗得手疼了。

「妳老家沒有床墊呀？」里香十分詫異地問著。

「沒有。」春蘭卻平淡無奇地回答。春蘭用沒有溫度的語調說起不久前因為騎摩托車而摔倒，傷到了腰椎，沒辦法睡老家的木板床。

「回家再買一個不就得了。」阿滿和里香都這般地想。

就在春蘭掀開衣服，露出大量微血管破裂，一大片似削開芋頭的暗紫色傷痕給她們看嚴重程度時，她口中說的陳太郎來了。

陳太郎看起來比春蘭小，約莫不到三十。陳太郎黝黑的臉朝這群女子靦腆地微笑了一下，然後就逕自熟門熟路地往春蘭的房間大步走進去。人再出來時，雙臂上竟高舉著彈簧床墊，阿滿她們見狀嚇到，作勢要幫忙，還是春蘭說了話：「沒關係，你們別幫，他搬習慣了。」

春蘭尾隨陳太郎下樓，里香和阿滿跟著跑到陽台看他們，目送床墊被扛上了太郎的發財車。

「新年快樂！」春蘭往上揮手，喊了一聲。

「祝我們今年都能找到如意郎君！」里香往下喊，聲音奇大，聽得春蘭都不好意思起來。

雙方女子隔著五層樓揚聲地嘶喊著。聲音結結實實地上下傳盪，街坊路人有的也抬頭望向她們，幸福的氣息感染著人們，路人或微笑或搖頭地來去。里香見了又朝路人接連尖叫好幾聲新年快樂才罷休。

里香這麼野放，難怪小哥和她個性不合適，一個現代，一個古老，好可惜。阿滿見了心裡這麼地想著。

片刻中，卻又見那春蘭氣喘咻咻地上了樓來，她邊往廚房跑邊說她真是有點老了，忘了拿一樣東西，出來時見她手上拿的竟是一袋菜心，阿滿和里香面面相覷地笑著：「這個人啊，真是奇葩。」阿滿心想，春蘭要是活在祖母年代，一定是那種回娘家時，還會帶雞鴨上公車的婦人。

然後她們又再次目送著春蘭的那輛發財車啟動，車子顫顫巍巍地駛出了社區的小斜坡，後面的床墊被震晃出的灰塵，灑在街上冷空氣的潮溼裡。好個聲色俱全之景，那種對生活的小小哀樂竟來自一張床墊，這讓阿滿想起母親，她一時心裡難受，看看錶，心想等等就要去車站搭車返家了。

發財車彎進了社區後的小山路，車身隱沒樹叢中，遠望好像一個無主的床墊自行在起伏游移，直到轉進另一個山頭，離開她們的視線。

就著街景，里香說起春蘭剛搬來這裡時，叫的搬家公司，來的人就是陳太郎。「那他們認識才半年嘛，我還以為他們是青梅竹馬。」阿滿說。

里香笑說人家是稀有品種的姊弟戀，「那個陳太郎很勤勞努力，埋頭拚命搬，後來有空就用他那輛發財車來接送春蘭了。」

「妳一定不相信，春蘭三十多歲才談戀愛，對象是她以前租房子附近的機車行修理車子的師傅。妳看過她那輛破光陽，沒事就出毛病，像是要當媒人似的老出問題。」里香說。

「就這樣修出一段因緣。」阿滿接話。

「錯了，是修出一段孽緣，兩個人在一起好一段時間，後來春蘭才知道對方早就有妻有子了，所以才傷心地搬到我們這裡。」

「沒想到，搬家又成全她另一段因緣。無聲無息過了三十歲，往後卻劈哩啪啦像放鞭炮地一直浸在感情之中，實在很奇特。說也奇怪，她說她以前的生活，是一直在成衣廠縫製別人家小孩的衣服，就這樣無念無欲地過了十年，沒想到死水竟又動了起來。」里香說得令阿滿心也跟著笑著。

「三十多歲才談第一次戀愛，這是什麼應對的光景呀，不過初戀就是初戀，和年齡並無關係。」阿滿想。她和林蟬的那段初戀，萌芽於十八歲，殘喘於二十三歲，凋零在他入伍時。其間有無開花綻放呢？有，但美麗是和危險畫上等號的。阿滿涉險過好些回，只是林蟬不知，可能也不想知，抑或知曉也無能為力，於是認定只是阿滿自己老愛相思成災。然而十九歲時，阿滿就懂得什麼叫做背叛了，但她不知道背叛一次就會背叛第二次，她無法自行離去，她可以一直撐著撐著，直到結果，她需要對方狠狠推她一把，往懸崖推去，往海裡丟下，往山林棄之，不管結的是苦果或者熟爛的果。有結果就會讓她死心，且她會一去不回頭。但就是不能卡著，要開不開，要結不結，比結壞果都讓她難受。

當年阿滿為了宣告新鮮人的正式結束，於是她打自大二起，就瞞著媽媽偷偷去辦了助學貸款，然後把家裡給的學費，拿去外面租房子，還添了點書櫃家具等等。林蟬當時是那棟租屋的樓長，一層長長的樓房竟隔了十七間，阿滿住第一間，要去沐浴如廁洗衣，得經過十六個房間才抵達浴室。她選第一間住是因為房間的獨立與安靜，第一個房間正好和其他房間隔著樓梯，帶著偏安之感。她一住進去就感到自由，宿舍雖也遠離媽媽的管控，但畢竟室友各有習性，各種時段總是有吵雜之聲，布置空間更是不可能。

套房租不起，租個雅房至少滿足些許的空間癖。

她在案上捻燃一盞黃燈，擺上一個素淨白瓷甕，插上一朵白茶花，一牆書，一壺茗，一琴音，她常如貓窩在窗邊看屋外雜草樹木綻放，她感覺整個宇宙都屬於自己，當時她還沒有能力察覺搬出宿舍享受自由是個危險的訊號，對於一個意志力薄弱且長相個性品味都算吸引人的女生而言等於把自己放置在無盡的誘惑中。

當時有一票物理系與商學系的樓友，還興起選本樓樓花，阿滿膺選，代價是請全樓吃火鍋。就是吃火鍋那時認識林蟬的。林蟬未久還寫了一篇「火鍋記」，筆意生趣，刊登在校刊，阿滿見了動了心，只覺此人相貌和文采皆可觀，看起來不像念商學系的人。她於是買了一本文學書送給林蟬，王文興的《家變》，可以一天只看幾段話的書，看到天荒地老，阿滿當時是這麼想的，不能送一夜就可以讀畢的書，要看一生都可以反覆咀嚼的書，愛情要咀嚼，連書也要咀嚼。熟悉她的同學當時都笑她是愛情駱駝，儲藏很多東西，可以耐得住時間的咀嚼。

於今想起，阿滿覺得送的書名可真是隱隱透著不祥，最後這緩慢的咀嚼沒有通過時間考驗，他們以兵變收場，且兵變的發動者不是已在城市紅塵流離的阿滿，發動者竟是身處軍中苦悶的林蟬。

現在阿滿不喜歡送書給親密愛人了，書者輸也。但是她在熱戀時，還是常大意失荊州，曾送朱湘織一雙好走好跑的好球鞋，什麼都好，唯獨會「跑」走不好。朱湘織不僅飛了，且還飛過海洋，飛過島嶼邊緣，飛到一個今生今世都不會在街角轉彎遇到舊愛的另一個半島。

阿滿想起這些當時看是何等重大的事，如今反觀卻僅存漣漪而無險浪了。

「妳懂得什麼叫背叛的忠誠，忠誠的背叛嗎？」里香竟心有靈犀地問著她。

「好比我和林蟬，妳和我哥哥。」阿滿說。

「二者有差別嗎？」

「應該有吧。」

然後阿滿說起她初次認識背叛這兩個字的來由。

6

當時阿滿住的地方被學生稱為後山，倚在田邊的獨棟樓房，淡出淡入地走動著青年學子。屋外日日有鳥聲，光影浮動，樹景荒荒，給予阿滿生活的扎實滋味。阿滿住的是凹於地平線的半地下樓，推開窗子會見到一半的泥土拱高著樹草，偶爾因為飛鳥銜來了種籽，春風裡漫生了根，蔚成一片小花小草。

阿滿記得林蟬第一次在她房裡過夜起因於兩個人聊天聊到忘了時光飛逝。累了癱在鋪了地毯的兩人愈挨愈近，先是林蟬半假寐著，後來索性把大手一伸把阿滿抱個滿懷。阿滿被這一抱心裡緊張萬分但身體卻動也不動，她閉上眼睛也假寐，彷彿不知道被人一抱似的故意沉睡。過沒不久，天色魚白，林蟬才小心地抽開抱在阿滿身上的手，接著起身，推開阿滿的房門，他得趕第一節的課。阿滿聽見林蟬起身的聲響，她仍然僵弓著身軀不動，耳聽林蟬窸窣的穿衣聲，等到林蟬一扣上房門，她旋即坐起，發呆冥思林蟬逗留竟夜是夢是真？她輕咬著指頭，摩挲著林蟬的餘溫。

緩慢起身，見桌上留了紙條，說去上課了，晚上我們一起去看場電影。

她看到紙條像是聞到薄荷似的瞬間醒轉，興奮地把紙夾進筆記本，在房間雀躍地轉著，有如得到犒賞，那一刻她才發現自己那麼喜歡林蟬，其他十幾間住的男生全都瞬間消失，她眼下只剩下林蟬一人。

兩個人初初在一起不太好意思，因此為了避樓友耳目，說好不管在誰那裡過夜，就順手把放在外面的拖鞋收進房內，這習慣是林蟬教的。阿滿也沒去細想剛搬進來時，和林蟬尚不熟識，當時林蟬門外要不就擺放著他那雙大藍白拖鞋，要不就是門口空蕩蕩的，這中間的關聯阿滿沒去想過，是否也是某雙女孩的鞋被他收進屋內了？外面的大藍白拖鞋只是偽裝的假象？

直到期末考前夕，兩人不同系因此要準備考試時間不同，決定給彼此溫習功課時間，別混在一起嬉遊免得考試沒過關。有一天晚上，她向林蟬說要去學校宿舍和同學一起溫習功課，當晚就不回來了。

溫書那日，卻沒想到進度奇快，十二點前就K畢。回程一路上，阿滿只覺明月照心，天清氣朗，日子美好。心裡盤算著寒假要和林蟬約去哪玩好呢？是自己去花東找他玩，還是提早回學校在淡水遊蕩？想著想著就走到了後山租處。她逕自也沒多想，走到半地下樓沒右轉自己的房間，反倒左轉直接往林蟬的房間走，她在門口卻見一雙鞋子也沒有，她感覺有了些異樣，難道這也是障眼法？林蟬一定在屋內的，她想。但還不確定，又不好意思敲門，夜晚會吵醒整層樓的人。

於是她又重新走上一樓，繞到樓外靠林蟬的那一面，她看見林蟬的窗戶透著微光，這時她就開始忍不住地顫抖了起來，她暈眩似地靠近窗戶覷著玻璃人影，這時林蟬卻正巧關上了燈，她聽見屋內竟傳來女人溫儂的聲音，兩人正在脫衣的窸窣聲響。阿滿想也沒想過這竟是二十歲的生日禮物。她心絞痛著，第一次這麼痛，接著她瘋了似地走回樓內，顧不得吵醒樓友，她直驅林蟬的木門猛敲一陣，她知道林蟬不會來開門，以前他們睡一起時，有人來敲門不也都是假裝沒有人在嗎。

隔壁住的物理系高年級同學被吵醒，開門時並沒有生氣，反倒以老僧口吻婉約地勸阿滿說：「林蟬他不在，妳敲也沒用。放下吧，回房間好好睡上一覺就沒事了。」阿滿聽不進去，卻敲得更凶。

林蟬在屋內沒有意料她早回來了，也沒料到她會這麼失控。於是只好起身來開門，門一開，卻見原本躺在床上的林蟬校友會學姐忙著穿上外衣，也像是在哭泣似的從林蟬臂下委身竄出門，衝出來的力道還把阿滿嚇一跳，她看見另一個哭泣受傷的女人，一時之間忘了要興師問罪，那女子如風跑出，她聞到林蟬身上的體味時，這味道才刺激了阿滿的淚腺。

她叨聲不清地猛說著：「我那麼愛你，你怎麼可以這樣對我。」「妳有很愛我嗎？我怎麼不覺得。」碰地一聲林蟬竟把門大力一關，上鎖。

那一聲對阿滿而言，毋寧比槍聲更恐怖萬分。

第二天她曾溫了半天的書，到了考場卻是一個字也寫不出來。

然後緊隨而來的是可怕的假期，兩地相思轉成兩地冷戰，冷戰比熱戰讓她難熬萬分，左不是右不是，想打電話又縮手，想放棄卻滿腦子都是林蟬，她恨死分離兩人的寒假了，林蟬關上房門後，她再也沒有機會和他好好說上話，她希望林蟬安慰她是一場誤會，即使是謊言，她寧可相信是自己眼花。可笑的卑微，可笑的祈求，她把自己弄得很低很低，低到比海平面還低，低到比地獄還低，都沒有機會讓林蟬看到她打的哀兵棋，如果不放寒假就好了，寒假把住南方和住東部的兩人拆開來，她當時認為始作俑者是寒假，她忘了林蟬房間躺著的學姊，忘了另一個女人的哭泣，只想到要見林蟬，那種渴望的想見幾乎日日砍傷她的心，日日在荒澀的老家流著如黃昏的血色。

然後就是邊賣春聯邊想林蟬，邊挨母親的罵邊想林蟬，邊吃飯邊想林蟬，邊發呆邊想林蟬。開學終於到了，可以回到學校見到林蟬了。阿滿第一次那麼開心返校，同一個校園總能見到林蟬的，她想。

但那一棟埋藏背叛心痛的樓房是再也無法住下去了，阿滿搬離後山這田舍的好風光，只好先租屋在排球場旁的一棟老公寓，每天被排球敲地的吵鬧聲喚醒，感覺日子沒有風也沒有花，忽然自己成了獨居老人似的可憐。

想念林蟬時她就站到面對球場的陽台上觀看一幫男生在打球的帥勁。其實她落腳的這房子最初林蟬曾邀她一起來看，當時有說過搬離太多雙眼睛的田舍租樓，改搬來小公寓，且說好以後要比鄰而居。但考試前發生敲門的背叛事件，緊接著寒假，自知無法再回到後山續租了，但一時之間能想到的房子也只有這棟曾經來找過且尚未租出去的房間。沒有租出去可能因為和球場比鄰，球聲太吵。開學在即，她沒有選擇地租了下來。

寒假時正逢林蟬生日，他一月二十五日水瓶座，逢正冬，太陽最弱的季節出生，阿滿查了星座書，知曉其幸運花是紫羅蘭和牡丹，於是她拿起荒廢多時的畫筆，用了近一刀的宣紙畫了又畫，最後選了兩幅，趕在他生日前夕寄出。那可是她走了半小時到村外郵局寄限時掛號的。

阿滿她母親很不喜歡阿滿日夜無眠地盡是畫些花花草草，老叨唸她有辦法的話，去給有錢人作囝仔，再來閒閒畫。

阿滿沒聽進去，心神不寧地等林蟬回信。

郵差送信來的那日，就是她賣大批春聯給來紅的那回，唯一生意大好的一次，在攤位時她還想這日可真是好兆頭呢，收攤時她哪也不敢去，她不要別人轉手林蟬的信。熟識的郵差阿祿叔騎的破摩拖車聲還在村口的林子裡徹響時，她的人早已奔到了廊外。

「水查某囝仔啊，交男朋友囉！」阿祿叔鬧著她。

阿滿用食指比在唇上噓一聲，臉堆著笑意，忙迫切地拆信，那信當然跟後來林蟬寄給她的每一封信一樣，不因時而改。林蟬的筆法永遠寫的是卡通字體，狀貌輕俏，語氣卻老成。信讓阿滿失望，僅僅道謝，其餘盡付虛空。

開學來到新租處，有一天她想應該要裝飾一下房子了，畢竟至少會在此住上一學期。正當阿滿對林蟬感到絕望時，無奈地將白油漆倒在桶子時，林蟬卻穿著一件套頭毛衣出現眼前，悶聲不響地逕自提了油漆開始粉刷起房間的牆，看得阿滿驚心動魄的一時無語，怎麼這個人突然像穿牆人地出現面前。

先開口的是林蟬，漆好小小房間的牆面後，他開口就是一種決定，我們一起去跳蚤市場買地毯。

她杵在旁邊方大夢初醒似地穿上外套跟著他下了樓，才知竟是要騎摩托車出去，

「你買車了？」

「從家裡運上來的。」阿滿原本想他大概就是騎小綿羊車的那種人，哪裡知道她在門口等他從不遠處牽車過來時，眼下竟是頂彎的ＤＴ越野車。阿滿才知道其實自己真的不了解林蟬。

在風馳雷掣中，她開始有些模糊的溫存升起，她不知道為何林蟬又來尋她了，這是幸還是不幸？管它呢，她抱住他是真真切切的，說什麼也不放手。

抱著他，她像緊緊抱住自己一生的小女孩。

前頭的林蟬哼的是阿滿陌生的曲調，音階飄來耳邊，低迴著傷感。阿滿聽了怕會落淚，於是專注地去看林蟬熟練地用腳踩踏著換檔。

她不敢想往後會不會再坐上這個位子。

結果證明她還是很難揣測林蟬的心意。ＤＴ的後座她起碼又坐了三年。只是再難根治好阿滿對林蟬可能背叛的出軌想像。無法逃離那女子或其他女子伴隨而來的掠奪陰影。

於是她經常在林蟬沒來找她的日子，掉入想像的可怕黑洞。她常穿梭在幾個林蟬可能出沒的地點，她一輛又一輛地尋找著林蟬的車影。要不她也會站在陽台上逡巡打排球的男生，觀看有無類似林蟬體格的男生。有次果然正逢林蟬的班級在排球場上體育課，正巧沒課的阿滿，往下大喊著林蟬一聲，害得他被同學調侃好一陣。

「你們怎麼分手的？」里香問。

「分手也不是用說的，他那邊不理我了，自然久了就叫做分手了。像我小哥就不會這樣對妳吧。」阿滿問。

「是不會呀。」里香幽幽地說著，好像也有難言之隱。

「妳是擺明說好要和我小哥分手的，至少有誠意去跨過你們之間的鴻溝。」

「不過我也沒那麼清明，不是百分之一百忠誠地去叛離，是夾雜很多私心私利的。我倒覺得妳和林蟬的經驗是挺不錯的人生滋味。」里香說著。

「滋味，那一定是鹹的。」阿滿用舌頭舔了舔嘴唇道。

「怎麼是鹹的？」

「日子都是用眼淚烤出來的。」阿滿苦笑，四年多的青春換來一座淚的海洋，她好累。

里香聽了點頭，沒有不流淚的馴服。

脫魔蜜的歌聲忽然傳來她那歪歪扭扭的中文變音曲，她們聽了甩開傷心的過往愛情，突然開心地笑了起來，她們心想一定是脫魔蜜戴了耳機才會唱出這樣的變調聲音。微笑之後，空氣又降到片刻的寧靜。

「里香，妳和我小哥有沒有怎麼樣？」

「什麼怎麼樣？」阿滿捏里香一把。

「哇，刑求逼供耶。」里香重吐了一口氣忽然點頭卻又猛力搖頭，阿滿不可思議地想這兩個大哥哥大姐姐，兩人在一起那麼久，肯定是因為老夫老妻了。她不知道這點頭又搖頭的意思是什麼，只覺得他們很像久壓在戲箱內的尪仔頭，忘了走位、台詞和姿態，扮相也已然不合時宜。

「不能說沒有，但也沒有很真切的體驗到性愛那種入魔的感受吧。妳呢，有的話要小心。」里香體貼地淡淡說著。阿滿這廂卻聽得有如電光火石般擊心。世俗如肥皂劇的未婚懷孕情節，她也難逃，那成了當年返鄉見母親最艱難的懺悔。她是一個年輕而缺乏責任感的人，她見到含辛茹苦的母親時，愈發確定自己是個在愛情世界很糟糕又很不知所措的人。

當時她一個人在小圓環附近街巷張皇如小偷般地走著。沒有保證人與儀式見證人，只有陌生人的慈悲與殘酷。阿滿的記憶只到褪卸牛仔褲換上綠色寬鬆似孕婦裝的連身衣，旋即躺在深綠色蛇紋亮皮的搖床上，她面無血色地挨到床，讓也一臉無表情的女護士打上一針，緊接而來的昏沉中，她見到有人在搖把手，感覺岔開的雙腿失去焦距地上下被調動著，等到雙腿落在確切位置時，她已渾然失去意識，第一次身體感受麻醉的威力，感受進入太虛般的空無，渺渺茫茫，幻境叢生。

那次的經驗讓她知道昏沉的人開始有意識是先從聽覺啟動的，當眼睛還未能睜開時，耳朵一直傳進來的聲音是方圓內許多女生的呻吟與叫喊，好痛好痛的聲音此起彼落，音波和窗外車流聲高低強弱地彼此協唱。

她緩慢地甦醒過來，空空茫茫地看著被百葉窗切成條紋的陽光晃影，頂頭上方天花板有著亮晃的白日燈，十分刺眼地射來。她想要嘔吐，這是她身體最初的感受。

她很想知道，她昏死的那段時間，醫師是如何地進行一個改寫人類生存的儀式，她這樣一想時，忽然淚流滿面。惡之華，往後她將走上一條懺悔之路。她一直在心裡說著，請原諒我，請原諒我，我非常無助，我不知道該如何是好，我不知道結果會這樣，我一無所知，我是愛情的笨蛋，不知道保護自己。

阿滿問護士當時的情景時，護士冷笑著，只是數落著女孩笨，「為什麼不避孕？」阿滿走出了醫院，大太陽罩頂，那一陣子，阿滿感覺看所有的東西都像是漸漸霧化掉了，像從太虛返回時見到的頂上白日燈的那種冷霧不清的色度。

後來阿滿最討厭的就是日光燈，慘白的日光燈，使她日後絕對不再使用日光燈，尤其是長條形的。

那次的感覺就像走在暮冬的上午，天光還大亮，但白色空間卻幽沉晦暗地佈滿著痛楚，她那年輕一無所懼的無知涉入的險境，感受的心悸就像迷路的魂，望著行走而過的軀殼，卻茫然地不知道哪一個才是真正的自己。

阿滿回到學校，再見毫不知情依然酷酷的林蟬時，她恍然覺得重逢已是隔世，轉眼已是最後一年待在學校的日子了。那時同學見到阿滿，不明就裡的人戲謔這阿滿是否該改名字了，怎麼骨瘦成這般。

阿滿應該改名叫阿瘦了。

阿瘦，阿滿又不賣皮鞋。有人聽了機靈地接著話說，大夥兒笑成一團。

過去，她用迂迴的手段，以獲取所相思的一切；現在，她用同樣的力氣，以忘掉黃金時代的戀人。

「唉！要靠掉入溝中來成長自己，可真是太苦了。」阿滿嘆道。

「妳說林蟬是水溝？」

「妳不知道，他有一種吸引人跟著頹廢的魅力，他的這條水溝，專門讓我們這些有如蚊蠅黏上他的小女生不顧一切地縱情往下一跳，且還搶著喝苦水呢。」

「逐臭之夫！」

「有一點天性吧，我小哥倒像什麼來著？」

「像一棵神木。」里香說。

阿滿聽了大笑。「像他這種溫吞水，怎麼表達愛意呢？」阿滿盯著里香問。

里香一勁地笑說溼透的木頭是很難點著的。

「沒辦法，妳這七里香合該是在城市散發香味的，我小哥則是適合生活在水的故鄉。不過本質上你們都還是植物。」

「如果人類沒有物質誘惑的話，我和妳小哥就彎匹配了。我真的覺得山上的日子很無聊，妳小哥卻可以因為小樹又長大了一公分而高興萬分，我卻只有在收到我媽寄給我好看的衣物時才覺得日子美好快樂，問題是我穿了什麼、外貌改變了什麼，妳小哥都沒反應，所以我就離開那裡了。」

「我記得妳以前沒有長青春痘嘛。」

「這就是回城市的代價，唉，那森林的空氣可真好，芬多精讓皮膚好。」里香悵然地回味著。

「那到底我小哥有沒有表示過對妳的好？」

「嗯，當然有，他把他種的小樹苗都用我的名字編號，好比叫做里香一號，里香二號，里香特有種、里香原生種之類的，大概因為這樣，所以妳小哥說過，他可以離開我，而且還能一輩子愛我。」

「看來妳是他心裡頭的一棵不老不死的樹，呵。」

「不只是一棵樹，還是一片森林。」里香敘述得平庸，阿滿卻反芻的厲害，如果林蟬把他家的大理石命名阿滿一號，阿滿二號之類的，她想自己肯定一輩子都愛他，把他的名字永遠刻進心的墓碑，像大理石般可以千年不壞。但沒有，林蟬對她的愛很一般，沒有太特別值得跟著時光殉葬的紀念物。

林蟬沒有對自己有獨特的愛的表示，那麼難道自己就有嗎？阿滿試著回想，換是她自己能做到賦予愛的重量嗎？自己的愛其實也是像美食和牙齒的關係，開始是唇齒留香，然後稍一怠懈，卡在縫裡的食物就散出悶餿味。對她而言，只存在一剎那的美好。她沒相信愛情的永恆，那要如何銘刻愛情之名。

僅僅有的美好剎那如列車通過時所揚起的風，車過無痕。

那美好通常是發生在車站。阿滿和林蟬兩人的老家分據島嶼的一西一東，放假兩人最後都在車站月台話別。

「今天有沒有吃西瓜？」

「有！」

「西瓜好不好吃？」

「好吃。」

他們倆雙手比出半片西瓜狀，接著放在嘴邊如鋸齒般橫咬而過。旁人看著這兩個人的動作和說詞可都是一頭霧水，這是他們之間獨有的暗號。

西瓜代表彼此，吃代表著想，整句口語翻譯起來就是：「今天有沒有想我？」「有！」「多想呢？」「好想。」

帶了這股甜蜜如真似幻的密碼，阿滿暗爽地踏進車內。但是等到列車開動時，她的淚就不安地在眼眶兜轉。不安感揮之不去，非常擾亂她的心緒。打自第一次背叛開始，那種不安就如黑洞。這種不安，終於被不斷暗示而催發似地有了第二次的背叛。那第二次背叛其實是阿滿在寒假裡的臆測，她想林蟬高中校友會的學姐放假兩人豈不近水樓台，於是假期成了阿滿一種無法止痛的痛，返鄉轉變成分離戀人的酷刑，一直到現在她都沒有根治好這種「返鄉病」。

阿滿和里香東聊西想的，時間過了半小時，里香說春蘭他們應該已經開上高速公路的返鄉車潮了吧。那卡車後面的床墊，是如此毫不隱藏著生活的真實。阿滿笑說春蘭和太郎這會應該在車內互相唱著針線情，你是針，我是線，針線永遠黏作伙。阿滿不覺地也跟著哼了起來。

他們望著公寓外的市井人生，竟有著如果有哪個男人願意為自己扛床墊，就嫁給他的心思。

「妳知道嗎，冷春蘭過完年回北，準備開花店哦。那個太郎很支持，要把搬家公司樓面改裝成花店，他的發財車留一輛小的，以後只載花和心愛的人了。」里香道。阿滿想那冷春蘭賣的花該是那種香水百合之類的吧，看起來雖高冷，但卻香溢泗飛，有春天容顏，也很能襯出春蘭那一身常穿的深色衣。

「唉，是冷春蘭生得早，被當勞工看待了，她要是有好的際遇，不就被稱為服裝設計師了嗎。」里香又道。她回頭卻見阿滿無精打采的神色，關心問著：「開始羨慕起別人囉。」

「突然很想嫁給像太郎這種人，明明白白的苦力人，不要和林蟬那種心思拐來拐去也猜不透的人交往了。」阿滿撥弄著被風吹到額前的髮絲，心裡還在想像著春蘭和太郎戀情的單純。

「得了吧，問題是妳第一眼就會否決掉太郎這樣的人。」里香說到阿滿心坎了。阿滿其實知道果真有個不修邊幅又不愛讀書的男人大剌剌拍著胸，面不改色地扛著床墊，然後一路讓卡車也把自己顛簸地送回家時，她又會莫名地嫌棄起這樣的人無法和他深層對話。

租處樓下的熊仔不是這樣嗎？很少見他是站著豎直的，多半他都橫躺在車身底下，但他卻總能在阿滿不定時經過時，準確適時地探出頭來，然後伸出一手的油墨，咧著大嘴開心地對她著招呼。剛開始時阿滿常常對這突如其來的舉動給嚇了一大跳。後來熟悉這種無招無式的打招呼方式，偶爾得空竟懷念起來，有時她會停下腳步，和熊仔一臥一站地說些不著心際但很生活的對話。

阿滿驚訝發現，林蟬當初說她的魅力在無產階級裡散放得最透澈時還甚是不悅，且對於林蟬調侃要派她去管理他們家工廠的話語還覺得有點受辱。

過了些年，日常生活的點點滴滴又告訴了她，林蟬的觀察是所言不假。

她想起上回搬家時，全部家當上了車，她也隨車至卸物的新住處，她不得已地夾在兩個打赤膊的工人中間，聽他們聊天唱著「愛拚才會贏」。似乎是忘了什麼東西吧，卡車先駛回公司，阿滿永遠記得她頓時身處在工人寮之地，木頭隔間內充斥著菸酒味的勞動，有人見到她嚇嚇朗笑地說：「喂，恁怎麼將人也搬來了。」然後有一個人塞了一張千元鈔給她說：「給妳買糖吃。」阿滿接過來看才知道是一張酷似真鈔的便條紙，她也只跟著傻笑。再次上路後，其中一個勞動者自我介紹說他叫吳明杰，

「無名節！」把阿滿笑得想到母親曾說姓吳的可真倒楣，接什麼都成了無。

紫陽當時見她和搬家工人有說有笑還擔心這女生真是很傻膽，看起來很容易被騙的樣子。這些事依稀如昨。阿滿想或許自己可以這樣對待他者，其實是因為知道彼此不過是短暫萍水相逢罷了，只因搬家過程短暫，所以她能如此地放任無為，真要發展出像春蘭這種戀情，她永遠不敢也不會接招的。

這時，屋內脫魔蜜用中文吆喝說煮了咖啡，里香和阿滿關上陽台落地窗，回到進屋。

「妳住東京？」阿滿和她聊天。

「嗯，Tokyo。」

「東京很先進。」

「很先進？」

「就是很漂亮，是吧！」

「對呀，看起來白白的。」脫魔蜜困難地說著中文。

里香笑著糾正脫魔蜜要說很乾淨。脫魔蜜似懂非懂地起身放著音樂，阿滿聽出是「壽喜燒」。

「天呀，這首日本歌很老了耶，十八歲愛聽這種歌的人不多。」

「十八歲，隻身從高度進步的地方跑來台北的人也不多。」阿滿和里香稱奇道。

「所以我給她取了個中文名字叫萍萍。」里香說。「如水浮萍，很貼切。不過她卻不愛，要我們叫她的日文名字。」

阿滿又是戲謔又是佩服地說她們這窩可是老中青三代臥虎藏龍。

喝咖啡時，里香才對阿滿說自己有新戀情了。

「可能和妳哥哥禁錮太久了。」里香說，阿滿聽了噗嗤一笑。

「別笑嘛！」里香說起前陣子很冷，新情人鄒麓留下來過夜的情形：「真的差很多，本來我是怎麼睡都還是手腳冰冷，他在旁邊，像個小暖爐，睡到半夜，兩個人還嫌太熱，踢了被子。」里香說的時候，還出現她少見的那種肆笑。

「不料，我媽媽隔天早上竟然自己開了門進來，她以為我不在，我還悶在被窩裡想該怎麼向我老媽打招呼，那個鄒麓呀就探出頭來，揚手對我老媽說嗨。」里香大約又想起他的滑稽相，不禁又大笑起來。

「那妳跟鄒麓應該定了下來了吧。」阿滿說，里香竟搖頭還是一勁地笑。

「老實說，我心裡現在偷偷地喜歡上一個小男生，是和脫魔蜜去Pub認識的。那個小男生有趣極了，我跟他說我三十歲了，他就說啊妳素不素都用歐蕾，唉呀，妳應該聽聽他那一口台灣國語，和那麼帥氣外表的衝突感。」里香笑完，忽收斂表情地說起自己的祕密。里香分析，她覺得和阿滿的小哥是生活氛圍的扞格，和鄒麓相處的難題是兩人常對事物有著認知上的落差。

阿滿看里香那般笑，想起她聽過里香曾經稍稍提起過鄒麓這個人，是因那回里香請她陪同去醫院。里香的腹中藏有和鄒麓歡愉後的壞果，無法留住的愛與疼痛，未成形的碎片卻仍霸佔體內，沒拿乾淨，因而引發里香腹膜炎。她陪同里香從門診出來時，里香哭說長這麼大，還沒這樣私處全開地被羞辱過，嘟嚷著還是留在阿滿小哥的山林裡安全。醫院外頭雷聲隆隆，人不斷進出廊裡廊外，雷光轟地映亮焦慮的臉龐。里香的淚水一起和外面的大雨奔流。

那時候里香的哭泣如此激烈，現在卻也無影無蹤了。再艱難都會隨著時間遠逝，但有時只是表層的遠逝，深藏在記憶盒子的傷痛依然，阿滿看著里香的傷心與恥辱似乎已然無痕無邊。

她在心裡以像是在問自己的聲調淡淡地問著里香：「妳和男人發生關係後，是否次日清晨對這個男人會因為親密關係而有了異樣的感覺滋生，不是變得更眷戀更依賴，要不也可能朝相反方向走，更厭惡更想逃離？」

「老實說，我沒有這麼多情緒，我好像可以靈肉分開，一點也沒有妳說的這麼複雜。」阿滿聽了不可置信地看著里香。

「那妳豈不是超脫了？」

「老實說，」里香還故意吞了一下口水，停頓好一下又吐出：「還真的喔！不過很多男人都認為我現在常翻臉不認人，從床上翻身就變臉，太無情。」里香無奈地苦笑，攤攤手說以前是太傷心，現在是太無感。

「妳真是很兩極。不是在山林，就是在紅塵。」阿滿朝里香笑說著，但她笑的主因是里香連著用「老實說」三個字。但她的心裡卻反覆地想著而不得解的是何以里香得以快速超脫困境，是否上回在醫院太傷心難過了而導致無感的反作用力。

還來不及問，突然門鈴大響。門開，里香的父母來接里香和脫魔蜜一起回陽明山的老家過年，明天就是除夕了，大夥兒都在趕著準備打包東西上路回家。

但里香的媽媽從進門就沒好臉色，倒是里香當中醫師的爸爸笑容可掬，一勁說新春快樂。她家裡請的菲傭也跟來，說著混重的英語邊幫她們提東西下樓。里香堅持要父親送阿滿到車站。

一路上的台北風光，此時已完全卸了妝。最後的拍賣字眼也深鎖。唯一的燈源溫度竟是平時很刺眼的公共工程的閃熾燈光。

來到車站比預期早了些，阿滿和里香兩人手冰冷地猛搓著，不約而同地抬頭望著夜空，黑沉沉。

「有時都忘了還有天空。」阿滿說，吐了幾口煙霧似的寒氣。

里香聽了摸摸她的頭，一種相惜之情。里香說起前年初二到阿滿家做客打牌的情景，「妳輸了還賴皮，不給錢呢。」里香笑阿滿當年的賴皮狀。忽然，她停了一下，像是艱難又像是無比真摯地說著：「代我向妳小哥問好。雖然做不成妳的嫂子，但妳永遠是我的小妹。」這時換阿滿摸摸里香的頭，她了解的，感情最好的狀態大概就是分手了，情誼還在。

接著兩個人就一直在熬著看誰先上車的遊戲，像小孩般地互爭不讓。後來還是阿滿贏，因為里香一個人陪就算了，怎麼好讓她的父母跟著在旁邊乾等。

「唉，妳這種細緻的人，實在應該有個人來好好疼妳才對，希望今年妳可以找到真命天子。」里香憐惜說著。

「那我也要祝妳們找到如意郎君囉。」阿滿笑說著。

脫魔蜜聽了一直問什麼是如意郎君。

「郎就是陳太郎的郎，陳太郎的郎就是犬字邊的狼。」里香說。

「狼就是Wolf。」阿滿接話。

「Wolf？」脫魔蜜不懂過年為什麼要找匹狼，還心想是習俗吧。看阿滿她們笑，也露出虎牙地跟著笑。

「天呀，她才十八歲耶，真是不能相信。」里香搖頭嘆道。阿滿了解這種不相信，不是不相信脫魔蜜才十八歲，而是無法相信曾經也在這個妙齡的自己。可現在難道自己就相信自己了？阿滿對自己還是沒把握，這個常衝出軌道的自己，本來面目已經被層層疊疊的際遇覆蓋。

「代問候妳哥。」已經進入轎車後座，卻又不捨地拉下窗子的里香朝阿滿揮手地輕聲說著。

阿滿揮手點頭，她目送里香家的黑色轎車的最後一縷白煙消失在大街的盡頭後，她突然覺得餓了。

她在客運車站的某攤位買了三明治、茶葉蛋，正剝殼吃著時，她突然望見彎蹲在鐵柵門旁的一位流浪老婦。她才踏步要趨近，老婦旋即拿起布包走了和她同等的步伐，一近一離，阿滿想這樣是不行的，不能因為自以為是的慈悲而去干擾別人的生活，何況這樣的好心好意，流浪老婦很可能誤以為是來驅離她的。

阿滿轉身坐回客運的塑膠椅上，望著流浪老婦又回到剛剛彎身的臨時落腳處，她想對無業的自己和無家的老婦而言，這過年凶險，年獸躲在暗處埋伏，使她們過年如過關，渡河卒子。

7

阿滿和愈晚愈稀少的人潮等著客運的來到。

在藍色塑膠椅坐著等車的人潮原先泰半疲憊或者昏沉。許多人的睡意突然被一對老遊民的彼此叫囂聲喚醒。

「駛你娘！幹你老母。」憤怒自胸腔迸出。阿滿循聲轉頭望去，她看見兩個殘疾者丟出語言的炸彈，朝彼此射下。一個褲底破了個大洞，開張著無比難堪的青瘀屁股；另一個老人卻更色身殘酷，竟沒了雙腿，因而那褲管空蕩蕩地孤懸著。兩人不知為了什麼事陷落在塑膠椅上不斷地來回穿梭叫罵著，一來一去，戰局攀高，絲毫沒有要退讓的意思。在旁邊看戲的人，在電腦語音廣播出客運進站要開往的站名時，還杵在位子上事不關己地觀看殘疾人的恩怨。這時不耐煩的司機急忙吹著要開動的哨子，搭車者彷彿才依依不捨地從幾個角落裡邁步走出。不同終點站，不同的關閘口，看戲的好事者臉還貼客運的玻璃面上，一邊搖頭一邊興味昂揚地盯著下一幕戲的發展。

可惜客運不等人。搭車者紛紛移位，逐漸往閘口移動。

上路後的客運卻被堵在返鄉的車陣中，巴士以蹣跚的速度攀上高速公路。

遠遠地，阿滿彷彿看見那個夾雜在名貴車流的春蘭和太郎的卡車，還有那隨著車速而不斷彈跳晃動的床墊。當然那只是她的幻覺，她無情無緒地亂想著，在滿車箱的睡意裡，自己卻無比的清醒。她也忘了問里香，當她的媽媽在無意間開門竟撞見女兒和男人一起暱在被窩的情景時，她媽媽的反應？她想如果發生在自己身上，她屏息地想著，那麼今天這趟返鄉車程或許就可省了。

上一次回家是什麼時候？

其實不遠，就兩三個月前而已。阿滿的屘叔公的長孫伯鯽，也就是她的堂弟結婚。大喜之日聽說缺未婚伴娶者，不屬於伴娘伴郎那一掛的，只是要湊人數圓滿的吉祥數，她成了湊數用的人，她聽了心裡笑著。母親囑咐她無論如何一定得回來，添喜沾喜。那喜日恰好逢連假，車票難買，母親倒替她想好，要她在交流道等坐伊表叔南下的卡車。

無免開錢，擱方便。媽媽在電話這樣說，很得意的口吻。

那日風極大，在交流道入口等車，非常危險。突然一陣劇烈剎車聲伴隨著風沙揚起，阿滿聽到有人喚她「阿滿？」阿滿點頭，眼睛卻一時難以睜開。待風定沙停，阿滿一見眼前這車身心想：「這哪裡是小卡車，是超級巨無霸的聯結車。」眼前男人也不認識，那男人才說是伊表叔的同事，臨時跟伊調班。

車身極高，阿滿困難地爬上聯結車，一坐定好，抬頭一看，哇！視野真開闊。老遠就可以看到公路風光，盡頭的盡頭。

畢竟和司機不認識，阿滿就靜靜地看著車速滑過的倒退風景。等到日落時分，突然從後方冒出一個人的聲音，揚腔和司機說著話。阿滿嚇了好一跳，往後一看才知道椅子背後竟然藏有可容一身的臥鋪。

「喂，阿滿妳無愛睏是否？椅背可以放低一些喔。」醒的陌生人問著她，叫她的名字卻好像老朋友似的口吻。

「嗯，我坐著就好。」阿滿說著卻坐得更挺了。

車到了休息站，司機前後替換。原本藏在後方的那男人似乎睡過之後精神特別得好，不時地轉著方向盤搖晃著頭地唱著歌，雄性勞工階層的蒼涼嗓音聲自此一路相伴。

「做我這一途，累無打緊，沒死也僅存半條命，還給人看不起。現時聽說有豬肉王子，我也應該來唱歌，做一個卡車王子，到時陣我再請妳來合音。」阿滿笑著司機國台語夾雜地說著，聽到請她當合音，她笑著回應說我五音不全。

五音是哪五音？司機忽然問。

她笑著說這有點難回答，要說到中國以前只有五音，宮商角徵羽……

算了算了，當我沒問，聽到這些我就頭痛。

阿滿笑，明明是你問的。

司機聽了也呵呵大笑。

因為堵車嚴重，從落日時分開到村子，已是夜深人靜。

在只有幾盞慘白路燈的小村，四周平原墜入深黑如海的靜謐，彷彿深更半夜。把阿滿送到村子入口，因為聯結大車進不去，那喜歡唱歌的司機竟把車停妥，走下車陪她一起走到家門，並且主動將阿滿的行李接去。起霧的夜，空曠的平原十分荒涼，傳來幾聲狗吠，田埂小路混著獸味與蔬菜的氣味，家真的到了，就是這個氣味，她從小聞到大的野味，母親的味道。

阿滿感到一陣冷，司機遞給她圍巾，她很尷尬接或不接時，司機就已經把圍巾繞在她的頸子上。

先圍著吧，別著涼了，鄉下沒醫生，司機笑說。

阿滿詫異這個人的細心，感覺不是做苦力的人。

還在兀自亂想時，已經穿過祠堂，正要往家門口繞進去時，母親卻已經朝她走來，夜黑風高撞見母親身影，著實讓他們兩人同時間嚇了一大跳。

阿滿母親大約之前就已經失眠而聽到聯結車在村口停下時發出的巨大聲響，因而早早就披上外套要出門接女兒了。

「衝啥去？佇呢晚？」母親嘴裡叨說著，卻一臉疲倦笑意，見著阿滿臉上的擔憂轉成了安心，母親喚這名司機進屋內呷杯熱茶再上路，還遞了個裝了烤雞的大塑膠包給他。

「現在你可以做雞肉王子了。」阿滿說。

她的母親在旁聽著詫異著，心想阿滿何時跟這男生變得熟悉了。年輕司機放下杯子笑聲朗朗地道謝，轉身離開前對阿滿笑說，我平常送貨，第一次送人，哪天需要我再接送妳，喚我一聲。司機離開前做了撥打電話的動作，阿滿笑著不置可否的表情。

謝謝你，小心開車，阿滿說。她突然有點懷念這樣單純的感覺，沒有評比，沒有關係，沒有階級，沒有好惡。

母女轉身進屋。

「妳剛剛擱咧變啥把戲？」母親邊熄燈邊說著，她沒見著到女兒兀自在黑暗中听然而笑的樣子。

隔日一早阿滿聽母親老是陳腐地叨唸著：「人家新娘減妳幾歲就結婚了，只有妳要做老姑婆。真壞命，飼恁不娶不嫁的。」母親罵她連小哥一起也叨唸進去了。

她在母親的叨唸中更換了母親喜歡的長裙，抹上胭脂，還在套著絲襪時，突然一幫堂妹們在廊下喚著：「滿姐滿姐！要駛車了！水查某囝仔來去梅山迎新娘。」阿滿笑著欲帶包包走出前，母親在一旁又叨唸說她穿得不夠體面，給一伙堂妹們都給比下去了。

阿滿聽了，臉上浮上一絲怫鬱神情，跨過門檻走出去後，她母親卻又陪著笑臉，巴巴地跟著出來，朝著阿滿的堂妹們暱喚著：「恁阿姐台北住久，伊庄腳的世事卡生疏，伊哪不識，恁大家愛教伊喔！」

眾堂妹們聽了皆噤聲，但臉上卻帶著笑，眼尾都覷向阿滿，一副很同情阿滿的逗趣表情，阿滿也輕拋媚眼回應一幫年輕女孩。

唯獨才念國中一年級的小曇卻發出咯咯大笑，好似不同意剛剛阿嬸說的話，小曇笑說阿嬸不對喔，阿滿什麼都知道，她是扮豬吃老虎。

有人聽了在旁邊緊張地扯著小曇的袖子，悄悄要她別說了。因為她們都曉得這阿嬸的性子呢。阿滿母親仍是笑著，看到女兒夾在一群小堂妹裡長相臉蛋都沒有被比下去而感到安慰，阿滿母親嘴裡不說，心裡其實知道自己女兒的份量，她愛叨唸只是為女兒好。看著一幫女孩的背影，她安慰著自己可沒給女兒生醜了，女兒只是嬌小一點，其他的項目在做母親看來都是很不錯的，尤其是女兒一臉聰明相，看起來就是很會讀冊的人，和一群鄉下女孩站在一起，更顯得蠻不一樣的，她一時也說不上什麼不一樣，因為她不知道那叫做氣質。

「沿路不要蹉跎，愛趕好時辰返轉。」阿滿母親又從背後拋聲而出，威儀訓示。

阿滿聽著背後母親高八度的聲音，心裡笑著母親老是擔憂成性。

她隨堂妹門穿過竹籬，又聽到母親轉身兀自輕唱的歌聲傳來：「想彼時雙人結合好情意　想今日身軀不是普通時……」

「好情意？」阿滿聽著歌詞，結婚喜慶也感染了長年心長繭的母親，她非常訝異母親竟唱起情歌來。但她想，雙人結合好情意，應該不可能指的是爸爸吧。她突然轉頭看著母親背影，心裡竟萌起母親也在此時回頭望向自己的期盼。

母親沒有回頭，是她回頭了。

是自己變成鹽柱了，她想，竟十分悵然，不禁訝異起自己對母親的眷戀，原來是真的。

漸行漸遠，母親清朗，反倒是自己這一廂影綽綽地奔馳著心事。

阿滿的堂叔是農會的總幹事，在小地方就已經算是上上之人，深耕地方人脈，因此這場婚宴竟席開一百桌還不夠。

席間阿滿成了眾矢之的，大學畢業兩三年，拉緊報也拉夠久了。她在台北的愛情、事業雙管齊下地被逼問著。有親戚問她母親，阿滿大學讀大床系，怎沒去做記者？大傳被發音成大床。

做記者？伊成日趴趴走，我哪知伊在想啥米？讀了大床系，去送報紙好了。阿滿聽見母親對自己的嘲笑。

「沒用啦，伊係真固執，講嬒聽。」阿滿母親穿著哥哥出國帶回家的南洋花衫，母親依舊習慣吃辦桌時會拿塑膠袋裝食物。母親邊倒食物邊說著：「讀冊人卡輸人臺頂佇些唱歌的。」電子音樂伴奏著一群豔麗穿得涼快的舞群，主持人順溜口似地說起葷笑話來。

這趟喜宴成了過年前返鄉印象最深的一回，是打自她十八歲離鄉後最熱鬧的一次。鋪滿粉紅塑膠紙的圓桌在收割後的稻田展開歡樂喜宴，可觀的百桌，如裝置藝術似的。像是她在台北逛藝廊喜歡的草間彌生的圓點，粉紅塑膠紙就像彌生頂著那一臉的紅髮。朱湘織曾說她讓他想起年輕時在紐約的草間彌生，這個獨特的藝術家。天旋地轉的圓點罩住瘦小的藝術家，周遭是巨大的網，渺小的我如獵物，無法掙脫。他唸著彌生的自傳，彌生母親給她一百萬日幣，要她永遠別再回來。

她聽了心裡驚嚇著，這種訣別是永遠讓她害怕的。

阿滿在婚宴當時拍了不少照片，母親看了沖洗出來的照片曾數落她一定不甘心才會把婚宴拍得像是辦喪禮，烏煞煞，烏米媽。

她笑著聽媽媽的抱怨，媽，我拍的是黑白相片，那是藝術。有彩色哪要拍黑白，傻嘟嘟，反正妳看別人結婚眼紅，媽媽說。她聽了又笑，就好像媽媽打電話給她，聽到她的英文留言時，竟以為是打到國外去的好笑。阿滿通常在這種時候會無限同情母親，因為長女幫忙持家而沒有受教育的媽媽全因不識字而受了很多欺騙，走了很多冤枉路，鬧了很多笑話。去廁所按沖鈕會按到急救鈴，去自動機器買面紙會買到衛生棉，這些無傷大雅。但被欺騙就很慘，常常幾十萬就瞬間消失，但母親脾氣硬，這種損失竟忍吞回自己肚裡，卻對阿滿不過喜歡買點漂亮衣物的費用嚷嚷奢侈。

她還觀察到母親最氣朋友或是女兒對她講：「知影我的意思嗎？」

這時母親會不耐煩地回說：「知啦，我無係憨人。」

當阿滿想起台北經常去逛藝廊時所見到草間彌生的展覽時，她又接到母親急急如律令的來電，母后要宣她回家。母親說是有一封限時掛號信寄到家裡。阿滿可不再上當，她說：「妳先拆開看是誰寄來的。」

「看咧八百！我不識字。反正，妳返轉就對囉。」

阿滿只好央堂妹小曇去家裡偷偷瞧再來回報信息，她想母親一定把信丟在客廳的茶几上。小曇回報上面寫著猩猩問候。阿滿慢慢回想，才想起是大一聯誼時認得的交大電機系的猩猩，理工科系最愛和文學院的寢室聯誼年代。阿滿想，這人真有心，還留著她寒假曾留給他的老家地址。不知為何在闊別幾年後竟寄來聖誕卡片及目前的玉照。

「卡面上面寫什麼？」

「獨身萬歲。」小曇唸著。

「獨身為什麼萬歲？」小曇又疑惑地問著。

阿滿只淡淡地笑說別理他，心下卻想這是個很不同的祝福。竟背對著集體流行的雙人行幸福，大打獨身牌。阿滿可不知道這人抱獨身主義。但她從沒說自己要獨身啊，但為何每個人對她都有這種感覺？她喜歡孤獨並不代表要獨身，孤獨是心境上的，獨身卻有身體上的意涵，她一點都不想要擁有一個不讓愛情不讓別人靠近的孤單身體。

如果給別人有這種獨身主義的感覺，究竟原因是什麼？她左思右想，想著每個男人和她在一起時都說不結婚，但離開她後卻都紛紛結婚了。她不適合走入婚姻嗎？難道自己都看不懂自己，別人卻看懂了？她掛上電話，東想西想，不知為何那麼渴望愛情的人卻被別人認為想抱獨身主義。

當然阿滿知道這卡片如果寄的人換做是林蟬的話，那麼母親不必打電話催迫她，她也一定甘願回家只為了取一封信。她的心底悄悄湧上一絲嘆息，彷彿耳朵灌進了母親唱的台語歌，什麼有人愛著妳，妳卻愛別人之類的。

她最後一次收到林蟬的隻字片語，嚴格說來是不能叫做收到的，根本就是她打開他的抽屜看到的隻字片語。他用斗大的藍麥克筆寫在他系上印的紫色信箋上：「我恨妳和恨這個世界的成分是一樣多的。」字體斗大，分兩行填滿紙面，就是再眼花的人都能看見的刺目。

阿滿知道是寫給她看的，她也知道林蟬已經曉得她常常偷開他的抽屜臨檢，那字條根本就是故意給她當頭棒喝的。

阿滿將Ａ４紙從抽屜取出，且收藏至今。看到紙條這件事之後，她心裡雖受傷，心裡忍住難過，且嘴裡沒向林蟬質問究竟是何意，因為問了正好落了個對號入座。兩人心照不宣，她佯裝沒發生過，林蟬也裝傻沒寫過似的。也許因為這樣，他們的關係才能慘澹經營到林蟬入伍吧。

破裂過的痕跡永遠是存在的，她想起那場最初的背叛，明知最後的下場卻在當時無法離開，這是為什麼？她常常在經歷這種早已看見未來的劇情發展，但卻一直繼續配合演出的愛情戲碼。

那張紫色的信封紙，今年過年前她收拾東西時可還看見著呢。信紙的顏色和筆痕歷歷如新。收拾當下，也跟著見到不少朱湘織留下的蛛絲馬跡，有些還是傳真紙，字體隨著時間消失，彷彿歸入洪荒。她乍見那幾乎全轉為白紙的傳真紙時感覺一陣怵目驚心的。原先的濃情蜜意倒像吃過的棉花糖，與時消融，不為史留。

白紙恍如空夢一場，加上和朱湘織在一起時沒有想到要合影，而他給的東西也差不多全轉賣了，阿滿想到這一切，真有紅樓夢最後的荒荒太虛之感，灰飛煙滅，她常想起的字眼。

返鄉客運的巴士空間四周打鼾聲此起起落，在車外的黑幕中，她看不清楚車行何處了，但她逐漸感到天氣漸漸乾爽暖和，台北的濕冷被遠遠拋在後頭了。

時間又移了些格，窗外天色還掩映在迷濛的拘謹之中。不用目視，阿滿也能感覺到這是屬於這個小城小鎮特有的輪廓。

最遠依稀是山水，飄渺著薄霧的自然氣息。這時不用看錶，她知道再過幾分鐘後，夜晝將替換。蟄伏縝密萬無一失的直覺，走回鄉里，她母親的家，她出生的地方，她的生物本能就能逐漸被喚醒。

瞬間窗外劈下金光，但彷彿全車裡面只有阿滿正在注視這個幻化的天地儀式。這一刻，天地果真清亮起來。窗外淡薄晨曦正灑向大路前方的野地森林，整夜因塞車停停開開的擁擠車潮，有的抵達終點，有的轉彎，有的繼續奔馳。

她聽見車輪傳動在柏油路面的聲音大大不同了，她聽見原來車子已經滑向古老的猩紅色大橋。

她搭的客運是少數幾個在過年時間點有開到西螺的車，但她不知道客運竟開上舊路，上了舊橋。可能因為大塞車的權宜之計，又或者是天意要她重溫童年與母親搭車經過這座橋的夢幻時光。

西螺大橋，更是母親童年的魔幻時刻，母親第一次在這座橋看見七爺八爺，聽見鞭炮聲轟隆炸過，看見黑頭車成排剪綵。

這座橋四周如今如此荒澀。

橋銜接的河岸兩旁，有早早醒轉的人生。水面薄霧如透明玻璃紙，冬天逢枯水期，村民沒辦法期望溪水能漲潮沖刷到田埂上的農作物，因此得依靠人力來來回回地挑水，一擔擔地灑下。「挑得肩胛骨攏彎去嘍。」她母親常抱怨這種苦力事，但母親其實早已是半退休狀態的耕種法，耕作也像是在殺時間，抱怨是說給她聽的。母親最常耳提面命的話是：「雨天存糧水，晴天無驚枯。」

挑水使農作物生長，這個辛苦還算是有盼望的。「悚驚做大水，攏去了了。嘸通呷半項。」不僅無吃的，連命都不保。當溪水暴漲狂狷呼嘯席捲四周時，那麼人畜得準備棄屋遷村了。大水遊戲一場走了，村人重返破碎家園，欲哭無淚。但這樣的戲碼年年驚怕上演，不是乾枯就是大水，如此也過了一代又一代。

母親常常這樣描述著家園，無情荒地的殘酷永遠是母親難以抹滅的記憶，也是不斷告誡女兒的警世錄。母親對女兒永遠關心兩件事，愛情裡要託付的男人，現實裡表面說的是天地的無常，內裡隱含的則是對經濟的擔憂。

阿滿僅僅在小學時遇過超級大颱風，家裡頓時像噴水池，地裂侵蝕，水湧直竄。她因好奇而將臉貼近家裡的裂縫，瞬間被水注噴到臉頰眼睛時，還慘遭彼時困頓疲累的母親見狀後突如其來生氣地重摑她一掌。她被母親摑掌時只有一個反應，那就是轉身。多年後，她經常轉身，轉身背對母親，直到母親那條綁在她心裡的細線再度費力地把她不得不拉回。

大水過後，沖刷一切，萬物皆可拾。她通常能撿到一些銅板、小飾物、破裂的玩具。她沒有母親年代可以撿到生活可用的美好物資，母親說她還小的時候，從溪水上游會沖刷下木頭，有時還可撈到走失的雞鴨鵝，甚至小豬和兔子呢。颱風過後，暴露的河床溪床和草間經常有蛇出沒，牠們無視於人的地盤，曲蜷在石頭上大曬太陽。母親經過時見了好驚怕，卻沒人可以依靠，父親總是在他方工作。但即使他在旁邊，也或許和酒神對弈或者發呆。

母親經常一個人面對時而敦厚時而殘暴的溪水，母親呆坐田埂邊望著汩汩湍流或裂裂乾枯的溪水的悲傷側臉，早已嵌入阿滿從小到大的腦海，在她的潛意識大海裡，一定藏著母親這尾藍鯨的悲喜，其殘酷與溫柔。

八、九月時，阿滿即使沒有返鄉，她也能遙想起溪水透著燒風，吹掠作物，溫熟著已圓滾滾的西瓜，瓜農們笑得開懷，一口黑黑烏齒像濁水溪，那笑當然是對上蒼賜予的豐年致上最大的誠意。「但千萬不可作大水！」他們等採收時，無時無刻地總會瞥望天空一眼，心裡祈求水神別發威，若要發威也等採收完畢。

等到夏暑熱風一走，溪水就漸入秋冬的景觀了，也就是涼風起兮，溪水不再暴漲，菅芒花迎來了一季的蕭索。

河床芒草飛如浪，在阿滿看來卻是獨特的風情。若再開花，也是讓她眷眷戀戀不已。「芒草開花，明年不做水災。」村人說。從生物萬象作息來了解自然的時序，是在地人的本能。

看見溪床菅芒花在冷風中搖曳時，車子已經開上了猩紅的橋。

母親跟她描述過如果沒有這座橋，南來北往只能靠雙足涉溪的年代。

「妳阿嬤從彰化娶過門時，赤貧沒錢叫轎子扛，伊穿媠噹噹，撩水才過得來。」阿滿母親說起她的繼母當年下嫁之景，那時母親已經五歲，知道陌生女人即將來到家裡的恐懼。早年這個無血緣的外婆也很怕過年逢初二回娘家的日子，外婆對於回到對岸的娘家並不是那麼喜歡，可能往年攜眷撩深水的生死交關記憶還深植腦海。想到此，阿滿不禁又回望橋影幾眼，望著溪水的興風作浪，心裡對以前人的生活艱苦多了崇敬之情。

「水像一尾大龍。」屘叔公曾道。

「阮阿滿嘛係天頂下凡的龍。」屘叔公哈口菸又說著。彼時阿滿的母親背上揹著她，聽了心想女孩子要什麼龍下凡，女兒能仙女下凡就好了。

家就快到了，阿滿起身拿了架上的簡單小包行李，在車的搖晃中走到司機旁，心思還浸淫在往日的遐想，嘴上跟司機輕說著：「我這一站，要下車！」

「新年恭禧喔！」司機黑著眼眶道。

阿滿應了聲你也是，下車。

逆風中，瞬間她的長髮覆蓋在眼前，她聽得背後有人喚著：「喂！查某囝仔！妳把妳的龍貓給放捨了。」笑呵呵的聲音傳來。

阿滿聽了下意識張著手瞧，手空空的。轉身要衝回車門時，她見到龍貓臃腫地穿窗而出。客運停下，窗戶打開，有人遞給她龍貓。她接下龍貓時，才看清楚剛剛坐在她旁邊的那張臉。以人間苛刻標準看，那或許不能說是一張完整的臉，但那被火神吻過的燒炙痕跡在那一刻卻給她如此溫柔的餽贈，阿滿也報以亮燦的笑靨，她突然想起這竟是打自她從早上醒來，晃蕩一整天下來，遇過許多人之中，一個陌生人竟給了她最深的奇異微笑，微笑裡頭藏著傷害，但傷害卻轉成了輕盈。

她看見窗戶關上，巴士又奔馳它的下一站。

原鄉的風，灌入她的鼻息，也搖醒路旁開在晨光裡的大紅花，清冷香豔。

這已是除夕的清晨。

8

小鎮上的人生開始得早。

疏朗的老街，風華世代成了雲煙。富有人家多半遷移，有些莊園大戶裡面仍聚著多戶人家，從大門斑駁凋零的花紋鳥獸圖案中，仍可嗅到幾許往日的芳華。

有幾個小伙子踩在梯子上，懸掛著廣告看板，老戲院的老門面被年輕人的俐落身影映照得有了現代感。地上散置著過年正要上檔的二輪片廣告看板，濃烈的油墨飄散在晨曦中，像是小孩塗抹了豔妝，分外地醒眼。

阿滿走到戲院的正面時，廣告看板還沒有拼全，看不出廣告上的明星長相。掛看板的年輕人忽然有人朝她吹了幾聲口哨，阿滿沒多留意，她對於路邊朝她多看幾眼的人經常是沒感覺，有可能是她對自己的外型不是那種很有自信的人，又或者她經常神遊自己的虛幻世界與記憶大海，對她不關心的事物經常無感。

她的眼前浮現著三個時期的自己，經常出入這老戲院的無數次光景。

三個階段，十多年來，阿滿知道這時間過程催人老，小鎮和戲院已經同樣老邁。戲院要拆的傳聞甚囂直上，至於她自己也幾乎不屬於這塊土地了。記憶像車在裙襬的細線，誰關心呢。除非衣裙斷了口，細線才會被挑起，「可是更換的腳步如此地快，買新的永遠比補舊的容易多了。」阿滿想誰會想要去惹「記憶」的麻煩，記憶睡著，如心裡的結石，緩緩堆積著，直到有天會磨心地痛。

她彎去戲院旁的窄巷，有個魷魚羹的攤子仍擺在老角落，依然是木頭釘的攤位，架著藍白相間的膠棚。攤位上的紅漆木板刻著歪歪斜斜的手刻小字：生財生利。打從阿滿可以獨自一個人來到鎮上晃蕩時，這小攤子就在此了。後來果真是生財生利，許多人都必須靠著牆站著吃，讓汗水留進辣辣的羹碗裡，食客也經常是比看電影的人還要多。有時阿滿想到鎮上看電影，她的母親知道時並沒有罵她，反而要她看完電影後，順道等攤子黃昏收攤時，要她向老闆買剩下便宜又大碗的羹汁。阿滿總覺得難為情，哪裡有只買湯的？何況那老闆面帶書生樣，是阿滿最難啟口說話的一種類型，她比較喜歡跟勞工簡單說話。

「免驚，反正剩湯伊嘛係倒掉。」母親說。

於是阿滿就儘量和同學一起串通好，不讓母親知道她上街去電影了。

說也奇怪，那魷魚羹的名號愈是響亮，彷彿那攤子的老闆娘就愈會生產。只見老闆娘肚子才消下沒多久，旋即又穿起她那件碎花褪了色的孕婦裝，挪動著龐大的身軀。

旁人於是邊嘩啦大口咬著脆魷魚啃辣椒時，邊抬眼瞟著老闆說：「瘦歸瘦，擱真有勁力。」

那老闆聽了只是笑，笑出一臉魚尾紋也沒接話，只忙著手攪伴著稠湯，免得羹黏鍋底。他的老婆一碗接一碗地洗著，他一碗一碗地舀著，阿滿從沒看過他們夫婦說話，兩人只是一直勞動著。國三有回阿滿和同學看完電影出來正逢雷雨，於是躲到老闆搭的藍色塑膠棚下，身上的零用錢卻只夠吃一碗羹，那老闆見了竟主動多遞一碗給阿滿，阿滿怯生生沒伸手，同學卻忙不迭地喜孜孜接過，張口吃得好滿足，對阿滿低語：「老闆今天買一送一耶。」

「妳很愛看電影喔。」老闆突然開口對阿滿說，害阿滿嚇了一跳而忘了應聲是。那次回家的印象是電影的影像全沒了，只剩那老闆溫柔語調和一旁沾著肥皂泡沫的老闆娘那如魅投來的奇特眼神。

老闆什麼時候觀察過自己喜歡看電影，同學一直虧她，笑說老闆喜歡妳喔。阿滿至今都還記得老闆娘那凌厲眼神和吹氣球似的身軀所發出的不諧調況味。於今想來那老闆娘其實也不過和現在的自己年齡差不多，但卻像是一尾一尾被攤開浸泡的慘白魷魚，宣告著泛白死亡的青春歲月。

在小學時阿滿就喜歡吃魷魚羹，彼時當然對那個沉默如鐵的老闆娘有著這般的想像，她只是在餓肚子時，會偷偷地吞嚥著口水，瞧著家境較好的同學竟翻牆出去，用原是裝冰水的塑膠杯將魷魚羹帶回了教室，頓時柴魚竹筍香菜辣椒胡椒的配料氣味飄散在教室，香氣泗溢，而有愛吃者在分不到一口羹時，甚至還拿起杯蓋用力舔著。

阿滿當時靜靜地坐在一旁，偷偷地祈禱肚子可千萬不要在這個時候發出咕嚕咕嚕的難堪飢餓聲響，有時餓昏時，她還曾天真地希望以後要嫁給賣吃的人。

高一阿滿稍微有些零用錢了，但卻再也吃不到老闆的好手藝。

傳說老闆有天夜裡打了老闆娘，然後就出走不見了。阿滿一直不相信這個傳聞，還曾怨這鎮上的人沒事盡批評老闆相貌堂堂卻賣羹湯有違天命，所以他才不賣了，阿滿的表姐秋櫻向她說：「長得像書生也是會打老婆，以後妳長大了交男朋友，可千萬不要被外貌騙了，知不知道！」

如今老闆娘生的七千金，最小的那對孿生姐妹應該也上國中了吧，鎮上的人都說這些女孩都是丫鬟命，前景堪憂。木頭做的攤子，仍刻著生財生利，這四個字於今卻是倒著走的。

阿滿看著攤位，彷彿看見她的胃，那一只因為母親忙碌而經常忘記給她添食物的胃，充滿著對美食的眷戀。她不禁嚥著口水，但那往日滋味竟已無從找起。

阿滿走進小巷，穿出小巷，接著她走進火車站的廁所，遞給阿婆五塊錢，阿婆給她粗糙的衛生紙。

「無免喔，我只是要換衣裳。」阿滿從行裡的袋內取出一件厚棉長裙。

那阿婆要退還她錢：「妳換裳，免錢無要緊。」

「愛啦，借所在，應當的。」阿滿抛下話，進了廁內更換。

她走出來時，這阿婆直讚：「真婧！」

阿婆的話像是給阿滿吃了顆安心丸般，因為母親的挑剔與嚴厲是有名的，想到此阿滿又在咖啡色帆船鞋上套了白襪子。仔細地在鏡前調整好坐車斜了一邊的衣領。抹了淡赭的口紅抿了嘴，才拉上行李袋上的拉鏈。

「給我後生囝作某好否，伊真勤力打拚，配妳配得過。」阿婆看她在鏡前裝扮竟看得興味盎然。阿滿直笑，真不知如何以對。

走出了車站後，那些如鯊魚般在等待客人上門的計程車司機們已經將她圍攏著。這時真叫阿滿好生為難，她不知道要選哪一輛才好。於是只得謊稱家已經到了，她偷偷拐個巷，到別的路段攔車。

「妳早早落車，塞車很累吧，回家過年？」司機閒閒地問著。

「嗯，返轉媽媽的古厝。」她望著寬了點的大路也漫不經心地回答著，稀疏的木麻黃被這一季強烈的海風吹得軀幹直往後倒。

「妳結婚了啊？」阿滿一聽司機的問題，心裡暗叫一聲天啊，難道我看起來已經是婦人了，我有那麼老了嗎，竟到處都有要幫她婚配的陌生人。

「還沒呀！」她的聲音陡地提高了幾度。

「還沒，那妳怎麼可以講是回去阿母的厝，還沒出嫁的查某囝仔，要講是回家，現時，妳只有一個家嘛，當然是回阿母的厝，哪有分別心。」司機從後照鏡看她，國台語夾雜地認真說著。

阿滿一臉歉意似地笑了笑，心想反正就是見到媽媽就對了。

在汽車無法駛入的古厝小徑，阿滿要司機停車，她拿五百元給司機找。那司機動作停停頓頓，阿滿心想是不是剛剛自己說錯話了。卻聽得司機說：「妳咁是紅毛的查某囝仔，對否？」

「紅毛？誰啊？」阿滿疑想著。

「歹勢，細漢叫慣習，一時改不了。紅毛就是阿菊。阿菊妳媽媽對否？」

阿滿點頭，點點憶起司機的面熟。他曾騎一輛聲音奇大的機車來村裡賣蜂蜜過。午后，休耕時節正好眠，那引擎聲和洪亮的叫聲把阿滿母親的夢打斷，只見母親匆匆下了竹床，循著鞋穿好後，急步跨出門檻，嘴裡朝機車馳來的方向大喊：「喂！吵死人也不是這款樣！」

阿滿從窗外聽得母親的聲音可不比人家小聲呢，頓時臉都赧堪起來，心想等會雙方一定會一觸即發。

不久傳到耳邊的竟是卻是笑聲朗朗，她想有沒有聽錯啊，母親怎麼可能對著那人大笑。等待摩托車聲遠去，母親的手裡竟還多了瓶蜂蜜。

「細漢玩伴，別莊的。小時冤家，呷到老，頭一擺遇到也是冤家。」她母親說。阿滿還記得那罐用紹興酒瓶裝的蜂蜜好寶貝，她每天用竹筷子偷沾一點吃，覺得簡直是人間美味。有一回，她照例跨在板凳上從木櫃取出蜂蜜時，板凳的一腳突然鬆了，害她跌跤，玻璃瓶子應聲而碎，蜂蜜緩緩地流到灶邊，她一時的想法就是往外衝，跑到田溝旁的林子裡，一直躲到黃昏，怕挨母親的打罵。

等到她的母親回家一看，蒼蠅和螞蟻早已全面占領，只得取一把乾草點了火燒向侵略者，「真討債！妳這個死查某鬼！」阿滿矢口否認係她所為，低聲畏懼地說著自己不在場的證明，即使母親說：「妳老實講不要緊，媽媽不會打妳。」阿滿還是努力搖頭，既然否認就要否認到底。

當天夜裡她夢見成群的蒼蠅螞蟻黏在她身上，雙方都動彈不得。早晨醒來，她第一次有逃家的想法滋生。

「紅毛的囝仔免錢啦！」司機把錢欲塞還給阿滿。「哪可以這款，你賺這個是艱苦錢。」阿滿把鈔票丟在椅座上，趕緊關上車門，司機只好找錢給她。

「新年快樂，跟妳阿母講。」司機拋話過來。

阿滿點頭稱謝，看著破舊的車子馳去，她下意識地瞧了一眼車牌。

「忘了問他，為什麼後來就不曾看他再來賣蜂蜜了呢？是蜂蜜消失了，沒法採蜜？」那濃稠的蜜香像近晚金黃的稻穗。

抱著龍貓，小路有濕霧般的泥濘。平原的盡頭，田園旁聚攏著房舍。陰霾的烏雲，隨著天光緩緩舒開。此時已經種著特種作物的田裡開滿油菜花海，老樹盤根在溝渠邊。四周靜謐，稍遠的海，浪聲可聞。

老牛在靜默中突然黯鳴，阿滿想牠們可過得了這個年？是好年冬嗎？她對大自然並沒有太多的細膩之心，只是看著牛圈上的老牛，立即聞道屬於家鄉的氣味。因為務農，所以母親是絕對不敢吃牛肉的，至於兒時的飢荒年代雖很想吃，但卻也吃不到。

順著小路走，經過路口的幾株龍眼樹與芒果樹，經過她大嬸婆家的家。大嬸婆的家很好認，藍綠色的門樑上方有著字體浮雕，在細石泥面上題款有力地刻著「忠孝傳家」。阿滿最後一次進入這戶人家是在因為二伯的葬禮。第一次也是在葬禮，她祖父的死。

早早分家的原因，據說是因為阿滿母親和婆婆不合，這不合卻連帶波及到下代的隔閡。阿滿五歲時才見著閉了眼的祖父。阿滿還記得，那日太陽赤炎照空，她在丘陵地玩耍，卻聽得下方小路傳來奔跑聲，有人發出悲切的哭聲，她聽著聽著竟睡著了。

阿滿醒來時，蚊帳外已是煙塵繚繞，她聽見誦經聲傳頌不斷，覺得自己好像置身在寺廟裡，但她的眼睛一時卻張不開，耳朵如被針穿地疼痛。

「阿滿怕是去沖煞到。」親戚有人道。

「真夭壽，我也沒多分一口米，囝仔憑啥袂抓走。」阿滿母親怨道死人，親戚不敢多吭聲。

這時有人拿了一本小冊子，是精通中醫術祖父的毛筆手稿，指定要將這本手稿留給阿滿保存。

「留佇個要幹嘛！」阿滿母親瞟了一眼嘀咕著留錢不好嗎，留書幹嘛，書已經讓這小孩成天東想西想了。阿滿在昏沉中將書要去，她看了手稿上阿公畫著許多沒有穿衣服的小人圖，她覺得很有意思，眼睛突然又活溜了起來。

「那冊子最後還是無緣啊。」阿滿想，被颱風颳走了。

從前養豬養到足以把土磚屋給撐垮，而今卻是空蕩蕩，土磚屋只拴了條大黃狗，屋裡的水泥柱仍新貼著紅豔金字「六畜興旺」。

大黃狗倒也沒白養，見到稍有遲遲停頓的阿滿，狂吠的叫聲就足以震落旁邊熟透的木瓜樹。

「為什麼都沒有人來採熟透的木瓜呢？」心裡可惜著，她想起小時候熟透的黃木瓜根本就等不及人們貪吃的嘴，木瓜還是墨青色時就很少有留在枝頭上的情景。現在物質過剩，連鄉下也是這般。

阿滿母親不太和她的大伯來往據說還有一個最根本的因素。

阿滿父母親是同莊嫁娶，套句她母親常說的話：「娘家的好壞盡人知，壞事傳千里。」

阿滿母親結婚後按習俗得返回外頭厝的娘家做客，照俗例，阿滿母親當年在傍晚的炊煙升起時光，就須拜辭返回新家。但她哪裡能挨得了這麼久，她還等不到正午時間，她的繼母就不情不願地抓了一對有點老態的「帶路雞」，也是娘家唯一的禮，要她走人哪。

阿滿母親沒幾步路就走回另一個陌生的家了。

一雄一雌的帶路雞，回夫家要先放在床底下，說是用來卜生男生女。翌晨，阿滿的母親在清晰的雞啼聲裡醒轉，她趕緊下床觀雞的卜象，卻見母雞先走出床底，而公雞竟動也不動時，這位芳華雙十的少婦竟掉下淚來。

「那時陣，驚得要死，母的先走出來，意思是講會生查某囝仔，大官大家是會給壞臉色看的喲。」母親不時憶起過往。

好在雞象不靈，阿滿上面都是男孩子。

當年，別說雞會帶錯生男生女路，連媒人都會點錯鴛鴦。彼時替阿滿母親說媒的媒人婆，拿照片給她看時，卻拿到了阿滿大伯的照片，當時急欲離開娘家的阿滿母親自然是喜悅首肯。

等待成婚的日子，阿滿母親在田裡和同輩女子一起割稻時，經常遠遠見到阿滿未來的大伯梳著光油油的頭，在一片女聲的嬉戲低語裡，阿滿母親正盤算著另一個人生的到來。豈料到了大囍之日前，才知道自己是嫁給排行老三的阿滿她爸。阿滿母親後來好怨，因為人盡皆知吳家只疼大伯，地全給了他。

此刻，但見「六畜興旺」，卻只繫了條護主深然的大黃狗。

「堂哥他們不知道會不會回來過年？」阿滿想這些親戚最後都只是個名詞，在走去的歲月裡失了焦。

她記得大堂哥很愛吃香肉，幾已達入口能辨性別、年齡、有無生產的程度，阿滿見到他總躲得遠遠的，可是人高馬大的大堂哥一跨步就能把她擄住，在臉上親著捏著，待阿滿哇叫起來才放手。那時阿滿已經上小學了，大堂哥讀一所爛五專之類的，在學校混太保。

阿滿要進門前，不禁又望了一下這隻護主的大黃狗。十四歲的高齡，腿瘸了，耳不聰，唯音如洪。大黃狗能存活至今，全拜大堂哥入了獄，沒被吃掉。

看見大黃狗，阿滿也彷彿目睹了自己的十年。

9

進屋時，靜悄悄地。木門貼的年節紅紙是去年的舊識。

阿滿咚地一聲將行李包放在大圓桌上，弄得價響的聲音不意之間驚走了好些正在桌上啄食的麻雀。

桌面看得出剛吃過早餐不久，瓜漬和花生米的表皮散落，電鍋的鋁表皮上摸起來還有些溫度。空氣中瀰漫一股肉燥味，她聞得出那不是來自母親手藝的味道，而是打自孩提的陳年香味，慣吃的速食肉燥麵。

在她高中以前，夜裡都是從這個味道醒來。那是為了趕早上五點的批發市場，原產地自耕農的阿滿父母在夜裡醒來後填飽的消夜。母親要阿滿從紙箱裡拿出兩包泡麵，趕緊煮著，好吃了去工作。臨出門前阿滿她爸爸會要阿滿起來吃一小碗，順便把門拴牢。那湯頭對老是有飢餓感的阿滿，無疑是最好的犒賞。

只是阿滿現在十分不解，為何這味道會重新來過，難道快過年了母親還會煮這代表著無盡辛苦歲月的泡麵吃嗎？

阿滿想著，心裡浮起一種奇特的不安感。她背光走進闃寂的幽暗走道，來到廚房時，她踢倒了一個空甕，那是她母親用來浸泡葡萄酒的酒甕。

紅磚灶台上擱著雪白鵝和烏骨雞各一隻，停妥在長方形鋁盤，鵝肫雞胗和睪丸點綴於旁。阿滿可以輕易地想像母親的那雙麻利的手，將指甲嵌在雞脖子，去血拔毛後，刀輕輕劃下圓軟的內臟，掏出蕊黃色的肝，並且仔細地掰開爪的蹠蹼，母親清洗著，過年前的臉色很複雜，既疲憊又欣喜，表情且有片刻難得的靜默。

廚房唯一傳來的聲音和熱度是蒸年糕，灶火正熊熊地炊蒸著。米香四溢，新鮮熬煮的蝦米紅蔥頭和白蘿蔔絲滾動著香氣。聞到這氣味，她突然好想掉淚。想到母親一個人守著沒有孩子丈夫的家，阿滿一時很感心酸。

紅龜粿仔在竹簍透著氣，阿滿知道母親又提著鐵桶走了好遠的路，去了饅頭工廠將糯米碾壓成水狀，好用來做這些過年應景的糕餅。這些勞動事母親其實已經有點吃力，但她仍不肯買現成的，喜歡自己動手做，又或者想要討好孩子的味蕾。

灶邊的窗外，南方的陽光漸露臉，阿滿嘴角泛上一絲悅容，瞇著眼瞧著晾掛在竹竿的臘腸臘肉，還有躺在紅瓦上的白蘿蔔絲片。前方竹林吹動的綠意中，阿滿這時大口地吞嚥著口水，突然覺得肚子餓了。

後院極目可以望見阿滿三姨家剛剛過年所翻新的白磚牆。

在小村子裡，官拜中校的三姨丈算是婦道人家口中最有將才的人。套句阿滿母親的話就是會「生毛」的有出息的人種。阿滿母親早已忘了少女時最怕父親將她嫁給她們當時口中的外省豬。

阿滿這隻小魚兒在酸寒荒澀的童年可以有一鱗一爪的甜頭可都是來自她三姨略施的小惠。印象中，三姨每天都會在背面是歌星鳳飛飛的滾紅邊小圓鏡前拔著細眉，然後戴上像窗外垂下椰葉的假睫毛，套上像油漆龜裂的仿鱷魚皮面鞋子，再繫上一條花絲巾。在脖子上繫絲巾是三姨唯一還沒有飛黃騰達前就跟在身上的獨特標誌。三姨的脖子上有道黑色胎記，有的婦人聚在一起時會暗地調笑盡說些三姨和外省三姨丈燕好時，光溜溜的身上僅只繫著絲巾。

「若是這樣，伊尪不就只穿著黑頭皮鞋。」屋簷下婦人聽了轟然笑成一團。

三姨丈的油亮皮鞋，敲在硬泥面，聲音價響，縝密若鼓，如軍人威嚴的男人給予婦人不少遐思，就像三姨脖子下的絲巾神祕。

三姨鎮日到城裡看她的電影，學打麻將，天荒地老，不覺天色向晚，她才趿拉著鞋，手指旋轉著鑲珠子的皮包，她從昏黑的人家行過，看著算計柴米油鹽打罵小孩的婦人，那些在窗外看著三姨拎著小包包抽著菸仰著頭走過的持家婦人總邊鏟著鍋邊揮去汗水豔羨地說：「這查某嫺可鹹魚翻身了。」

三姨神經也是忽大忽細的。有次她去別的村莊吃喜酒，每個人竟直盯著她瞧，百思不解著。三姨當時還咕噥著，這些鄉下婦人不知今夕是何夕。等到小阿滿來了，張口就童言無忌地嚷著：「三姨妳的眉不見了。」三姨趕緊拿出小鏡子一照，果然忘了畫眉。

周圍的人經阿滿這麼一叫，同時都發出「哦，原來。」看出三姨為何看起來不太一樣的地方。

阿滿想著三姨，就不免想起三姨和姨丈之間的趣事。

有一回，三姨不知道從外面受了什麼氣，回到家看見姨丈，搖頭晃腦怡然地哼著平劇，心裡愈發有氣，劈頭就罵姨丈：「笨的和豬同款，來這裡這麼久了，連一句台灣話都不會講。」當時在剪花葉枝草的姨丈，大剪刀在空中停頓半秒，然後就蹦出一句足以傳世的話：「哪不會，幹恁娘雞芭。」三姨在口述這事時，笑得無法遏止，獨特的持續笑聲，讓阿滿有種時光易位之感。她彷彿見到當花童的自己，被抹上胭脂，她拉著三姨的白紗，驚見第一滴血竟淌在白紗上。三姨跟著發覺捧著塑膠玫瑰的白手套透著血，驚了慌，好像面對嫁給外省人所引起的騷動般，在村子裡有奇異色彩，那種大喜中的血色，好像一朵紅花。

三姨的指甲肉被剪得太深，滲了血，使三姨新婚之日就免去下廚。

「手不動三寶，無做半項。哪有親像庄稼人！」阿滿母親數落著這個算是較親的同父異母的妹妹，但後來三姨還是不會煮食。

三姨丈說的語言，三姨是慢慢學習聽音辨意。可是日後三姨學了語言之後她的聽力愈好愈能講，他們吵得愈兇。前年春分，離清明節還有一段時日，灰面鷲北飛溪口沼地，她的三姨丈也北飛老家，命運都沒有眷顧彼此。

灰面鷲過境猶如「聚哭而哀」，三姨丈也在遙遠的東北，中風了。三姨心急如焚地趕去東北，北方天寒地凍，三姨和那邊還在的元配打了照面，原本趾高氣昂的三姨頓時以淚洗面，怕「好尪」別棄她。結果是三姨丈誰也不要，嚥下最後一口氣，在台灣桑椹成熟的浴佛節日歸天。

三姨發揮了亞熱帶的強悍脾性，搶得了一罈骨灰和往後的丈夫榮退金。眼前所見的西式白磚屋，就是用這筆錢蓋來的。

表哥，她三姨的獨子，在村裡村外和他母親同享盛名，是人人口中的流氓「大尾仔」。先苦後甘的婦人們又道：「美蕉這款查某，早先日子過得太浪蕩囉，所以現時要呷些苦頭。」

進入甘蔗園的前景，阿滿瞧見母親了。

母親身穿青綠色外套，她手裡捻著香拜著新墳。只見她上下唇磨擦著像是在絮絮叨說著什麼，她看著母親身影，心想母親說的話不外乎是「保佑我的子女兒孫賺大錢，趕緊給我阿滿找個好婆家……」。墓的不遠處有煙在燒著，仔細看還有些許黑鳥在啄食發爛的蔬果和垃圾。鳥的背後錯落著拱起的石墳，原來也是在這片土地上討生活的人，現在人不如鳥，都給躺到地底了。在空曠的平原上，有個長串小黑點正在移動，火車駛過，載著滿滿的歸鄉客。

當阿滿還在睇視火車末端的煙塵時，母親的聲音赫然已在她的背後了，母親哼著「請借問播田的田庄阿伯呀　人在講繁華都市台北對兜去　我就是無依靠　可憐的女兒……」這曲阿滿自是熟悉得很。她母親的嗓門，聲線和身體很搭配，以都市人眼光來看，可說是聲樂家的命格。但在這個偏鄉小村裡她只是一個沒見過世面的農婦，她唱唱老調與姐妹們為伴，這已是日子難得的獎賞。

母親走回家園處，不知道阿滿跟在母親後面。

阿滿望向光處，母親沒看見她，母親在庭院和正好來找她的阿嬸說話。阿嬸削著甘蔗和母親說著話，兩個短胖的身軀在陽光下有頎長的影子。

「還沒甜，妳就給挽起了。」母親吐了蔗噎道。

「今年雨水來了不對時間。」阿嬸倒說起雨水來。

母親掀開一旁的紅漆竹籃蓋，拿出一個小鍋，舀一碗，窸窸窣窣地吃著。

「嘿，過年過節，妳卻在呷泡麵，艱苦慣習也沒這款形。」阿嬸道。

「無是啦，妳無知我較早時常呷肉燥麵，今日去阿滿伊爸爸的墓，特別煮麵來紀念過去艱苦日子。」阿滿聽了心裡發出「哦！原來」的了然聲音。其實她也很想嚐一口。

「妳阿滿這回獎金賞多少？」阿嬸忽然提起。把躲在門外的阿滿聽了給駭了一下。

「我哪會知影呀，看是不夠攢呷，不知伊是怎想的，肚子顧不飽，擱想去對人拍啥米電影。妳聽看看，七月天時，穿媠媠，寗在冷氣房的辦公頭路，伊偏偏不愛做，在外頭曬得黑累累，乾癟癟，伊才甘願。」母親話語連串似鞭炮一燃不可收拾。

「聽人講拍電影咁是錢不少？」

「哪有啦，搬戲的最白賊了，通天擔心伊的腹肚無知哪一天會給人睡大了。當初阿滿考中啥米大床系，我係無識，聽人講，記者工作輕輕鬆鬆，只要抹胭脂報新聞。伊若做記者，阮佇壞所在才會出名，哪知伊在做苦工。」母親吐了一口大氣，蔗渣順勢噴出。

「妳阿滿眨個眼快要三十了吧，咁無交查埔朋友？太晚生囝仔是無好。」

「講獪聽啦，伊是姻緣不濟，父母勞心的命。我講壞壞尪呷獪空，輕睬一個嘛有，伊也沒交半個。我看阮這個庄子出去呷頭路的查某囝仔，返轉村內穿高跟鞋配套裝，胭脂抹紅紅，媠噹噹，阿滿係穿得不搭不七，嫁沒人愛啦，做老姑婆好了。」

「無要緊啦，大概是冤仇人沒來找伊。」

「冤仇人。」母親聽了重複說著，又笑說：「這樣說係真有影，阮嫁尪婿攏是愈嫁愈歹命，尪某整日庄頭打到庄尾，沒一日好過。」

「人家在講，婚姻是大道場，想想擱真有理，相打相罵照樣睏在一塊眠床。」

「話講回來，沒人跟咱冤家，像現時靜悄悄地真無聊。」

兩人大笑。

杵在暗處，在屋內一隅的阿滿斜睇著冬陽裡話語滔滔的母親和阿嬸，她聽到心坎了，一時怔忡莫名。

母親突然在她正冥想時衝進了灶房，嘴裡直嚷著：「夭壽，不好給炊過頭了！」

阿滿這時才聽得年糕的蒸氣聲正冒得厲害，在黝暗的廚房，竹編的蓋子上下地正喘動個不停。

阿滿母親這時乍然見到自己的女兒，眼睛盯著女兒，藏不住的又喜又氣。阿滿母親瞬間抖燙地掀起竹蓋，蒸氣倏地流竄盡釋，今年是會發否？母親望著年糕，話卻像是說給在旁的阿滿聽。

「妳在這裡不動，害我嚇一跳。火也不會關小一點，大漢了，無係紅嬰囝仔啊，沒做半項！跟妳阿嫂同款，呷米無知米價。」母親習慣叨唸她一陣，方轉緩話意，「妳早頓呷否？」母親用食指壓了壓年糕，露出滿意的笑容，母親切了一小塊下來要遞給阿滿，阿滿卻反應遲鈍沒伸出手，頓時滾熱的年糕在母親的手中多了一秒的停留，瞬間因燙手而本能反射脫手地讓年糕給掉落在地上了。

母女兩人同時望向地上的年糕，空氣一時靜默。

母親卻只是彎腰拾起，還把未沾到灰的部分撈起，張口吃將起來，淡然眀眀地說：「妳坐車累，入裡睏一眠吧。」

阿滿看著地上年糕時，本來還有點擔心呢。知道母親一向小心計算，生活細節也少放過。小學參加唯一的一次旅行，是畢業前的三月，母親在人家的攤子巡了好些回，阿滿都可以感到母親緊握的手在盤算著數字，最後終於買了個五爪蘋果給她帶去。回家在幫浦下洗時，阿滿又沒接好，碰地一聲掉落，蘋果且滾了幾個小圈才停住。那一聲掉落的聲音就像是掉錢一般地讓母親心疼，隨即便是五個手指印占據阿滿的小臉。

隔日旅行結束，阿滿都還捨不得吃蘋果。也忘了偷藏了多久，總之她那最後的印象是蘋果皮竟是像阿公臉上的褐斑，果肉味道澀，吃到核心且還有一隻蟲和她對望，她尖叫一聲把蘋果摜在地上，四下且窺看著，深怕又被母親瞧見。

阿滿轉身回房，她的房間早就荒蕪了。幾年前，一個盛夏的超級颱風橫掃，把加蓋出來的房間震得沒了屏障，四片牆霎時回歸泥土。所有阿滿的家當都給暴露在外，有些被風吹得離了主人。那陣子不小心還會在某個田裡某棵樹梢拾獲阿滿的情書呢。

在這個小村落算是中年男士僅存的堂叔，為村裡倒塌和半倒的房舍，爭取了些補助。阿滿母親拿了五萬元，喜孜孜，忘了她常憤罵的「飯桶政府」。

於是，後來阿滿曾睡在前廳的竹藤長椅好些年。

最早，那是她爸爸睡的地方。自從阿滿懂事以來，那長椅彷彿和爸爸結為一體似的。爸爸午也睡晚也睡。所不同的只是午睡時，爸爸是身著工作衣入眠，翻身時因而總會掉落些銅板，給覷在一旁伺機而動的阿滿聞聲以貓爪般趨近，她鑽入藤椅內拾起銅板。那些銅板匯聚成整，就是她和玩伴到鎮上合買一張成人票看電影的時候了，運氣好，錢還夠她們買幾張明星照片回去溫存。不過，也不盡然阿滿都會把錢花掉，起碼在國二前，她常是叮咚叮咚地聽著硬幣掉入她的竹存錢筒內。少說五年光陰也有的，長藤椅日久成了凹字形，留下光滑的汗漬。而阿滿的竹存錢筒也滿得令人有些生機的希望。

等到升高中的一次過年，小村成了不夜庄，矮低燈泡下聚攏著老老少少，老的賭日子爽，小的賺學費。阿滿她爸爸也跟著靦腆地賭，她的母親則在另一桌么喝地賭。阿滿和玩伴走在露水沾濕的鐵軌，覺得又過了一年，十七歲就老了。

那時阿滿決定把竹筒劈開，和玩伴逃走。

結果沒逃，竹筒給了輸錢的爸爸，「還給你的。」阿滿她爸爸握著沉重的竹筒，自是不解。

阿滿考上大學的九月，在火車站母親塞給她一袋準備傾倒的柑橘，「帶去，聽說台北飯店一杯柳丁汁要百元多，貴得要給鬼抓去。」

阿滿上了火車，找定位子就拚命吃，深怕要拎到台北。

隔日，哦不，這不像阿滿，應該是隔了好一陣，各種名目的迎新都過了，她才打第一通電話回家。母親先罵她：「翅膀硬了，跟妳老爸同種，出去就不知返轉，讀大學別太囂驕，皮拴緊一點，下學期學費擱無知佇佗位呢。」往下又罵了半天，待阿滿說沒銅板了，母親才說：「妳那個不中用的老爸通天守在田寮，不愛回家了。」

阿滿才曉得她離開家後，她的爸爸也就不再睡竹椅了。爸爸自己在距離河床不遠的不毛之地，搭蓋了一間小木屋。此後幾年每當夏天漸至，在夕陽未落之際，荒荒田園裡一定會季節性的傳來「咚咚」敲打聲，加強遮蔽，預防大雨來襲。傍晚時分煮食的炊煙裊裊升起，一個赤腳仙，哈著菸瞇眼地望遠處的天光漸翳。暑假，阿滿參觀爸爸的獨門獨院「別墅」，她用手指摳著被香菸煙燻的泛黑木板。父女相對微笑無語。

有一晚，阿滿爸爸蹲在甽邊哈菸飲燒酒時，孤影惹得海口少年圍攏。小流氓踢翻了酒瓶，搶起他手上的菸就是一輾，抓他起身往屋內一推，吆喝一聲「拿錢出來」。黑暗中響起酒瓶的相撞聲，小混混心想勒索到的竟是個大酒鬼。而爸爸在搖晃中出來，手裡捧著大顆高麗菜，當場把小混混給逗傻眼。「幹，比阮卡窮赤！」

母親在二手傳播此事時，鄰厝的姑婆人家們聽得笑聲揚揚。「阿滿伊老爸有夠罕！好家在這些𨑨迌仔，沒給伊搜身軀，要不錢沒搜到，攏會搜到當票。」母親加料說著。

「我看是妳吳桑以為菜起價嘍，可以多換幾個錢。」某三姑六婆說。

「算那些𨑨迌仔沒眼光，妳吳桑好運啦。」

阿滿在不遠處聽到對話，起先聽著也跟著發笑，但卻冷不防忽然在頭低下時，落下斗大的熱淚。

阿滿記得爸爸最後從家裡搬出去的一件家當是一個小瓦斯鋼瓶和單口的爐子。

幾年後，阿滿回憶起自己和父親的行徑，驚異的發現和他有大大相同之處，而這對她的母親來說，女兒不過是後知後覺知道遺傳因子作祟罷了。阿滿發現自己果然像她母親口中老愛咒念的「父女同種，沒出息。」

阿滿想自己和爸爸不同的只是她所偷偷帶走的是袖珍型電磁爐，且她住的地方是在台北城市的違建建築，很高，很窄，冬冷夏熱，每個月還要付上五千元外加水電。不若她爸爸的居所，田園牧歌悠遠，空曠且有免費的河上月光，還可逐水草而居。

當然她爸爸也不是都不回家的。像阿滿偷偷辦助學貸款東窗事發的那次，她爸爸就顯然是夏日偶爾會被過往記憶閃電打中的一次，結果卻掃到颱風尾巴。

「你們父女攏死出去好了，別再踏進門口一步。」母親指摘丈夫共謀：「伊叫你給伊辦戶口謄本，你也不問伊辦是要作啥用？你糊塗做伊的保證人，是要替伊還的，你也沒半現錢，輸了了。你講好了，你這一世人你做過多少事，是做對的。叫你打一通電話訂菜籽，你就有辦法叫不對，價錢照別人開的價，也沒討價還價。人叫你幫伊送貨，你不問送啥米貨，結果送到賊貨，那不是我去拜託人，你早就呷牢飯不知呷到民國哪一年了。成天醉茫茫裝空空，不知死活，尿怎不拿去喝。想到這，血就要噴出！父女同一粒歹籽，錢會開，不會勤儉。」母親不間斷的話，穿透力一向如鹽酸，可她爸爸只在旁依舊喝白米酒加保力達B，阿滿知道喝保力達B表示爸爸贏了錢，手頭較寬。母親當然也知，怒氣更往上衝，說要出去給車撞死也好過在這個屋子。

後來母親當然沒出門，母親在走道陰幽裡面向沉默的父女倆，她開口罵了足足兩個小時，轟炸這對在她眼裡十分不成材不可信任的父女耳朵。

阿滿有個習慣，心神常會逃逸他方。當時為了逃避身陷母親的囚籠，她把自己想像成一架攝影機，鏡頭對著母親一張一合的嘴跟拍，直到母親咒罵的聲音停止時，鏡頭轉拍自己的嘴緩緩地流出血。她想像畫面是一個咬舌自盡的女兒和一旁爛醉如泥的丈夫，接著鏡頭又拍母親驚嚇而嘴巴張得大大的恐怖神情，然後一聲尖叫劃過窗戶，震落了樹上的麻雀。

阿滿淺笑著自己不怎麼高明的拍攝手法，但卻有打自心底的悸動，畢竟想像的血腥是具有殺傷力的。想像是她逃脫現實囚籠的方式，林蟬以前就說她常常心不在焉。

隔日她帶好銀行最後繳款的告發單，上面寫有吳春滿和吳鐘藡的名字，就像國中以前的考卷，父女名字並列在略黃的紙上。以前考試要蓋的章都是她自己蓋上去的。當然不是因為考不好要偷蓋，而是她有一枚爸爸的章，她的母親因為刻壞了而丟掉時，被她看見撿回，上面的名字鐘被刻成了鍾，但阿滿覺得這對她沒有差別。

那次大學偷辦貸款的事件東窗事發，她返鄉時一語未發地來也一語未發地走，她的爸爸也是，默默回到屬於他的田寮，繼續靜靜哈菸看河上月光。他們彼此皆對語言喪失功能似的。

那回她刻意坐了平快車北上，將近一天的時程，足以讓她把心安頓好。

六月時節，她能從早熟的蟬聲鳴叫中解析聽聞細節，一路上她配合著火車緩慢的氣岔聲響，讓早蟬的傷懷一路陪她遠馳寂寥的心。

火車到楊梅時就迎上了梅雨，霪雨霏霏，她突然決定落車，轉往東部。在火車站覓得了轉車時刻，看著藍色壓克力板前方挨擠著頭，她的心也跟著濕濕答答地煩。於是她打電話，按了038的地區電話。接通，對方說：「你好，美好實業。」阿滿知道那聲音化成煙也能辨識。

「林蟬嗎？我，……可不可以去找你？」一句話切割好幾個斷裂。

半晌無聲，她突然聽得「哦，歡迎啊。」但後面有些話不知是阿滿高興的心太滿了沒聽清楚，抑或因周圍有小孩的哭聲不斷干擾所致，到後來她連說再見時都覺得整個手在發抖，而林蟬往下所說她也沒聽明白。等到了花蓮時天色已是橙紅，她在車站撥了電話，接聽的人換了個正在變聲的男孩聲音，一開口就說妳是章小姐嗎？阿滿說不是，她聽出是林蟬的小弟，也知道他口說的章小姐是誰。

阿滿說姓吳，口天吳。

「哦！」對方的口氣似乎也認識她似的，然後才說他哥哥不在。

阿滿想他不會騙她。於是安心的在往來招攬搭車的山地口音的車站椅子上打了個疲憊的盹，醒來時有個老頭竟跟她索要車資，阿滿搖頭說她的錢也只夠買一張車票，剩下的就是一張沒有錢可提的提款卡。

那老漢瞠大眼，不可置信的眼神像是在說：「少年人，這麼沒愛心。」阿滿不理，也沒心情理，她翻著錢包裡的零錢，不意銅板竟滾出了兩個十元，銅板滾動中，這老漢一個箭步，拾走。

阿滿攤攤手無奈，她又撥著電話。變聲的小弟仍歉說他哥不曉得去哪，回來一定幫她代轉。於是在時移中車站人潮漸漸稀少了，只有她和老漢像是在流浪的人。老漢大約是買了肉包子在吃，嘴咕噥個不停。土狗嗅近，他先將包子放低，待狗撲向，他又瞬間將包子丟入自家的嘴，很得意地看著垂喪的狗無力蜷曲著身。阿滿竟也吞了一口口水。她也有些憎惡感，對自身所處的流浪不安狀態。

再打電話時，終於是林蟬接的，聲音聽出帶著淺醉微醺。

「我可以見你了嗎？」

「……不好。」

阿滿急了，「為什麼？你不是說歡迎的嗎？」對方不語一陣，彷彿她只聽到錢往下叮咚掉。

「我覺得我們分開得不夠久。」

「三年不夠久，那要多久才算久？」

對方仍不語。

這時阿滿沉默了，深怕林蟬掛電話，最後她終於說你可不可以借我錢。

沒想到林蟬竟快速地回答：「沒問題，你要多少？」

那樣爽快，彷彿遮羞費似的。她無奈地說八萬。

「我明天匯給你。」

「我會分期還給你。」

「再說吧，妳別想再搞電影了，賺不到錢。」她聽見公共電話發出嘟嘟的提醒聲音，阿滿匆匆唸了她的新住址給林蟬。

結束這個沒見到本尊的電話之旅。

後來她坐了末班車回台北。

掛上電話時，時間還沒那麼晚，購票時發覺不夠二十元買復興號，挨挨蹭蹭地磨著要不要再打電話。她打完電話又回到車站椅子區遊盪，打地鋪的老漢見這妞怎麼還在，先開口說：「妳逃家喔。」

阿滿搖頭說不夠錢，那老漢扯下腰際的布包，打開一層又一層的結，「還妳的，以後別讓人騙不知。」

回程時她在車上仔細思量，才知道林蟬嘴裡說的歡迎，根本就和他一開頭像總機般的說：「你好。美好實業。」沒兩樣，那只是他做生意的口頭禪，是普遍性而非針對她的。當時她太開心聽見林蟬的聲音竟至沒意會過來。

那章小姐是林蟬同班同學，在學校見過好幾次。是當年造成阿滿危機感之一的人。阿滿有次還把此人跟林蟬的合照撕碎。現在她才知道，她撕碎的其實是她自己的感情。

直到阿滿把銀行繳清的收據遞給母親看，母親才跟她又說起話來。那次母親會罵到啞嗓了音，著實對這個女兒失望透頂。想她當初一根菜一根菜的挽，天未透亮就到市集換錢，學費哪一年缺過，竟給這個死查某鬼白白花掉。

阿滿也有理由，她並不認錯，她對和林蟬終究以分手收場也不後悔，甚至覺得要是當初沒有錢好在外面租房子，那青春荒蕪，才會後悔死，因為青春是無價的，她願意如此過活，即使揮霍。

此刻又是過年了，阿滿躺在母親的房間，心思不斷纏繞過去的魅影。房間窄小陰幽。充滿母親的氣味，一點腋下狐味一點萬金油味一點中藥味一點西藥味一點濕霉味一點胭脂味一點樟腦味一點泥土味，構成了母親的氣味。

房間有著粗大的老竹所撐起的梁柱屋脊，白泥牆上掛著紅線繡的「永結同心」匾額。據說那是母親唯一的嫁妝。沒有婚照也少了記憶，每次阿滿問母親結婚當天的情形，母親總道：「邁擱問，不記得啦，反正走到妳老爸這口家，免十分鐘就到了。妳阿嬤連頭都無抬一下。我不像伊好命，結婚用轎抬。比我這個年紀還少年伊就作起婆婆抱孫子。」話裡，母親總有怨，但阿滿知道阿嬤得子宮癌過世前，阿嬤疼愛的長子長媳都少去瞧她；而大孫，那個儇薄少年也早已佚遊四方。還是母親幫阿嬤翻身洗澡去穢物。

她坐到肉桂色的木床時想起忘了告訴母親，她遇見了賣蜂蜜人，叫母親少女紅毛妹的養蜂人，養蜂人已是運將。

凝望這戶人家多年的窗戶依然朝北，窗邊嵌入甕製的邊，又美麗又殘敗。

庭園外枝葉相持，景在樹端，躺在床上看著童年景致，她忽然想著母親躺在這裡的孤寂。

溟漠亂想，阿滿航進睡眠。她突然感覺有人正執起她的手艱難地淌下老淚，有人想敲開她的靈魂窗口，進入她的記憶晶片。母親的臉搖晃，像水母拍動。

10

那是阿滿的母親在流淚，或許該說是她的母親總是要死要活地呼哭著，於是阿滿全家大小皆很難倖免避開母親這一幕。不過爸爸流淚就只阿滿有緣見到。不多，兩次。一次是阿滿躺著，一次是爸爸躺著。

十八歲高三那一年，夏，是產荔枝的時節。清晨，小雲雀在微曦敲窗，阿滿慣例在無人的空間醒來，可是那次身體卻沒有跟著她起來。這在她是不尋常的。她一向這時候要起來把隔夜的飯炒成醬油色，好裝入用了三代的凹凸不平飯盒。然後她要在幫浦上打水倒進饑渴一夜的缸，讓幫浦的木把和機身上下廝磨，不安分的水尋空隙流出，常年把幫浦暈染繡黃。清瘦的阿滿必須腳略懸空的重壓在木把上才能擠出水來。她通常都是背著母親穿學校制服就寢，以爭取個幾分鐘多睡一會；於是濺濕的制服一路讓風吹乾。

尋常這一路上，她會經過像一群坦胸女人垂下乳房的木瓜果園，再繞去看望母親寄養在氐叔公場子的雞仔，亂灑些飼料來練練牠們的腿肌。然後等看似解體的公車駛來，在司機漫罵的聲音裡下車；夾好髮夾，套上領帶通過糾察的盤檢。開始在無聊鐘聲的生滅裡過著學校生活。唯一有趣的是在窗外覷到不遠農舍的豬仔跑出來逛的模樣，像極她在課本上塗鴉的荒野之豬。高中時她一直自憐是頭荒野的豬，瘦小的在野地裡用幻想代替人生。

可是那天清晨她才真正知道什麼叫「用幻想代替人生」。她躺在床上感到人一分為二，半邊起不來的滋味。起先還高興著不用考期末考，昨晚她躺著看言情小說，課本都還擱在書包裡，有理由不去學校自是好的。但這次她覺得自己一定是真的生病了，不像上回翹課，編派的理由也是生病，隔天老師不信，還調侃她生的病是頭髮痛。

等到快要到朝會時間，她聽見電話鈴響了一陣。但阿滿的左邊還是不聽主子使喚。眼見光影移到臉上，晒得發燙。而從公廁飛來的大頭蒼蠅帶著異味噗噗起落，腦惹似癱瘓的阿滿。不等待老鐘敲，阿滿知道午時了。先前的高興已經被肚子的饑餓感占滿。

空蕩的村落，沒有人知道她還躺著，阿滿的心終於被恐懼擄獲。

鎮上的戲班傍晚來到她的村子。發財車的藍棚蕩出戲班人特有的嗓音，是僅只剩半邊耳力的阿滿也能辯辨的。鐵皮箱子的開開合合，鎖吶簫管不經意地吹出，把阿滿的情緒降至谷底。

「我只是不想去考試，可沒說不去看戲的呀！」阿滿大叫。變形扭曲的嘴發出的混沌聲音，讓她一愣，「這怎麼是我的聲音呢？」她心想完了，連話都說不清楚，她還能沒事高歌一曲嗎。

歌仔戲在鑼鼓喧天中，淒愴女旦哭哭啼啼的進場。阿滿卻聽得很煩。那時她已看不見四周了，全然的黑幕罩下，一整天未進食，老鐘敲著八點。

「這個死查某鬼，一定下課不知跑去哪玩耍。返轉沒打斷伊的腳，我真不信教伊毋乖。」啪的一聲，燈泡捻亮，伴隨著母親的叫罵。房裡清楚聽見灶火的嗤嗤聲，水唰唰地流。

阿滿知道是爸爸在炒菜，母親在洗澡。阿滿用手打落床櫃上的大同娃娃，聲響引起爸爸的探尋。

「阿滿啊，妳哪還在睡，毋驚妳老母來打妳。」爸爸扭亮燈，問道。

阿滿一直落淚，指著身體歪裂著嘴說：「爬不起來啦。」爸爸忙奔喚她母親。

熱天裡，母親常常邊扣著整排鈕扣的內衣邊走出氤氳的木澡房。

這天，母親內衣還抓在手裡就邊說：「這個欠伊死人債的夭死囝仔！」然後見狀，又叨罵阿滿整天躺在眠床看書，不肯勞動中，跑去商借戲班班主的車子。阿滿於是被母親揹著穿過賣小辣螺和烤魷魚的香味，村人的視線稍從戲台移至她身上。上了車，阿滿聽得當時台上的花旦正在以高八度的嗓音唱哀君曲，而她一天未進食。好想吃染黃的番石榴和烤得焦黑的玉米。

路上，阿滿在夏夜的風裡陡然覺得冷，母親扯下戲班貼有金字的紅絨布蓋在她身上，邊用手捏著她的左腿。

「會疼痛否？」阿滿搖著頭，絨布垂到她頰上黃流蘇跟著她晃呀晃的。

在縣立醫院檢查時，阿滿感到身體的微妙構造。一種她不知曉的液體被注射進體內，霎時流竄的動線清晰而快速的通過骨骼與肌肉的每一處隙縫。直至頭部，她感覺液體在受困著，反彈力道有如滿漲的河川，怒吼地要衝出門閘。又像是蒸籠的蓋子被熱氣彈得欲開不開的蹦蹦然狀。

「妳感覺按怎？阮急得要死了，啊伊像啞巴，聲也無應一句。」母親在旁見阿滿閉目不語急道。

「伊在休睏，妳安靜！」爸爸啞暗地發聲，可也算是斯文的，但這句話就足以讓母親的嘴頓然停住，偷覷了被她罵慣的尪，心裡還覺得此刻他才像個丈夫。

「可能她頭部撞到東西，有血塊堵塞住了。」醫生說。

「先生講啥？」母親憂心問，「伊講阿滿怕是去撞到頭殼，血路沒通。」爸爸幫她推回病房邊回答追上來的母親。

彼時阿滿的哥哥們皆在台北求學，就剩兩老輪留看顧她。

那時一直沒檢查出結果，阿滿鎮日在醫院看形形色色七夕的午後。織女下了場雷雨般的眼淚。雨乍歇，阿滿就見伊爸爸穿過剛浮升的彩虹，提了個紅漆竹籃，灰黑的手裡也是一把的紅；漸走近，才看出是放著雞冠花。

阿滿爸爸進了病房，悄悄地拜著七娘媽。他說：「妳媽媽在厝裡和公廳拜拜，伊有煮麵線，綁肉粽和灌醃腸。」阿滿聽著笑，母親變成賢妻良母。

七夕那日，醫院不知為何辦了類似交誼的鵲橋會，阿滿央爸爸推她進大廳後，她就要爸爸離開。獨自一人隻手轉動著把手東瞧西看。那次的經驗是很奇特的，矮一大節的阿滿在大廳平視望去，只見數以成雙的腿在移進移出。高跟鞋節奏地敲在磚上，一種大派人家筵會的氣息在蔓生。滾邊的裙襬很容易就甩觸到坐在輪椅高度的她，六月熱天裡讓少女阿滿的心陰霾四起。漸漸的她感覺情緒像是陷在泥地裡的水，排不掉，雨卻無情地依然在落。愈積愈滿，情緒找不到出口，終於沉淪不振。

那一晚，坐在輪椅的眼睛視線，讓她回到小孩的角度，白日醫生化作翩翩的舞生，一開始毋寧是有鮮趣的。等到她少女的思維鳴了響聲，想到自己這副德性，誰會和她跳舞，頓時她才黯黯駛著輪子，她吃力地打開了門。那是她第一次見習的舞會，沒有人睬她。阿滿不知道這一段經歷和她後來進大學討厭舞會有沒有關係。

那一晚後來值班的醫師在她的假寐中，低聲說：「誰是吳春滿的家屬？」阿滿可以感覺到她爸爸靦腆地淺笑站起，黃漬的牙齒趕緊停止嚼著檳榔。

「你過來一下。」爸爸赤腳的觸地聲像是一曲嘆息的緩調子。

阿滿睜開清亮的眼，望著有椰影的星空，有霧在輕攏著淡月，院外有燒肉粽的叫聲聲和嗶嗶響的米麩茶。

聽見腳步聲走近，阿滿即閉上眼，她常常不知道如何和親人獨處。爸爸回房時，竟掉下淚，輕執她的手。阿滿在心裡驚駭不已。那手的碰觸是阿滿有記憶以來和爸爸最親密的一次。

不久，醫院複檢，才發現先前的X光片有問題，大約是沖洗時沾了一塊污漬，導致誤診為長瘤。

說也奇怪，醫生查不出病因要放棄時，阿滿的左邊卻漸恢復了知覺。不藥而癒的興奮感冷卻後，母親揚言要控告醫院，被村民勸以和為貴才打消憤意。在荷花凋零，蓮蓬漸長出，地下莖化成蓮藕的採收期時節，阿滿和去接她的小哥沿著兩箭步寬的小川走走停停，她在樹蔭下看不遠處的爸爸和母親下半身浸在軟泥裡，夕陽剪影，像是她在書裡見著的米開朗基羅的下半身未完成之雕像，靜肅而有情。

忽然她聽到母親喚爸爸呷茶，阿滿才開始了解母親的嗓門為何都要這般大，原來長年在偌大的田裡，說話都得扯開喉嚨才行。於是母親緊跟著打噴嚏、放屁都加大了音量，好似在提醒爸爸別偷懶：「我可是在旁邊喲。」不過，最常被嚇到的還是阿滿，當她埋頭寫作業時，母親忽地打一個噴嚏或者乍然扯嗓地叫喚，都足以讓她把字寫歪了。「好的不種，卻去種到歹的。」母親說阿滿盡是遺傳到不好的，「無給伊生膽。」母親道。母親最氣阿滿的那些男同學給她女兒取了個「老鼠」的綽號，「飼老鼠咬布袋，不就白養了。」母親可不願意白養任何東西。

樹篩漏陽光到阿滿病癒的臉上。旁邊有忞生的颱風草，她數著紋路：心想今年大概沒有颱風。午後雷陣雨倒是常常突襲。「一雷破九颱」母親說的。她記得那天的雲姿態是飛揚得茹草書，雲飄至山頂才駐足。

那回約是後來她走累而打了盹。等到再睜眼時，她見小哥手裡多了一朵白荷花。小哥問她還記得以前他常帶她沿著田溝走向遠方，指著山跟她說我們走到山那裡。但走到天黑了，山還是在眼前如如不動。

「是不是我們走一步，它就跟著退一步呀？」小哥學她當年的語氣。她撥弄一根從地上拾起的細絲，捲個結了，拆結，笑說她不記得有說這句話。然後說起她記得的事，說小哥有次偷牽母親載菜用的車，心急之下沒留意她是否跳上車了，兩雙腿用力地踩著。阿滿的下半身還沒跳上去，膝蓋處被車速磨著地破了皮。至今疤痕都還拓著歲月。「妳也不喊不叫。」小哥摸摸她的頭。小時候阿滿的沉默不語是出了名的。小哥被阿滿這麼一點，說起他常載著她到鎮上唯一的書店看書，要她在外頭顧車的事。「好狠喲！」阿滿笑說。

小哥在旁指著眼前的小川問阿滿可還記得曾掉落在裡面？阿滿撥開額前的頭髮。瞅著川水搖頭。才在想跌下去那不淹死了？就見樹上的蟬「咻的！」跳水自殺，隨波不知何方。不知是阿滿的錯覺還是果真歷歷，阿滿感覺那樹上的群蟬有了半晌的默哀，然後才又齊唱開來。

阿滿聽了，感覺不出少一隻蟬和多一隻蟬有何區別，她想，那麼這世界上少了她也不會有什麼不同。阿滿啜泣了起來，小哥還以為剛剛說她掉進小川，喚起她的恐懼，趕緊接說：「別驚嘛，那次妳跌下去，別說沒水，土都龜裂了。」然後二哥接腔說他拉她拉不上來，小哥急得向田裡的大人喊：「嬰仔落下去了！紅嬰仔落下去了！」大家也全忘了川裡大旱沒水，全拋下鋤頭奔來。還是母親衝第一個，拉起阿滿後，隨手就給她一個巴掌，她的哭聲才迸出來，母親就逡巡哥哥的身影，早溜了。

阿滿其實早想起來這些往事，但細節不太有印象，倒記得她好像愈哭愈大聲，母親才發現她在褲底放屎了，喚爸爸拉她去幫浦下沖洗，爸爸只一勁抽菸，愈走愈遠地噴灑農藥。「喚無動，我前世欠恁的死人債。」母親拖著她走，她還頻頻回望爸爸。

阿滿憶起當年回頭凝視父親的畫面，許多許多年後，才能拼湊出這個意象背後的意涵。她站在一片空茫霧化掉的背景前，望著爸爸揹著鐵皮銀亮的桶子，噴灑一聲又一聲的田，像隻老邁的烏龜馱著殼，父親總是盼望天黑好四界遊走。日頭映在銀亮的鐵皮，反射到她在觀望的小紅臉，她瞇著眼睛極目看。母親的手和冰涼的水觸及著她的下盤肌膚。母親生氣又悲傷地洗著女兒的瘦小身體，年輕的母親感到日子非常無望。

阿滿再走進這家縣立醫院是幾年後，但床上的人換成她的爸爸。

有天母親去田寮喚爸爸開始播種，卻發現這個人是真正的「喚無動」。骨瘦身軀，卻有個很大似難民的肚子，爸爸手裡還抓著酒瓶，臉扭成一團。在村人的合力下送他到醫院，安頓後，當晚母親就去廟卜卦。那廟祝原本只在週末問神的，為阿滿家開例，當然可能更多是母親的疾言厲色。

點了三炷香遞給母親，要她說明來意，然後擲筊，問神意。擲至一正一反連三次，即神答可解惑。再就是等時辰。神是大陸來的，鄉民喚做四媽祖。等時辰，就是等乩童被神附靈。乩童是廟祝的兩個兒子，小時候和阿滿的小哥玩在一起，後來就愈走愈陌生了。

母親坐在長板凳上，不一會在煙霧裊冉中打了盹。後來還是在乩童的「起乩」狀態中，醒眼。她忙走到神壇，用少有的肅靜盯看著兩個人合力抓著媽祖坐過的小座椅，兩個彪悍壯丁幾以蠻力抓那小座椅，還很難駕馭住。這景象看得母親咋咋稱奇。等廟公鋪了一層沙在神桌上，負責寫字俗稱「桌腳」的人便不由自主似的將椅子的腳跟敲打在神桌上，用椅腳寫字。

廟公在旁解說。母親問，椅腳寫，廟公答。

最後在廟公一句「無代誌，無要緊」中神明退去，兩個壯丁便癱瘓似地倒在一旁。

母親大喜無事，趕去醫院，大聲嚷著：「媽祖講你會好的啦。」然後她趁著天色未黑，偷偷燒起符咒。阿滿覺得母親如此容色殊少且陌生，母親則嫌阿滿沒工作也不幫她跑跑腿。於是喚她四處去病房打聽祕方。不二日，卻見阿滿攜回一個風鈴，「叫妳找藥，妳卻買這無路用的物。」阿滿才說有人告訴她風鈴可以避邪，趕走病魔，心裡也辯道這樣病房看起來好看多了呢。

「妳四界找找，說不一定有人有祖傳祕方。」阿滿再帶回來的是像蘆薈的厚綠葉脈，「這不是蘆薈嗎，叫妳問醫病藥方，妳卻問美容的物。」阿滿丟在一旁說那不是蘆薈啦，有人說可以醫肝癌。

「問清楚而已，妳就使性子。」母親撿起葉脈，仔細清洗。

「要壓成汁，連渣一起喝。」阿滿道。母親於是給爸爸灌了一大杯，然後以少見的耐心，在旁等候爸爸排便。

窗外黃昏罩下，才辭去工作的阿滿沒想到竟碰上爸爸有生以來的第一次住院。自由慣了的爸爸見窗外野雀一蹬一蹬地跳步，他有種難言之痛苦的神色掠過，阿滿想爸爸這次是插翅難飛了。

阿滿走出院外，拾回能「走」的心情。高中坐輪椅的那次「失足」影響力，在她入台北城的近十年日子裡，已悄然頓化成無形的失足。

此番她再回到舊地，不覺鬢老。醫院的蒼白陰冷苦痛讓她豎起每根寒毛。

晚班，輪阿滿看顧。母親仍去忙採摘菜趕早市。少了可以幫忙開車的人，於是一天花五百元請人來回接送。

「貴得要給抓去，算便宜一點啦。」

「不貴，來回，而且老車吃油兇重，擱愛幫妳扛菜。妳查某囝仔飼這大漢，不會開車，真罕慢喔。」最後一句給阿滿聽到了，她不由得心想自己確是如此。從小雖說苦日子過慣了，可她不提往事，絕沒有人知道她來自貧寒的鄉下。她不僅菜煮得不好，連腳踏車都不會騎。早先哥哥載她，以後玩伴載她。上大學學校是坡地不興騎腳踏車，校外林蟬會接她。於是她沒有學任何一樣交通工具的念頭。

晚上只剩阿滿和爸爸獨處，算來有生以來的第三回。除卻十八歲那次的短暫性癱瘓，阿滿細想大約就是讀國一時的換季。原來的藍長褲是小學留下的，無論如何穿不下，而母親離家不歸。阿滿第一次要唯獨留在家的爸爸帶她穿過樹林去鎮上買褲子。爸爸溫吞地喝下酒之後，他放下跨在板凳的右腿，躬著背脊，套上菜汁斑斑的長褲。

阿滿知道爸爸答應了。

一前一後兩人無聲地踏著月色。因為寂靜闃黑，阿滿聞到了爸爸身上莊稼人特有的青草味和著肥料和濃濃煙絲。她很放心地尋味而走，但也看著這個常年被母親罵「無路用，不是個好漢，肯吃不肯賺。」的背影尋思。「幹恁老母！」永遠是伊最後的回應，或者摔罐米酒瓶，無聲得令她幾乎要用力想才知道有個爸爸是什麼滋味。可那滋味也是像隔夜的飯菜，冷冷的。有時她還連叫聲爸爸都忘了。

父女看顧之間的獨處，相隔多年。可能因為阿滿大了，愈發感受這份相處的尷尬，語言擱淺在心海。爸爸昏睡，偶一張眼，只以澄黃的瞳孔輕瞥，阿滿就知是他渴了。有時，她見爸爸用力吸著汁液的景像，總讓她想起撿回的一隻小狗。未足月的狗，她用稀飯的汁權充奶時，狗兒也是不管滋味地猛吸著。醫院的爸爸，又讓她觸動這番冷饑的存亡旦夕之感。

第六個晚上，她爸爸果真開始急速敗壞。體內宛如置了枚炸彈，不意牽動引線的爆開，血泗流。爸爸再已無法起身。護士遞給她很像台北百貨公司下雨天在入口處供人取裝濕傘的長塑膠套，阿滿看著套子發愣。「妳把塑膠套像這樣子繫好，妳爸爸就不用起來排尿了。」護士用大拇指示範著繫法。

當阿滿褪下爸爸穿的長條紋淡綠色褲子時，淚就像那血，拴不住了。她的心裡挨盼著趕快天亮，盼母親來，她長大第一次盼望母親留在她的身邊。她害怕著沒有偽裝的能力去面對親情，她不能接受疏離的感情一下子收縮成必要的親密。

阿滿其實對爸爸的感情是無明的。就像有時聽母親叨唸：「妳細漢時，妳那個沒血沒淚的老爸，無顧我在忙，叫伊揣妳去水溝邊洗洗，妳放屎在褲底，伊叨無睬，讓妳看起來親像無人飼的嬰囝仔。伊有像做一個老爸的款嗎。真沒天良，連自己的查某囝仔放屎褲底，伊無肯替妳擦屁股。」阿滿聽了也只是想，這和對爸爸的想像滿符合的。因此，那一晚，當阿滿怯怯地一手拎起爸爸的生殖器，一手套進塑膠套，再繫上紅色橡皮筋時，她爸爸突然有意識地扯開氧氣罩揮手對她說：「免啦，免啦，睬伊去死。」她當時聽了並不驚訝。她乍然見到形瘦銷弭的父親模樣，她內心充滿對父親生死的恐懼震盪。

天亮，早市收場，母親戴著斗笠，提著米粉湯進來。東西還沒擱下，即直覺地掀開爸爸的被單，知曉了端倪，她眼覷著阿滿，欣慰著女兒為父親做的事。

爸爸見母親進來，精神狀況轉好地說：「妳的脾氣要改。」

「你的病顧好勢就好，邁睬我這邊。」母親拿起面速力達母替爸爸龜裂的繭手塗抹，「妳好回去休睏了。」母親道。

平時阿滿會回說好，但不知為何那次她想多待一會兒。

不多時，她的兄嫂也歸來。爸爸見人多了，眼睛就轉啊轉地急問著：「阿滿咧，哪不見伊，走去哪？」母親撇撇頭說不就在你的腳旁嗎。爸爸垂下眼瞼望，眼寬心閉。

過了些時，不知為何阿滿爸爸突然變成發出另一個嗓音，朝虛空亂喊了些數字，接著又莊嚴起來，開口就是眾弟子等語。母親聽了忙對大家喊著：「跪下，跪下，媽祖來了。」然後爸爸說：「祝恁大家身體健康，萬事如意。」這個文雅對句，顯然是他對少有開口人世的總結吧。聖母附身，阿滿母親涕零。

不久爸爸又若沒事般回魂。倒是母親有了些感覺，知道大限將至，迴光返照，母親執意要把爸爸搬回厝裡。當晚，爸爸又回到家，仍指定躺在那張如玉滑面的竹籐長椅上。拖不過兩日，止了氣息。

自此長椅四周就殘留著一股溫和的中藥味，淡淡在活人的鼻息裡游移。

那長椅後來被當做「燒褲錢」劈啪地在烈火赤燄中走出阿滿的世界。

阿滿到現在還不解的是那天開口說對句的爸爸真的是爸爸嗎？而她母親則老是疑說那天出殯棺木內躺的人好像不是她爸爸？

當然這被斥為荒謬至極的想法。

伊爸爸臨死前說要海葬，「少年時想要走船流浪。」阿滿看見父親留下的隻字片語，她驚訝不已，爸爸是一輩子赤腳踏在泥土的人，誰也不知他有過這個夢。但母親不肯，說哪有種田人海葬的。於是阿滿偷了爸爸的鞋，到風大浪大的瘠海，遠遠拋下，只見鞋像小舟子，流水滔滔，舟身卻未能浸水地往前移。

「很久不見，想念得很。吾到山上工作已有半把個月，昨日午後接獲我查某人寄來的貳仟元，現再轉寄給您收下。錢收後，如需用則用，用不著，就在二期稻子時，替我買稻子吧。或是留待往後用，錢的事請不要掛心頭。」

阿滿心頭憶起在餅乾鐵盒裡看過的一封信，是爸爸的友人寫的。那個時代人的情誼也像她爸爸過世般，將湮滅許多吧。但她知道，自己會是個例外。

11

大過年的節慶感，卻拋不掉阿滿在這個屋子聞到的味道，是一種張國周強胃散的薄荷藥味。遠思距離造成的意象，頓被味覺掠去。

整個空間比較新的東西是牆邊的達新牌衣櫥，上面繪著一排嫩綠小樹小房，裡面是颱風過後阿滿倖存的衣物。她拉開拉鏈，翻這撥那地瞧。多年的往事生活全濃縮在這裡了。

她手探下拿起一個紅書包。書包是塑膠製的，在當年布品時代，算是時髦的。阿滿恐怕一輩子都丟不掉這種對聲色畫面的呼喚感。拿到紅書包是小學升四年級的一晚，約略聽到老鐘噹噹地敲了幾下。一隻蚊子穿過破了個大洞的紗帳，在耳際盤旋。涼風襲入，蚊帳掀起一角，母親輕拍她的臉。阿滿醒來見達新牌塑膠紅書包擱在床頭，她頓時睡意全無，只盼快天亮好上學背去。

那回母親的溫柔是罕見的，她用拇指舔著口水敷在阿滿被蚊叮的嫩頰，還低說明早要換個新的蚊帳。

爸爸那時就睡在一角，人幾乎要滾到置於床上的高腳衣櫥內。牙齒磨得嘎嘎震響。「這人，連睏攏是歹看面。醒時比睏時還靜。」母親嘆道。母親換下洋裝，上床。國一以前，阿滿沒有自己的房間，都是和父母同房，睡在母親的旁邊。有時患了咳嗽也不敢大聲咳，小小年紀就懂得抓件衣服，將頭埋在衣內，把咳聲包住。有新書包那晚，其實母親已晚歸一陣子了。每晚，阿滿和爸爸便分據床的兩個極端，彼此都緊貼著牆壁睡，之間模糊著一份缺少母親的平衡感。好像即使是爸爸，都無法免除早熟的阿滿察覺一個男人和女生同睡一房的異質。

母親不回來，她繃睡著；母親躺在旁，她也繃睡著。

那陣子，母親認識一個外省人。阿滿是在有次隨著母親到關仔嶺洗溫泉才知曉的。長大後她也才了然自己能離開小小的天地去作奢侈的遠足只因她是遮幕彈，她得感謝那個外省人呢。一路上，上車下車，她記得在一個東埔往山區的大轉彎處她被車速甩出了座椅，人跌在地上繼續睡。彷彿被前座的母親笑著，可是阿滿依稀記得抱她的大手是那外省人。醒眼時，她被放置在兩人中間，鼻息裡有一股清香。那是爸爸永遠沒有的味道。

轉換車時，外省人在小站攤位上買了包乖乖給她，阿滿躲到母親的花裙背後，母親笑說伊是愛呷假細意，外省人哪聽得懂，只捏著乖乖尷尬著說：「她不太像妳女兒。」母親啊了一聲，約略也沒聽懂，陪著笑說這囝仔真不是個款，沒見過世面。母親扭轉著腰，拖阿滿到前頭來，硬扳開她握緊的拳頭，把乖乖塞到她的小手。「說謝謝呀，說謝謝呀！」那是母親講得最標準的國語。

可是那一刻阿滿嚅動著嘴，在母親的期盼眼神裡，說的卻是哇地一聲哭。「真不大方，出來就不乖。」母親下結論。阿滿心裡很委屈，她其實是要深黃色包裝的乖乖，而不要手裡的綠色乖乖，她從家境好的同學那裡，吃過黃色裝的是五香，鹹的；而綠色是奶油，甜的。她不愛吃甜食。

小阿滿一向在男女吵鬧不休的村落裡仰息，對於一路上母親和那男人的寂靜，感到不安，咬指甲咬到依山環繞的關仔嶺。爬了幾個曲折的山徑，才到達被硫磺熏黃的小旅社。旅社隱在樹林裡，一隻胸前寫著V的黑熊在暗夜散著清亮的瞳目，爪子攀在欄籠上，幾要構著阿滿的小紅裙。她害怕極了，因而聞不到刺鼻的糞味。母親先要她在旅社的大廳看電視。

電視機上陳列著麋鹿原形屍身，而電視正播著一對姐弟被狠毒的後母虐待，含淚吃著有蟲的菜。「逃呀，逃走呀！」阿滿對著螢幕說著，卻像在說給自己聽。然後隔好一陣，母親從另一頭走來，帶著煙塵般的熱氣，遞著幾件衣服喚她去洗澡。熱氣吹散，阿滿見到一個耳大臉四方的白髮男人，善意的微笑，下身披掛著印有紅字的黃毛巾。

母親身上也有有好聞的香皂味。阿滿蹣跚走到浴池，卻聽見另一頭的房門魅然扣上，把她和母親及陌生的男人隔絕。隔一會兒，柴門打開，味覺倏被擄獲，是母親，噴得香香地走向她來。熱氣飄攏在石頭砌成的水池，隨風轉向，輕撫在阿滿的四周。

阿滿想從水面映出臉蛋，可熱氣只弄濕了眼。她想起鎮上裡的傳言，有位愛打牌的母親在旅社裡打得天昏地暗，大戰方歇，才想起去上廁所的女兒未歸，尋至廁所才發現女兒跌落和地面齊平的大水池內，氣已絕。據說，後來這個母親還愈賭愈兇呢。阿滿和同學經過旅店一定快跑。此後旅社總予她一股幽冥之感。當她怔忡在傳言的可怕畫面時，母親的手已經在剝除她的衣服。

「緊洗呀，想啥？我跟妳講，妳今日看到的代誌，勿跟妳老爸講。知否！」然後母親把她倒反過來，讓她的頭躺在有力的大腿上，水澆著她垂下的長髮，搓揉。阿滿仰視著天花板的壁虎，心也泛著泡沫，無能凝聚。

母親的大手繼而在她的身體抹著，黑砂糖香皂覆了層白沫。那天，母視像所有正常生活的人母，會為自己的小孩沐浴。手仔細地從小耳朵、黑若蛇紋的脖子、腋下、肚臍眼，洗到她的陰處時，她還攣縮了一下。

「講妳是向人家分討來的，妳愛信否？生這款幼秀，大漢可別像妳老爸，沒三塊豆腐高。」爸爸，她聽見母親吐出這個像是陌生人的專有名詞。她們母女出來一整天了，他鐵定不會在意或根本不曉得她們母女是不是在家，除非剛好酒瓶倒不出酒了，沒有阿滿替他去打酒，感到有些不方便外，一切都無聲無息著。

然後母親取了一瓢盆水往她的身上淋下來，沾在身上的泡沫涮地瞬間四散無影，那一刻阿滿莫名地害怕哭泣起來，母親探探水的溫度，還以為是水太燙了，「嘟嘟好呀，哭啥？生眼珠就不曾看過妳這款嬰囝仔。」母親搖頭未加以理會，把她丟到她極為害怕的熱池裡，還討好地問著舒不舒服。

她頓時像是母親過年掏洗雞鴨般，把她反覆洗得肉浸白了。然後瞬間她又被母親打撈起，黃毛巾吸乾她身上的水滴，接著母親為她套上洋裝，還邊說那是台北百貨行買的，說到「台北」時母親又喃喃自語地重覆著這於她當時是何等遙遠的地名。

三個人帶著同樣的肥皂味，驚醒神經質的黑熊，他們走下山坡。阿滿捏著母親的衣角落後的步伐頻頻跟上。一路上，阿滿只耳聞母親的笑，還有男人那一口急促的異邦音調。

小街的看板畫著好多阿滿不識的動物，煤炭燒烤味讓小城有一種熱絡。炒熱鍋的男人抖動著鏟子，卸下脖上的毛巾擦汗，邊向他們吆喝。那毛巾無由地讓阿滿想起爸爸。想起母親總愛說爸爸是垃圾鬼，一條毛巾可以用一年，擠得出油喔。因此家裡掛在竹條上成排的毛巾，都和爸爸有一點距離，沒有人會拿錯。繞了一圈小城，阿滿把母親的裙邊都抓皺了，母親仍在微笑不決。

阿滿不知哪來的想法，她逕向炒熱鍋男人走去。男人用擦汗毛巾撲打灰塵，母親跟進暗地瞪著阿滿說這間貴不貴呀，外省男子笑著搖頭點著好多菜。菜吃一半，阿滿就一直學以前母親吃酒席時常說的：「要包一些回家吃！」她懸空的小腿被母親捏了好些下。

那一晚，吃了很久。母親喝了幾口紹興，興致地唱起歌，外省人拍打著桌附和。阿滿再醒來時，早晨，油桐花開，一片白絮似的映在綠林。溫泉鄉水聲潺潺，阿滿揉眼，想著依稀是被揹著回坡路的小旅店。那背上衣裳有母親的味道。她也察覺到有另一股味道摻雜著，不安地打開窗子，讓風吹散。小阿滿不知道在她熟睡時，一路上是由母親和外省人交替揹著的。

母親和外省人回房，母親手裡的濕黃毛巾丟到一旁，要阿滿穿好衣服上路，回家。回程，阿滿趴在母親的腿上睡，母親話少，一路低頭。晨光灑進長條型座椅。母親突喊：「夭壽喲！」把阿滿拍醒，大力撥弄她的長髮說：「妳真會玩，去哪沾到蝨母？昨暝怎沒看見，給這個查某鬼弄得氣身掠命。」外省人聽得不解，還以為自己哪裡做錯了。

回家後的日子，對阿滿和母親都是不好過的。那天歸返小村，夕紅滿天，阿滿在亭仔腳下，讓母親剪去長髮。母親每抓到一隻卵，就嘖嘖地伸到她眼前。隔天上學少了長髮讓阿滿感到前所未有的恐怖。此外，吃晚飯前的功課就是抓頭蝨，那是阿滿和母親唯一長期貼近的時日，母親腋下的體味，是她最根生的記憶。至於母親突如其來的耐性，她是不會知道一切只因母親思念著那外省人，因而陷入一種等待的心情罷了。

阿滿則在每天照鏡等待髮長的日子裡忘卻那一小段旅行，直到隔年的夏至，她在村子的空地收曬得發燙的被單時，乍見那外省人現身。不待他問話，拔腿就跑，繞了路躲進阿嬸的厝裡，悄悄見他走遠，她才不安的回家。母親見她把被單沾了灰狠罵了一頓，阿滿噤聲沒說起見到那個陌生人。陌生人自此走出母親的世界，還有她的懸念。她想自己是否破壞過母親的新戀情？

其實她不討厭那人。那份惶躁到如今也才有些意會。

如果她當年帶引那人到家裡，結果會如何呢。據說那外省人是帶著兵營來到村子河床附近駐紮，類似一種天意的召喚吧，母親在河邊洗衣服，機緣就來埋伏了。

現在，阿滿倒希望那個母親笑謔中叫喚的老芋仔能出現，然當年已白髮的他，恐比爸爸更早歸天吧。躺在母親的床想這個童年有過幾日相處的男人，阿滿真覺奇特呀，然要不是爸爸走了，恐怕這記憶也不被喚起。母親的房間窄小，但因棉被和衣服嚴謹有序地疊著，以致於有一種光明感。床和牆是用粗老竹撐起的，竹子，百年開一次花，未等開花就進入生長的終結，「它不死，只是換一種生存方式地存在。」阿滿想。

這樣想讓她有一種安心，聯想到爸爸的死也是另一種生存方式。

牆上的海報是舊識，昔日美女，被頑皮地挖空沒了眼睛。最上角還貼著一張印有

「自由中國第一部自力拍攝的彩色寬銀幕巨片，國片起飛鉅作」這麼多年來倒也沒去仔細瞧，今天看得清楚，嘴跟著唸，「國片起飛」原來飛這麼久了，飛到她想貢獻熱忱找個職都難。阿滿想剛剛母親和嬸婆的對話，其實也沒錯。要不是因為有個缺是服裝助理，專門替女演員換整戲服的話，她連跨入那個男人世界的機會都沒有。

床旁，擱著一個「難得糊塗」的竹筒，那筒裡還有她的爸爸過世前手摸過的紙鈔，是母親交給她的。

「妳老爸過身前摸過的錢，會保佑妳賺大錢。妳不可拿佇些錢黑白花花掉，留在身軀邊，等到妳自己做生意，才混在資本裡，這樣就會賺大錢。」阿滿真的沒去動那筆錢，倒非謹守這耳提面命，而是因為那不過就只是兩千元，象徵意義是主因。

不過，如果有很多錢，山窮水盡時，也許定力就不見了，阿滿想。「誰知道，過日子嘛，不碰到這個，就會遇到別的，不單是選擇的問題。」她只是偶爾會幻想，如果竹筒是聚寶盆，將包著紅紙的錢變多就好了。然而增多的卻恆是那「糊塗」二字。

紅紙是爸爸生前賭六合彩贏的時候，莊家把錢包在紅紙上給的。有十來個吧，也就是贏了十來次，用四年來算，太少。爸爸到底欠賭債多少，阿滿也搞不清。只知道來催討的人比送葬的人多。

那時整日用著冥黃紙摺元寶的阿滿，沒有聽從道士說要每摺一個唸一佛號的指示，卻是每摺一個就暗禱能變出錢來。

她見母親的木櫃上擱著許多各色的碎紙，紙上數字充摢著，是母親一筆一畫生澀寫就的。誰叫爸爸臨走前，喊了一堆數字。母親於是信以為真地下注且理直氣壯說：「你老爸講的沒錯啦，伊死前，煩惱賭債未還清，恁無力還債，伊只好報明牌叫我替伊還。」惜至今數字尚未兌現，母親不知要玩到何時？阿滿望著白日的一絲光影，緩緩踱到窗前，心在晨光裡澹澹漫漶開來。

12

「爸爸為何後來都不睡這裡了呢？」阿滿在遐想中，困頓入眠。再醒時是邊揮打著邊跳起，見大哥七歲的大兒子小鯨在床頭叮著幾顆牙賊笑。係這個哺乳類小子在她臉上狠狠咬了一口，她順勢抓了拖鞋作狀要打，小鯨滑溜竄出，待她追至房間的門檻處，四歲的貝貝也來湊一腳，然後二哥的五歲孿生女荔荔、桑桑也撲上來拌住她，一時小鬼纏身動彈不得。

什麼時候小鬼說好一起出沒的，看來兄姊皆回了。阿滿邊覷著小鯨下一步動作邊想。廚房的母親在張羅著，牙齒笑得銀森森。阿滿終於抓住小鯨，冷不防賞他薄薄一記掌，小鯨卻哭得波瀾洶湧，她大嫂目光往這一掃，阿滿心跟著一縮。

她最討厭別人突然欺近她的臉。她的臉頰有一抹痕記。

「妳小嬰囝仔時，我顧種田，驚妳四界走，把妳綁在長條椅，妳那個匪類表兄彪仔，趁我無注意，給妳咬一嘴，當時，妳是哭得驚天動地，哀爸叫母哦……」母親說她聽到哭聲從山的那頭奔來，彪仔早奔到另一頭了，兀自在陽光下天地不怕下狂笑著。母親的說法，害她有一陣子見到大她五歲，活像小土霸的彪仔，會難為情的彷彿嬰兒時期就給定了親。

「無是啦，是妳阿母自己啦，騎孔明車載妳，停車停未好，害妳摔落下來，臉面去撞到尖尖的石頭……」她三姨說。

「哪會是這款形，我記得是有一回，妳老母和妳老爸冤家，妳老母心糟氣起，將一罐米酒頭的酒瓶摃破，一絲小片玻璃去噴到妳的顏面。」阿嬸說。好像有那麼點道理，她家的米酒瓶常常是還來不及去換銅板，就被母親擲地有聲了。

其實這個痕記，已隨歲月淡去，不挨近看，也看不清楚。可是，不知道為何，阿滿總是在意著。究竟她是在意臉上的疤痕，還是氣這件事的莫名？她也說不上來。

大廳人聲開始多了起來。

小鎮上昔日的唯一一家電器行，送來了一台二十吋電視及錄影機，在忙著裝線，老闆和大哥聊著天。小孩子亂轉著電動遊樂器，聲音漫著都市味。

嫂嫂見了阿滿，遞了一雙面皮晶亮的高跟鞋給她，「我每懷一次孕，腳就大一號，從六十六號變六十八號，本來保存好好的鞋，不能穿了，很可惜，妳試穿看看。」阿滿一套剛剛好，就歡喜收下，心想不曉得會不會去穿這款有跟的鞋呢。母親在旁看阿滿接了手，只淡說要伊一起去鎮上洗個頭。

於是母女便走出大廳，耳朵依稀還能聽到嫂子們說話，鍋子鏟得很大聲。

「不甘願的款。」母親說。隨即又拍打她的肩道：「明早過新年，妳可不要穿妳阿嫂的舊鞋，知否！」

「哪有要緊啦，我也沒買新鞋。」

「一雙舊鞋就買通心，真沒出息。賺不到錢喲。妳真是沒交半個男朋友？」阿滿搖頭，踢著石子說：「人家跟我講說我眉粗眼大顴骨高是剋夫命，最好是別嫁。」

「黑白講，妳有金絲毛，髮毛軟鬆最好命，哪會怕沒尪來照顧。」母親突把臉貼過來，眼睛晶晶看著她，然後鬆口氣說：「好在皺紋還沒生出來，不然看妳要嫁給誰。」阿滿被母親這麼一瞧，也才跟著發現母親的眉毛是紋出來的，墨青色，僵厚地橫生著，像是和皮膚分道揚鑣般。

阿滿見了突然想笑，覺得母親像東南亞的人種，忽然又心生傷意。因勾起有次返鄉，母親一向黝黑的皮膚更沉了色，也沒去關心，母親忽悠悠道：「那些少年泰國人，印尼工人都叫我媽媽。」阿滿才知母親在休耕期去工地做雜役，在異國人裡反感到慰藉。

村裡綠疇中有大遍灰調的透天厝，就是當時經濟景氣蓋的，一些村民老芋仔有的便娶了南國之女，憑添不少人生悲喜。

母親看著女兒要笑不笑、欲哭不哭的樣子，就不免生疏不解。

母女兩人拐進窄巷，遠遠地就看到黑白旋轉的標誌，上面的看板有稚氣的筆跡，寫著葵子家庭美容院，欄杆上掛著一排黃色毛巾，低矮的花色三夾板門嵌著一面玻璃。

母女倆的影子在薄光裡走著。阿滿看著玻璃上移動的母親，左腳有些不太靈光，之前得了蛇癬的後遺症。那時據小哥說母親半夜常發出哀嚎，說「蛇」在她身體到處流竄，跑到哪裡痛到哪裡，像懷阿滿時的痛。阿滿聽了噤聲不語。心下想她怎會跑到母親的內裡，那陣子她壓根沒想過母親，那麼她在哪裡呢？

她活著。很悖於常理。

她流連在台北一家又一家的速食店，靠窗的位子，呆坐。有時上了樓，發現靠窗的位子全坐滿了，也不管手上已點了食物，掉頭就走。為什麼一定要有窗的呢？因為呆坐一陣子會有一隻油黑晶亮，俯衝低飛時，發出螺旋槳聲的大頭蒼蠅在敲撞著窗。

她想，「那可是爸爸的短期色身嗎？」等到她因為坐久了，或因被沒有體察他人悲情的推銷員相中，不堪其擾地換了另一家，而蒼蠅王又在窗邊敲撞時，她便又這般想著，「爸爸在昆蟲世界裡稱王嗎？」未來心不可得，想太多了，她拍拍腦瓜袋。

母親的蛇癬侵入神經，說是極度憂慮而起的。「極度憂慮」是她對母親不曾有的想像。她以為母親像大地荒生的芒草，生命力強，挨近的人還會被割傷。

玻璃門推開，吹風機嗡嗡地轉著熱度，裡頭的人喊著「勞洗喔！」，母親向那葵子大聲說著：「這我查某囝仔啊，記得否？」葵子笑說怎會忘記，瞟了眼阿滿不經心問：「有交男朋友否？」「稍幫伊注意些，有適配的介紹一下，讓兩人走走看。」母親說。「妳這個媒人在做假的，自己的女兒顛倒沒幫伊找。」葵子在拆著另一個女人頭上的綠捲子說。

「伊無愛聽我的話，有個屁用。女大當婚，對否，轉個眼時間一過，女孩子就變老姑婆。個性會有個怪癖，難相處。我講的話，伊是當作一陣風飛過。」母親的肩膀被學徒有力的手抓捏著，約是痛得舒服，發出哼唉聲韻。

「妳咁記得早先妳將阿滿送來這學手藝。好在沒學成，不然現在就像我一樣站整天，一粒頭洗過一粒頭，一天過一天。我這一村，黑頭洗到白頭，有頭洗到沒頭，來來去去，我是逐個看透透喲。」

「唉，妳不知，給這些囝仔讀冊，開真多錢。想到過去的日子，真不知是怎樣走過來的。」母親說。

阿滿望著鏡中的自己，頭上的白泡沫在小鬼似的男學徒中起了又落了。她記得她小學畢業的暑假，來這做過幾天，洗了幾粒頭就被葵子送回家。

「妳阿滿的手不適合來洗頭啦。」

「騙猶耶！」於是和母親是拜把姐妹的葵子抓起阿滿像烏骨雞爪的手指頭給母親瞧。

「阿滿的指頭肉厚，將指甲整個包住，指甲生不長。用指甲肉洗頭，洗沒幾粒就會痛了。」母親抓起她的手看，搖搖頭說：「丫環命，小姐身，最歹飼養了。」

「妳阿滿的頭型真漂亮啊。」葵子在吹整著，腋下散著阿滿有點熟悉的狐味。

「哪有用啦，伊體格不夠，穿衣不大方。」母親還是要批評女兒一番。

「不錯了啦，沒得嫌了，再講回來，妳囝仔個個將才，何況有子有女總是贏面，管伊好壞。不像我，要生生不出半個來。有尪哪有效，腳在伊身軀，喊走就走。子女最起碼過年過節會回來呀。」葵子流露今天第一次的傷意。

「無要緊啦，阮過幾天作伙來去卦香。」換母親安慰她。

走出美容院，阿滿直撥弄著被吹成高角度的前髮。

「真想無通，人家給妳吹得好勢好勢，妳就手癢愛弄亂，真歹款待！」然後又看到什麼似的大手忽地一伸，逕把阿滿前額瀏海雺地撥開。

「大人大種了，別留囝仔頭，臉就在小了，還蓋頭蓋面，好運怎會來。」母親望著她搖頭，心想以前老騙阿滿說不是自己生的，如今可換自己糊塗了。

走到一水果攤，老闆娘笑出一口金牙說：「這是阿滿！嫁否？」「妳嘛真神經，我有提訂婚喜餅給妳嗎，這還用問。」母親說著，老闆娘仍兀自笑得金燦燦。母親挑好一袋小番茄放在秤上。

「一百塊。」

「啊是對不對，這款俗物要一百塊。」

「阿菊，這不是我以早土生土長的柑仔朵，這叫做超級聖女，進口的啦。」「生得尖一點就叫超級聖女，啥米叫聖女，我就無識，吃起來也沒兩款嘛。」母親抓了幾顆在衣襟上擦著，丟進嘴裡，有些紅汁還噴出來。母親把挑好的番茄倒回簍中，嘴裡嘖嘖地像在向阿滿訓示地說：「妳看，沒錢的話，看妳要吃啥喲。」

「木瓜好否？」

「自己種的攏存真多嘍。還是買令果好了。」挑了幾顆五爪大紅蘋果，滿意地向阿滿說還記不記得小學遠足前來這裡買過蘋果，阿滿卻搖頭說：「不記得。」母親也搖頭，阿滿讀出這是一種失望。

其實她說記得不就好了，何況她不僅記得，連買時的月色她都依稀能回憶，當晚盯著蘋果像阿拉丁守著神燈般，不敢入睡也歷歷在目。

為何要如此吝於點頭？她心頭猛然一問。

曾經攀爬母親的蛇癬換遁入她心頭。

原來那憂鬱的蛇，噬咬起來是這般痛。宛如不知所終的雨下在泥沼裡，一如如影隨形的自己。

阿滿的臉部線條於是因此一想而變得柔和了。可惜阿滿的母親這時候只顧挑著蘋果，她一邊把蘋果丟進紅塑膠袋，一邊嘴上嫌著。

13

阿滿和母親兩人穿過祠堂，塑膠袋磨挲著腿，窸窸窣窣地發出聲響。小鬼老遠就在嘶扯著喉嚨，呼喚成了一種較勁，「奶奶，姑姑」宛如擊鼓襲來，「這哪有像我的孫子，什麼奶奶；又不是外省人，叫阿嬤不是卡好聽。」母親話雖這樣說，可是見了這些孫子，還是用著青生的國語，討好著。

進了屋子，阿滿見小哥回來了，低喚了聲：「哥！」便往房裡去。心眼還殘存著剛剛瞥見小哥的印象。「還是不愛穿鞋，腳板更黃黑了。」阿滿想起以前常和小哥各站一個水缸，腳板大力踩著缸內的酸菜，久了腳都薰黃了。那時阿滿很怕到日式榻榻米的同學家玩，連有次老師帶他們到溪裡玩水，她無論如何也不肯脫鞋。

阿滿上國中時，哥哥全在外地念書，她常寫信給小哥。信裡，有次她還說到在隔夜待洗的內褲裡，看見一群螞蟻咬嚙著褲子上的白汁，當時差點暈厥。上課，和好友傳紙條，同學嚇她說可能得了糖尿病，因為螞蟻喜歡吃糖。阿滿想，我從來都沒有糖吃呀。然後她也忘了是如何去描述這件事，總之再收到小哥的回信後，她已轉耽憂別的事了。現下，她並不打算把台北里香的問候帶給小哥，她不想勾起小哥的傷心。

「要吃飯了，還躲進內裡幹嘛？」母親把她喚出來。然後扯嗓子喚嫂子弄這煮那，忙碌十分。阿滿踱到廳堂，瞇眼看小哥在外頭教小鬼玩跳加官，一如童年。牆上的長形老鐘，震晃鐘擺地敲出幽鳴，母親急奔而至，重力拍打著在一旁想得入神的阿滿。「趕緊動手腳，點蠟燭、香火，差一點就過了時辰，天要暗落了，到了晚時，妳爸爸就沒得吃了。生時不孝，連死了也沒人來捧飯碗。」阿滿聽了連忙站起。

她在爸爸的案上，點了六炷香，三炷拜神明，三炷祭父靈。爸爸的牌位，邊緣紅紙剪了花紋裝飾著，留白部位寫著吳公一魂魄等字的書法，還很簇新。

住厝邊的嬸婆來要沙茶醬和大蒜，說阿滿可真乖巧，母親冷笑說她是大小姐不叫不會動啦，乖，還早咧。聽到不叫不肯動，兩個嫂嫂忙端菜湯出入著，母親偶夾了幾口嘗，大體上她都會搖頭，儼然是評審官。

小孩們像是說好一起進來似的，全擠在門檻上，互不相讓。最小的貝貝一下子就給踢了進來，哭得放肆，母親又搖起頭來。

「先夾雞肉，這叫做起家。」母親定要大家先夾雞肉吃。小鯨和貝貝同時夾了雞屁股，大家才笑開來。一陣風吹入，蠟燭咚的一聲掉落，「唉喲，阿滿啊，妳捧飯給妳爸爸要甘願點，連筷子都沒有，叫妳爸爸怎麼吃？莫怪伊的燭火會熄去。」阿滿趕緊遞上竹筷。

「歹勢，失禮啦，恁查某囝仔不識半項，恁趕緊呷！」母親重新點燃蠟燭，屋內起風，燭火被吹得往上直竄。這是過新年第一次爸爸的位子空著。除夕夜以前不管他多好賭，這一天一定會在；杯子裡慣有殷紅酒色相映，飯後有紅包喜色相往。

「伊被請上了天，做神。」這是阿滿當初受不了母親日夜的那種歌仔戲哭腔，編派的說詞，並以托夢，言之鑿鑿。結果母親竟徹底信了，甫過七七四十九日，母親就從田裡摘了大紅的雞冠花，太陽花，還有一種煮飯時會開的花，參差地置入案上花瓶。

「妳老爸做神啊，愛歡喜鬧熱，哪可以再拜這款白花。」說著眼角溢著悲喜不分的淚，「我知，妳老爸會保佑妳嫁到好尪。」

「好尪？」阿滿打從回家的路途開始，這兩個字就不斷灌進耳裡。

「阿滿，擲筊看看，問妳老爸呷飽沒？」

阿滿挪了板凳才搆著案上兩個十元的銅板，銅板被長久的香火熏黑，像古錢。她往地一擲，呈梅花，沒面。

「伊大概是在生氣，過年過節，連筷子都沒提給伊。緊講失禮，講全家大小平安返轉回來了，愛伊保佑妳早點嫁。」阿滿於是在眾多眼睛中，乾巴巴地跟著唸唸有詞，手甩動著銅板，慎重擲落。

一正一反，有面了，大夥才繼續吃年夜飯。

吃年夜飯，大夥兒雖說都挨著圓桌吃，可是每個人卻起起坐坐。嫂子追著餵小孩，哥哥們電話不斷，母親廚房客廳裡外跑，加水加菜忙。只有阿滿，人定住了，心思卻不曾挨著桌。只覺方圓之外，許多故人一閃一閃地掠過。那些每一年在她心房鐫刻著歷史的人。林蟬、朱織、家幛，所有的愛嗔情愁。

母親又向哥哥們遊說，要他們幫忙留意辦公室單身男性的動向。阿滿不敢往下聽，忙藉故看村童放鞭炮，端著飯碗到門邊上吃。

望出去，村裡或遠或近的親戚，各自以家為單位地漫寫著流年。

平常此時，村子裡是絕對的黑寂。

白天呢？這個村落儼然成了女人國。一些壽命長但苦命的婦人，丈夫無法白首，兒女雖成群卻在外。她們踩著澆薄的土地，自足；串串門子，自娛。黃昏裡，來了叮噹車，下了郵差，遞交慢些時的掛號信件。

信其實是用鈔票寫的，每個人都認得。

「千萬別像我活得那麼老。」阿滿還記得村裡靠海的壽婆婆曾在去年的過年流著乾涸的淚向她說。

很老很老的窮人，不知道她是不是還活著？那裡海水時常倒灌呢。阿滿瞄向遠處的漁火，飯有一口沒一口地吞著。她對當時壽婆婆的乳房已垂到腰部感到十分詫異。好像兩個口袋，她憶想。

她不禁回望一向忙碌母親的胸部，依然大且算是挺的。過去夏天裡，母親常洗完澡不穿上衣的，她對母親的胸部如此之大也同感不可思議。她不解如此窮地，竟會盛產女人瑞和女大哺乳動物。

亂世貧病中，她們的人生步驟一樣也沒少。

阿滿就是在母親自己剪斷臍帶落地哭嚎的。

少小離家老大回的村民，可能會忘了誰家的小孩，可是絕少會忘記阿滿，「就是金菊那個暗暝夜自己接生的紅嬰囝仔。」這一說大家就發出「哦——哦」的了然聲。

許是那一晚，阿滿母親痛澈心扉的奮力一剪，伴隨嚎叫的月圓日子，有聲有色地給入了村人的夢境吧。

如今，太平日子，村子的男人倒競相比賽，看誰先跨入死神的門檻。阿滿她爸爸中年初老嚥氣，在這兒的男性裡已算是很晚很晚的。

她又莫名地想起爸爸走前穿的印有「好年冬」紅字的白薄衫，衫下鼓脹似鼓的肚皮。一頓飯吃的味道雜陳。

母親喚她，說又不是乞丐，別蹲在門檻上吃飯。

14

於是阿滿續加入圍爐。母親夾了塊水煮的大塊豬肉，蘸了蒜醬，往嘴裡一咬，肉卻滾出。「牙齒根本咬不動了。」母親氣得眼淚噙著。

「妳愛貪便宜，牙齒無肯做好勢。」哥哥說。

「醫生做壞的？攏嘛是為了你們，我少年時。做工做過了頭，才害得牙齒現時攏敗了了。醫生看也看無好了。」母親拾回滾到地上的肉，肉裡有牙齒殘咬的血痕。

母親這一抱怨，大家都噤聲吃飯，不敢再多言。

吃完一頓象徵性的圍爐，母親一派作態地丟下碗筷，逕自到電視旁，拿起遙控器按，按，按了半天，都沒反應。「買這哪有用，提錢無更好。」大家聞言，紛紛遞上紅包袋，外面引爆的鞭炮聲適時傳入。

阿滿打開遙控器內部瞧，發現根本沒裝電池，於是趨前按了電視機本身的鍵鈕。叮叮咚咚的一式過年配樂，轟撞耳膜。

母親童年時，第一次見到螢幕有人，還跑到電視機後面瞧，以為是有人在背後演。現在她當然不會這般傻了，倒常叨唸阿滿是個傻子，十足的傻子。因為她想不通，為何阿滿的同學可以風風光光在台上播新聞，而她卻有一頓沒一頓的。「妳講嘛，妳又無比別人差，講媠，阮莊妳嘛是算得到，按怎妳賺無錢呢？」

母親手裡探著紅包內的張數。忽轉頭對她說：「妳有偷用妳老爸過身前留給妳紅包袋內的錢否？」

「怎麼會呢。」阿滿愣了一下說。

「無最好。」母親似乎在懷疑她手裡的紅包錢來歷。

阿滿決定出去走走。不只因為接下來是新聞時間，母親會看著螢幕當主播的大學同學對她開炮，更多是她可不想自己在城市所從事的媒體影像再來干擾。

小鬼們見她在穿鞋，全伺機在旁。

於是她帶著小鬼們穿出公祠，沿著環繞村落外的田溝走，一路上，幽暗霧藍，星淡孤月，萬籟清冷，只聞舊圮磚塊細縫間唧唧的蟲鳴聲。他們故意製造恐怖的尖叫聲，讓聲音穿透林間，隨風吹散在這個偏遠小村的除夕夜裡。

在燈源薄弱中見到大姨家，一間小小的雜貨鋪子，蓋在川溝的另一邊，必須小翼翼地跨過木橋，小鬼卻猛然跳踩著，阿滿抓了這個就漏了那個，她只得邊求喚：「大姨！」她很怕這些小鬼像她當年般地滾落溝裡。

大姨應聲地捻亮了燈，窄短的鋪子，倒是民生用品都算全。仍舊是竹藤椅架子上面置著淺綠的玻璃罐子，玻璃內的餅乾還是舊款式的，黃圓底綴著粉紅的糖花。每個小孩眼睛都骨碌碌地睜大著，貼在罐上的鼻子壓得扁扁的。

大姨眼睛不靈光，耳朵倒還靈敏，聽聲音知道是她唯一同父同母生的妹妹的女兒來了，至於其他吱吱喳喳的聲音，她就生疏了。大姨似乎天生沒有男人緣，丈夫上台北謀差事，卻莫名死於被稱為歷史傷口的二二八事件，但這對大姨而言就不只是一道傷痕而已。

大姨只有一個兒子，娶了媳婦生了小孫，卻給省道急駛的卡車撞死，然後媳婦跑了。村人都說「好在伊的孫子是查某囝仔，哪沒，擱不知會再發生啥米代誌。」

表姐秋櫻是大姨一心想把她嫁掉，她卻一直留在身旁。秋櫻在鎮上最熱鬧的小商圈的一家保齡球館當記分員，一直有人來說媒，連出動阿滿母親這種行銷高手，還是成不了。她常下班時順道替大姨補些貨，村小人稀，耗損少，補貨最多也只是攜個幾瓶醬油、洗衣粉、衛生紙而已。

阿滿環伺這個女人窟，「真是比街道還清寂啊，這哪像過年呢！」只有門板處兀自貼著喜豔的紅紙，寫著不登對的「五穀豐收　多子多孫」外，這個年和大姨是沒有任何關係。

「阿櫻姐去哪？」

「講伊人無爽快啦，先去睏囉。」大姨在打開綠玻璃罐，開心地遞糖果給小鬼們。

「阿滿生這麼大漢囉，啊這囝仔咁係妳的？」

「無係啦，是大兄跟二兄的嬰囝仔。」她的大姨記憶已漸漸消弭，虛實混淆不清，以致母親說：「老番顛，一包王子麵賣人二十塊，一罐豆油賣人五元。」

小孩吃餅乾糖果，安靜不少。

阿滿拿出預備的紅包遞給大姨，大姨還在推辭時，小鯨和貝貝同時搶，搶輸了，哭聲又起。大姨於是又開心地分糖果，空氣才安靜下來。阿滿儘說些無論如何一番好意，請阿姨定要收下，算是吃個紅，討喜。聽到喜字，大姨方孜孜收下，直說「阿滿會嫁好尪」。

「嫁好尪」從買花遇到的老闆娘，再到親人鄉女，似乎全忘了自己的愛情婚姻，一味地祝福別人找「好尪婿」。可是這個女人村卻在呈現著未來色相予她瞧個究竟。

大姨前一刻還在和她說話，這會就打起盹來，阿滿替她拉好外衣，攜了小鬼們悄然退出。才走至木橋的中心，隱約便聽到阿櫻姐的輕斥聲：「睏在客廳，哪寒死也嘸人知，講不聽……，死死去較寬心。」阿滿心頭一震，歲月銷蝕的驚人，一個蕙質蘭心的女子怎會變成這般惡言相向呢。

當年無處不捉迷藏，思春情愁的雅興，恐怕兩廂盡失。

四個小囡仔自行玩著，貝貝跟在後面咿咿啊啊的沒事乾嚎幾聲。他最常掛在嘴裡的話是「我要吃！我要吃！」，母親謔說：「驚是非洲黑鬼，餓死來投胎。」聽到此話的嫂嫂，有陣子都不帶貝貝回鄉下。

阿滿望著貝貝的饞相笑了起來，想到剛剛分紅包時，拿出和貝貝一般高的大龍貓給他時，他抓著龍鬚不放，嘴裡還是那句：「我要吃！我要吃！」。阿滿想小孩子對於玩偶的溺愛是難解的。六歲時她曾在流動市集，因為貪戀地看著頭會隨著音樂擺動的娃娃，而和母親、哥哥們走失了，那份驚悚的情感，到現在她都還時時懷抱著。當時旁邊賣著西螺六尺四之類膏藥的老耆還邊打著鑼鼓鬧說：「跟著阿叔來去走江湖吧。」江湖她自是不懂，跟著阿叔倒是聽懂了，她哭得幾乎要把布棚給震落，害怕自己跟那繫著繩索的小猴子般，無從脫身。沒有多久，小哥就又尋原路找到她，母親對哭哭啼啼的她玩笑說送給別人做囝仔好了，她又哭了。夜市的燈泡昏黃，照得她眼皮痠刺，她後來好睏喔，幾乎是被拖回家的。

帶著這群小麻煩回到厝裡，廳堂竟悄然無聲著，前後不過半小時的光景，爸爸案上的香火餘味還未散去呢。

阿滿傾聽牆壁，有母親擤鼻涕的泣聲。她走到另一個房間。兄嫂五人團坐一團，面色凝遲。過年耶，倒像是喪家之犬。

「過完年不久，我要調到馬來西亞工作，不能陪媽媽了，所以要他們接媽媽到台北，每個地方輪流住。」小哥見阿滿狐疑的神色說，過去都是他代阿滿他們克盡人子之責，即使他出差上山也在家鄉附近。

地上短菸蒂散落，她剛剛錯過這場兄弟之爭，阿滿想陣勢應不下於電視議會論戰吧。

大嫂先是埋怨小叔此刻才說，否則也不用麻煩買新的電視機和錄放影機了。

小哥倏地拉起藍布幔穿出。阿滿望著那背影，想到台北的里香，小哥是因為她嗎？決心離開傷心地。

那母親呢？她一定能走得過來吧，阿滿想。

15

清早，母親就到向地主承租來的澆薄田地裡去摘了幾把菜，說是初一早要吃齋。

廚房裡，有鍋盤相撞的聲音，但卻掩蓋不住那份山雨欲來前的靜肅。

昨晚，她忘了自己是怎麼睡著的？依稀有綿密的鞭炮聲傳來，再豎耳屏聞才知是雨勢。她醒著，身子下是花色的棉被，床邊置著一個木板編成的桶子。那桶子過往是用來半夜解尿的，阿滿紅嬰仔時代有次還滾跌到桶內去，「好在那晚尿剛倒掉，不然伊就去淹淹死嘍。」母親常這樣說。

在鄉下的古早年代，上公廁是兒時阿滿感到最感痛苦的事，臉上被叮滿好幾個包，身上味道還會讓人知道剛從茅房出來呢。三姨家是最早有沖水廁所的，阿滿後來都寧可走遠，到三姨那裡去。

「四界都可以上呀，從哪裡來哪裡去呀；哪要這麼講究，像我在田裡作息，要放就放，無麻煩。」母親老覺得這女兒真搞怪。

那桶子尿騷味已漸淡，快可以列入骨董了，掉下去是什麼光景啊，阿滿當然不復記憶，只殘存想像的趣味。

母親在廚房喚她起床，說她就是新年睡太晚，才會一世人懶惰。「落雲天，假雨意；懶惰人，假要死。」母親又叨叨說起每個人的能量有限，七點以前起床會使能量豐潤。又不是早起的鳥有蟲吃，阿滿想。

只得姍姍離開溫暖被窩。

她到後院拿下斑駁牆上掛的盥洗用具，在簷下壓著幫浦取水刷著牙。泥地上是濕的，此刻入耳的綿密聲才是鞭炮，有幾縷煙塵。青草味濃，不過她仍聞到廚房大鍋煮著她愛吃的酸菜筍絲。小鬼們早晨醒來慣例哭哼著，小鯨不情不願地也走到阿滿旁邊，擠著他的史奴比牙膏，刷著小齒。

早餐裡，昨晚的僵局在逗弄小孩中刻意地被淡化了。

昨夜，其實哥哥們是同意輪流照顧母親的，只是母親不肯搬去，她先是意氣用事地說要跟去馬來西亞，後來才期艾地說台北她住不慣。嫂嫂把箭頭指向阿滿，要她留在鄉下，說是反正城市裡阿滿也沒什麼好工作，賺不了幾個錢。

母親就是那時恢復潑辣的本性：「恁不要隨人顧自己，女兒家早晚是要嫁人，這裡不是老的就是小的，叫伊留在下港，等於是害伊一世人，跟著我作老姑婆。沒錢擱沒尪，老了看要死去哪！」

這一番話，活生生說出兩個女人的歸宿，老的小的，結婚沒結婚的，最後的終點都是一個回歸自己的問題。阿滿怔忡。

等到母親喚她時，才拉回她遠飛的意識。

母親要她趕緊換新衣，「初一早，全家要去拜拜，順便來去拜妳老爸的魂，昨天我去看過，草生得很茂，快將伊的相片遮住了，我老了，草會割手，也沒體力摘。」向光處她見母親穿上一身大紫，襯得兩道紋眉愈發湛青著。母親永遠讓她有一種大地荒生之感。

16

泥地上的濕氣漸被衝破雲端的陽光蒸散，一行人穿過金黃的油菜花田，像是個迎娶的隊伍。母親頭繫著花巾，手挽竹籃領在前頭，後頭阿滿他們玩著搖鈴，燃著仙女棒，金銀火花。油菜花不久就要犛入田裡，等開春翻新土，它們就成了稻苗的綠肥，將來稻子收成，一粒粒的金黃穗子，原來都是花精的魂啊。阿滿望著畦畦相連的花莖，想著魂魄之類的情事。過去，心不可得呀，她老想得癡妄，自憐。

鄉下的墓已鮮有蓋在田埂旁了，阿滿家是租田的農人，就更無地可安魂。有好一段路的公墓，成了新亡者的安居處。山邊遠遠的雲聚集著，墨黑，漸走近，始知是成群足以遮天的黑鳥，在啄食著發爛的小動物、瓜果。

山上，浮升著熱氣，墓的小樹還沒能遮蔭。

母親拿出祭拜的三牲，陽光下蒸著肉味。一雙以螺旋槳噴射機之速俯衝而下的蒼蠅，正要從雞敞開的屁股進入，恰給眼尖的母親急急揮打而鎩羽離去。阿滿在旁頗感心驚，不一會兒，母親忽悠道，「無一定是恁爸爸的化身，過年來討吃的，霎時給我趕跑了。」

燒銀紙時，海風引渡下，火苗竄出窯，不慎把小哥種在墓旁的榕樹燒掉頂芽，小哥說芽毀了，那這顆榕樹一輩子長不高了。他取出另一個巴掌大的樹苗，小孩爭相蹭看，母親問那又是什麼玩意，「無心石。」小哥說。阿滿呢喃似地跟著唸無心石，卻聽小哥解釋說不是無，是烏，烏心石。他續說著長大的烏心石可是價值菲薄，是上等之資。那樣不起眼的小幼苗，很難想像日後發跡的聲勢。母親說墓仔埔快客滿嘍，死人有夠多呀，公墓是零零星星的，一代一代像水流過去。「戀愛夢　被人來拆散　送君離別啊　港風對面寒……」母親像歌仔戲子腔調荒荒起於黑陰天，阿滿聽得心駭，像前靈被喚起。她夢見自己在勒眉，貼著金亮片，換好霓衣裳，敲鑼打鼓裡挪動步履，哀怨聲囂人氣凌。戲散，拆棚，卸裝，扛著行囊，哪裡有路哪裡去。

「唉，人生海海，要死要活哪會知。」母親倒著米酒在后土及父親的墓前。香燒至末節前，母親要大家剝鴨蛋殼，好讓爸爸早日脫殼投胎。

雜草長至半人高，思念如果可以落土，也是長這麼高了吧。母親一聲令下，一家大小除草似拔河，唯獨阿滿覺得自己像那野草蒔花，不想被除去，她只是呆呆呆地望著大地聲色。母親卻說伊是懶查某鬼，以後婆家不會疼入心啊。

雜草除盡後，嵌在石壁上的爸爸相片露出臉來，很靦腆地不像個老人，像個書生。阿滿想起那相片是她去朋友的暗房沖洗出來的，她在一盞紅燈的暗室，斗大的淚和著鼻水滴在顯影液裡，爸爸的笑容搖晃似幻。走出暗房，手扶著寫真館的泥牆喘息良久。彼時四月初，已燠熱得很。

祭祀後，大片烏雲像乘著快馬，聚攏而至，母親喚大家到木寮躲雨。木寮已圮，只剩頭頂上的一片牆。所幸雨也只是作個姿態。

回程，又是油菜花，粉蝶相送，母親說伊聽人講台北流行靈骨塔，一甕一甕的，哪有像個禮俗，「死和生同款重要，恁爸爸一世人勞動別人的田地；最起碼死要有自己的所在。恁大家免煩惱啦，恁爸爸早上才吞最後一口氣的，伊有心留兩頓餐給恁這些子孫呷，伊若晚眠才死，三頓都攏帶走了，恁都呷西北風嘍。……以後拾骨，阿滿買給伊爸爸的金鍊子、手指，恁都愛還給伊。」母親在前頭滴滴落落地說著。

阿滿生平買過金飾的一次。店員熱心地問送誰人呀，「我爸爸。」於是店員挑了福祿壽各款，阿滿搖頭，只挑了素面的。入棺日，全部的人在旁等著阿滿把鍊子、戒指套在伊爸爸身上，阿滿覺得那一刻真是困難，她走近，看見穿西裝粉飾如戲尪的爸爸，竟覺陌生得想笑。她彷彿聽見身後的婦人在說著：「生之時，無買給伊戴；人死去，才來哭。」

她還在入殮封棺日，在釘棺地敲打聲中，偷了根棺釘作紀念，她也不知道這有什麼含意，只是身不由己似的。

其實，過年裡，阿滿從不曾從爸爸那裡拿到過紅包，家計全由母親作主，爸爸也是支薪的。由於爸爸話少，事少，所以阿滿對於他說的話想忘也難。爸爸倒是給過她一枚古錢，是爸爸翻土拾到的，遞給阿滿時，爸爸說了一生唯一像個父親會對女兒說的話：「如果這真是古錢，就真有價值，妳留著作嫁妝。」為此，高中畢業旅行到台北參觀博物館時，阿滿盡是在古幣裡流連對照著，自是空喜一場。後來，阿滿家中遭竊，乍可唬人的古錢自是不見了，連她寶貝的、唯一資訊來源的手提幸福牌收錄音機也給搜刮走，那是她考大學唯一的娛樂呢。

吳家的公祠已在望了，鞭炮聲被彈起彈落。阿滿知道祖先的牌位係從漳州渡海，走過了世代交替，可是她永遠不會進了那裡，祖譜裡也不會留名。「查某囝仔是別人家的。」母親常掛在嘴上。她會歸向何處，也許真如戲子，「包袱收好，四界隨人行。」她想所謂的隨人其實就是隨己，有己又何必落戶。

17

初二，阿滿就被母親喚去外婆家。「我不是妳外嬤親生的，所以伊也不疼妳，但是阮作序小的，禮數不能省；回娘家無效，拿錢給伊卡實在。」母親遞了紅包及些紅龜仔粿予阿滿。

小鬼戴上安全帽也準備伺機跟姑姑出去，母親見狀笑：「虎神載龍眼殼。」意思是說他像蒼蠅頭那麼小，帽子戴那般大。他不知道姑姑連小綿羊車都不會騎的。阿滿沒帶他就逕自出了門，小鬼在母親拉扯下，哭得聲嘶力竭。

她常常很羨慕小孩子這種放肆的哭，她也很想，可每每是淚流滿面而無聲無息。一點也不悲壯。到老，還能無所忌憚哭嚎的是她母親，她也很羨慕，雖說怕極這種野台電子花車似的哭調。可母親是天生的吟唱者，她的方式是邊哭邊說唱恩怨故事，詞溢乎情，什麼心肝啊，山盟海誓，妳不嫁我不娶，為君守青春，滿腹艱苦誰人知，無依無靠消瘦入骨……，一路唱到無論天邊海角要追隨，唱完淚流畢；馬上見她大碗吃肉，大口喝湯。先前的淒風苦雨像一聲雷。於是有陣子，農閒時，母親為了錢，也曾短暫去做過「孝女白霞」。母親說她沒為陌生人哭，但心裡一直為其祈禱著。

阿滿母親打工孝女白霞的工作很讓外婆生悶氣，以為母親咒她快死，「伊死，我一滴眼淚攏無流，替伊做孝女，免猶想。」母親又說，「三歲老母就放捨我，死那天還未知伊過身了，走去掀開躺在草蓆的母親吵要呷奶。繼母嫁過來，只對自己生的好，我連聞香都沒分喲，想到此，血就要噴出來。」

外婆家背對著阿滿家，但因兩旁有老竹及防風林阻擋，得繞路才能穿到阿嬤的前廳。在疏林裡她已見到阿嬤的身影了；阿嬤嚼著檳榔，正下了田埂回屋。阿滿見她彎曲的背影卻健步如飛，赤腳彷若有輕功，直讓她錯以為是天山童姥，暗自佩服著。

阿滿走到時，阿嬤已經在劈著木材，見到阿滿也不喚名字，只說內裡請坐。阿滿訕訕地跨過門檻，迎頭照見著外公的牌位。外公很疼她，小時候常見他騎著鐵馬，繞到絲瓜棚下喚小阿滿仔，遞給她一雙他釘做的小木屐。過年時，知道女兒是不回娘家的，於是外公又騎著那輛伊伊拐拐的鐵馬，在窗前遞給阿滿一串用紅線頭繫的銅板，那銅板全不能買糖果，是日幣。外公走的時候，就是「做風颱」最猛的那次。土角厝的房子在沉陷，外公當時神智不清，不知道要逃。攀在屋脊的阿嬤只顧著孫子，待想到外公時，水患茫茫無際，哪裡有人影。颱風平息，滿目瘡痍，外公身體已像白饅頭漲白了。就是那年阿滿的房間倒塌，從小到大的一盒銅板也隨波逐流。

舅舅的遺腹子小蠑端著飯碗走出來，叫聲滿姐，又挨到祖母旁。念高一了，還很羞赧。阿嬤一天到晚把小蠑帶前帶後，常可聽見她在急喚小蠑，聲音透過防風林，特別讓阿滿母親吃味，「大人啊，咁會不見了，叫得怕人不知伊有個寶貝。」阿滿想阿嬤的生命力可能就是源於祖孫相依為命的韌性吧，還是一種依賴，說好聽點是責任，有沒有自發性的生命力呢。純由自己當下出發的力量？阿滿坐了會兒，勉強啃了一節生澀的甘蔗，便掏出紅包給阿嬤，阿嬤不收，氣氛尷尬著，阿滿便丟在外公的案上，走了。原本還想阿嬤的腿力不兩下就追上來，卻聽無腳步聲，才知道阿嬤只是當面不好意思收下。

離開阿嬤家，每踏一個泥地就成了一個鞋形，當她清清楚楚去望踏下的每一步時，她發現不會有踏歪的步子。

一時勾起去當年遊玩的鎮上朝聖去。

步行，起碼要走一個時辰，但她已愛上步行的真切感。有時駐紮的軍車呼嘯驅近，有意要她搭便車。她搖頭。在他們吹口哨中好整以暇地閒走著。

鎮上書院及大戶人家只遺空樓垂思，以前她和玩伴不是爬到榕樹上，覰望大戶人家的聲色，編織三妻四妾的故事；要不就是在榕樹下，聽厝叔公說「嘉慶君遊台灣」的軼聞。那一刻，她以為自己就是嘉慶皇帝遊幸南國邂逅的小姑娘。每個課本空白處被她寫滿了嘉慶君三個字。聯考前，她在書院迴廊一心多用的默書中，忽見色澤昏黑的古老匾額上，淡刻著「嘉慶癸酉梅月」。她丟下東華文法，奔至榕樹下，把在午睡的厝叔公給嚇出一身汗。「真的，真的，真的有耶。」

「癸酉」，今年不正是癸酉年嗎？她越過了幾世代來到此地呢？等誰，誰等。這樣想時，心頭突一震，嘴巴微張著。

「嗨！」一個高似籃球國手的男人突然趨近向她說著，拉回她的記憶想像旅程。阿滿想怎麼每次都在狼狽狀態碰到他呢。她一早奉命出門，連臉都沒洗，是一時興起來此的，心裡全無防備。多年後重逢的那次也是這般，她不禁嘆了一口氣。

18

存螢是阿滿介於林蟬和朱織之間的過渡男友。她很少去承認有這麼一段事發生過。可是她無法不承認存螢曾是她小學同學的事實。

小時候，存螢就像螢火蟲般瘦小，以至於那天阿滿在東區發廣告用衛生棉時真的認不出眼前這個高大的男生是他。那天是教師節，她逢無業的日子，所以沒有特別去記休幾天假。存螢先認出她，必然的，她身高只比小學多了十五公分，臉蛋一樣小。起先，她還想又來了個替女朋友要衛生棉的，心想貪便宜的男人，整包給你拿著難堪吧，存螢笑說：「我不需要啊，滿分王。」就那一聲滿分王把她定眼瞧，只有小學同學會這般喚她。

「螢火蟲！」她驚叫。然後存螢想幫她發，卻反讓女生紛紛走避，阿滿記得當時他的平頭模樣一派天真。就像小學有次他抓她的辮子，她痛極，隨手拿起掛在椅背的袋子甩敲他的頭，忘了裡面有硯台，結果硯台敲掉了一角，他的大平頭倒是還好，只是見他狠狠瞪著阿滿，手不斷揉敷著。未久，他回報她的是用口香糖黏在她的髮絲。當時她嚇哭了，還以為這下頭髮要剪去一邊。上課只見導師剪去一小撮，輕摸她頭說沒事。

螢火蟲被罰站了一堂課。那晚他就在她住的地方說著往事。

十年一別，老是無交集。他高中就上台北念建中，三年胡不歸。直至大學，他讀研究所，說也奇怪從來遇不上。她住的頂樓違建，電視午夜電影頻道正演著「越戰獵鹿人」，他們就在勞勃迪尼洛和梅莉史翠普重逢的音樂中作起愛來。哀婉小曲播完，他恰好高潮結束。很短的時間，阿滿對整個過程的強烈印象是這三個字，殘留的盡是音樂節奏。

只是她也不知為什麼，做愛時腦際閃現一個畫面，當他的身體進入她體內時，一上一下的半路中，突然發生天崩地裂。經過億年，兩人成了化石，瞬間的裸體像雕刻。或者是像兩個魚骨頭般，肉被銷蝕。疊成大魚吃小魚的意象。

是那晚，讓她知道自己會因為寂寞而和男人在一起。

假期結束，螢火蟲要回部隊，她去車站送行。在台北車站地下樓吃著蚵仔煎。阿滿吞了幾個蚵仔突然肚子鬧疼，當時的螢火蟲要她在椅子上等他買藥回來。也不知是等了多久，總之阿滿肚子也不疼了，火車也錯過了，才見螢火蟲一身汗的跑回。他走到新公園附近，才買到藥。阿滿見他上了下一班火車，她的手裡仍緊捏著紙藥包。大約是情緒激動，回到家藥袋的紙滲著汗。

離開林蟬，阿滿那陣子為了治創，也去聽佛經，批紫微。結果師父看了她一眼，就說她是一個為感情所敗的人，「師父，你要救救她呀！」當時紫陽在旁急著說。師父也不多言，就遞給阿滿一本紅皮小冊子，書名是大悲咒及心經。

林蟬一別的數月，常見她夜晚睡著了，手裡還捏著冊子。夏日熱，手汗沾了書皮的紅。

隔日，阿滿就收到螢火蟲回部隊寫給她的信。信裡的稱謂讓阿滿笑翻一陣：「春滿卿卿如晤」心想春滿這個名字實在不適合這種接詞吧。

信裡末尾他寫：佛說，我倆是一對戀人。她是感動的，覺得這個人不只有念理工科系的大腦，他還觀察到她放在抽屜的佛書，有著一些浪漫情愫。只是不久，螢火蟲便不在阿滿的裡發亮了。

起先是螢火蟲批評阿滿的電影工作像個小妹，然後有次不悅地說和她出去都是他付錢，繼之不慎評阿滿太矮了，一切徵兆讓阿滿覺得要結束了。果不其然，螢火蟲在和她相偕同時返鄉的第二天，打電話給她說要分手。阿滿心裡激動著，一定要他來說清楚。

阿滿趕緊把當時在家的母親騙出去，隨手塗點胭脂，略整了一下衣服。螢火蟲騎腳踏車而來，看出騎得很快，泛白的牛仔褲有車輪的油跡。他拮据著言語，說他分手的女朋友回頭來找他，他自覺還是比較愛她，還斷續解說他女朋友是台大的學妹，經濟系的，前些日他在一項車展碰到正在當模特兒的她，兩人又……

阿滿聽了歸納的原因就是那個女人和他比較「登對」。也沒回話就自行返屋，在日正當中裡看著自己的影子肥短走著，耳邊澹澹響起螢火蟲鐵馬拐動的聲響離去。

她的一步像一光年。

最糟糕的是母親隱身在竹林裡，竟瞧見了這一幕，從此就沒完沒了，以後的閒月裡，母親總似有若無的問：「妳還有沒有和那個啥米螢聯絡否？」

阿滿心想又來了。沒辦法，母親只知道她有過這麼一個男朋友。「沒要緊啦，伊看阮不起，阮咁怕嫁沒人愛。真沒意思，跟阮走走，又不娶阮了，把阮當作庄腳人。」母親還安慰她咧，以為此事對她打擊很大，殊不知阿滿沒兩天就痊癒了。

自從她從老同學那裡曉得了螢火蟲的一些事，好比他讀書時只讓開計程車的老芋仔父親送他到學校路口之類有損他「模範生」形象的事。

除此，更重要的是阿滿發現她自己也深念著舊愛，已杳的林蟬。

不過到現在為止，她還是不知道，當初她蓬頭垢面地在發散贈品時，螢火蟲怎會看上她呢？也許青春真是寂寞得厲害。

但她也隱隱覺得孩提時代的因素佔了某些成分的誘拐。

19

阿滿回想孩提時代的螢火蟲，記憶繩索另一端纏繞的人卻是爸爸。

小學時，大姨還沒開雜貨鋪，村裡唯一的鋪子就是螢火蟲的家。阿滿她爸爸的每天用度是一包長壽菸、兩包檳榔、保力達B加米酒，或是蔘茸、紅露什麼其他的。

當父親手探入他那烏漬的褲袋，掏出的永遠是那只透明塑膠袋。從一堆單據、駕照、身分證裡湊著找出幾張面額小的鈔票，喚阿滿去買他的菜單。母親見狀總會大力鏟著鍋，大聲拋話過來：「尿怎不提去飲，飲死最好。看了才不會賭爛。」爸爸聽了就悄悄地把錢給阿滿：「找剩的給妳。」

阿滿在走近路盡頭的雜貨鋪子，除了暗記要買什麼，也默禱著可別碰到螢火蟲。然而少有例外的，螢火蟲總邊捧著碗臉上帶著米粒邊盯著「科學小飛俠」。見到有人影晃進也不抬頭，只用細嗓問來人要什麼。阿滿則盯著他們家的魚缸看魚游，見來的人不吭聲，螢火蟲知是阿滿來了。

他自動拿出阿滿要買的東西，阿滿心想：「他一定以為我爸是個酒鬼。」最困難的是找錢時，在一遞一伸裡，怕去碰到對方的手，結果零錢常漏接，滾到他家的玻璃櫃底下。阿滿隔著一堆散裝的小圈圈餅乾，看見他貼著玻璃面的臉壓成一團，用小腳摳出銅板。

這一趟忙碌下來，全把爸爸找剩零錢要給她的興奮感降到低點。阿滿有時會埋怨地向母親說：「整條街的人，每天都看我拿酒走來走去。」母親轉身對爸爸瞠目唸道：「你若要飲，自己去買，別給你查某囝仔讓人見笑，你是知影伊真沒膽量。」阿滿有時不禁臆想爸爸是長年獨自飲酒而寡言，還是寡言只好獨飲。爸爸死了，她才明瞭世間若無菸酒，恐怕伊也不願為人身了。

買了多久的菸酒呢？阿滿記得最後去買的印象是螢火蟲家裡魚缸的魚都死得差不多了，只有垃圾魚愈養愈大，大到快要跟紅龍般。螢火蟲家裡的雜貨鋪子關門了。據說，他很生氣，把魚缸的水草連魚一起倒在川溝裡。因為他再也無法偷帶一堆零食到學校誇耀了，當然戲弄不到阿滿也是有那麼一點因素吧。

大姨就是那時候開始賣雜貨的。自此爸爸去打酒也可以便宜一點了。

此刻乍見螢火蟲，浮現的竟是爸爸的身影，令阿滿驚詫。風急裡，一頭髮絲揚地老高，一個妙齡聲音飄進，女子奔來，嬌嗔說：「小螢子怎麼來這麼久啊！」也不明瞭發生過什麼變化，一逕拉螢火蟲走。螢火蟲沒回頭，不過手在背後擺了一下。阿滿知道這個紅衣女郎不是他以前說過的學妹。

阿滿真不敢想這個男人竟是第一個也是唯一向她求過婚的人。她的第一瓶香水妮娜，是他發軍餉時送她的。這麼多的唯一，卻也只是一陣微風掠過，因為寂寞，所以輕。

20

再步行回家時，已過午。才在廊下的阿滿就聞到高山茶茶香襲人。

廳堂，三嬸婆來家裡走動。七十五歲的人，除了腳略浮腫外，身體硬朗。她六十歲才學開車，如今都還能獨自上鎮去，意志力和生命力驚人。

三叔公伏法那年，阿滿的母親嫁到吳家不久，這件往事是唯一讓阿滿母親驚嚇過良久的往事，也是小村共同的記憶。當時村內有許多人失蹤或不明不白死去，三叔公便要三嬸婆騎著全村僅有的一台腳踏車載他入山躲藏。槍桿子打在三嬸婆的肩膀，她仍一逕搖頭。最後是去送飯時，被跟監。當場三叔公就在槍鳴中喪命，那一籃飯早掉得滿地，和在泥土掩去了。

三嬸婆也被送去火燒島一年，同她的兩名小學老師，皆是三叔公的親信。四個小孩都是她一手帶大。

這件事，阿滿是這幾年才求證來的，村人一直避諱不談。但阿滿早看出三嬸婆不會是個簡單的女性。

「要是我，氣都氣死了，還給他錢，全家給他害得無夠悽慘落魄嗎？」阿滿母親嗑著瓜子道。阿滿一入門便幫大家泡起茶來，好奇地想聽聽三嬸婆一大把年紀了給誰錢。

「伊也真可憐，代誌爆發後，伊和其他共產黨的黨員躲在園內，殺了頭羊，挨了好久。才等到回家的船，當時破病嚴重，差一點就死掉，伊也是有某有子，人心攏同款，是阮阿蠶歹命啦。」阿蠶是阿滿三叔公的小名，據聞除了讀書全鎮第一高外，養蠶更是無人敵。因當時他是全縣的奇才，又具領導魅力，因此被共黨地下組織滲透，而成為黨部書記，抓到是必死無疑。阿滿想起三叔公的英姿照片，深覺他的民族浪漫，「他是想為這個瘠村覓一處桃花源吧，但卻找不到出路。」她想。

「那時候，人命值幾銀兩，仍活下來且清醒的人，總是嘸簡單，金菊啊，苦嘸苦是看自己，人起碼愛知曉感謝。」三嬸婆專注地剝橘子說。

「這樣講是沒錯啦，但是也不需要說妳去大陸玩，還專程去拜訪害三叔公的人，而且還送伊一千塊美金。」阿滿母親道。

「過去的代誌。像天頂飛的雲，飛過就飛過了，嘸要緊啦。」三嬸婆吃橘子臉全皺成一團，像個老小孩。

「我卡早做不對的事也很多，若別人要來記恨，我嘛是會難受的。」三嬸婆續說。阿滿大約知道她說做錯的事所指為何。很早以前，聽說三嬸婆只疼小兒子，對大兒子很兇，因而造成大兒子產生時時有要殺弟弟的幻覺，後來才在旁人好說歹勸下，三嬸婆才改變態度。

「孩子還小時，就有分別心，妳怎知哪個成材哪個不成材，就算知道，兒子孝不孝，還要看以後娶媳婦呢。」屘叔公說。當然這都是阿滿茶餘飯後聽來的他人之陳年舊事。

現在大堂叔的媳婦果真是最孝順三嬸婆的，阿滿才在想時，大堂嬸來找她婆婆了。「杏粉呀，進來鬥陣坐啦，呷口香茶吧，妳要喝到我阿滿泡的茶，那是真不簡單的機會。」說到後話大夥全往阿滿瞧。

「是呀，少女挽的茶葉才會香，少女泡的茶才純。阿滿是比少女還少女，不會老，看來像十幾歲的囝仔。」杏粉接過茶讚說。

「三嬸婆，妳看妳的媳婦實在有夠才情，真會誇巧人，阿滿有伊講的一半就好了，阿滿是少女身軀老人心，講也講無聽。」阿滿母親覷了阿滿一眼說。

未久，就見杏粉邀大家去新街老大媽廟燒香拜拜，遠遠的笑聲在灰土裡播下春意。這個小村的女色自成王國，阿滿此刻打開心才看到深處魅力。

過年期間，阿滿也沒過問母親日後的歸處。她每天去田裡摘些花來祭爸爸，有時按母親的意思煮一碗肉燥麵放在祭祀的案上，通常她都是坐在亭仔腳，望著眼前的朝夕。或是冥想著往日和玩伴在樹林偷看小書、少女漫畫的軼事。難得的靜默，她就只是望著，不讓腦的思想體系走到前頭來，學習單純的視。

紫陽打了幾通電話來給她，說起過年被眾親友圍勦，幫她安排一堆相親節目，都是掛著留美頭銜，其中有一個竟然是她在美國就認識的。

「天呀，繞來繞去的，真煩耶，而且那個人精神狀況不太好呢。他們還說是因為我眼界太高，哼！高就高嘛，難不成要嫁給個歇斯底里的人。」纓丹則說她在豺可夫司機家，每天以麻將為伍，圓臉都快成方塊臉了。

「別看豺可夫外表斯文喔，他打起麻將竟然是六親不認，搞半天找了一個賭徒。」纓丹又笑說愛上了只好認了。

她們都問著阿滿好不好。她只是笑著說好，鄉下無戰事。

這天老家空蕩蕩，母親跟姐妹伴去卦香。

這是過往歲月，困頓之中母親最感興趣之事。搭約莫五十分鐘的公路局車程，到北港朝聖。有點錢時，便帶點蠶豆、花生糖回來。小小的宮擠滿著香客，每一炷香緊貼著後一個人的背。母親回來，涼衫常被熏燒一個個小洞點，她竟無察覺。

母親總惦記著「北港媽祖蔭外方」，母親說北港媽祖也會保佑北港地區以外的信徒，何況我們這裡還是和媽祖比鄰，伊會先照顧厝邊的。這些年，母親不管自己的婚姻命運如何，總逮到機會去上香，甚至跟著出巡。此行，阿滿知道母親定又稟媽祖發慈悲心，好讓女兒趕緊有個婆家。

過年前不久，母親還幫她算命，「我無在厝，我的生辰妳也無清楚，妳按怎叫人算？」「算命仙說提一件妳的衫褲就可以算出來嘍。我就輕睬提一件妳大學時穿的。」

天呀，看穿過的衣服就知道命運，阿滿想精明的母親怎無法走出這個陷阱。

「唉，人都有他的難處吧。」她想，這是母親一生的難處，母親也是她一生的難處。

大年初五的下午，母親在晾衣服，手勁仍十分有力。阿滿在掃落葉。

「阿滿啊，人講壞壞尪，呷艙空，妳目頭眼光無要太高才好。」

「壞壞尪，呷艙空，哪有可能？」阿滿心想好尪都會坐吃山空，何況壞尪，豈不地層下陷。

「妳貶個眼就快要破三了，妳不嫁，老母目睛闔起來，看妳要依靠誰？」母親甩動衣服，水珠灑到她臉上，清涼。

誰依靠誰，還不知哩，阿滿聽了笑著。

「再說，死去的人也無同意妳無嫁的道理，終歸嫁人是一條路。」

「我有我自己的路。」阿滿暗道。

遠遠的鞭炮聲在慶祝開市，母親說晚上十二時一過，要起床拜天公。時辰很重要，母親說凡事都要對到時辰才會成功。

「妳記得否？細漢時，我揣妳去鑽耳洞，妳嚎哭真久，那一日就是望天日，農曆二月初九，卡久我也記得。人講查某囝仔那日鑽耳洞會好命，啊妳也沒……，大概是妳那對耳朵給妳生太小，像老鼠耳，無是皇帝命。唉！」阿滿憶起朋友在信上曾提及日本有個因緣洞，說過了此洞會有好姻緣，結果有個女生太胖了，過洞時給卡在洞口，後面的人把她推擠才出了洞，阿滿想起似纓丹的再版，大笑著。

母親邊晾衣服邊看女兒的笑狀，搖頭不解。

過年時，侄子們每天拖著龍貓玩，一身淺綠的毛給興弄地沉了墨色，有一次還給他們拋上了樹，卡在樹幹之間下不來，幾張臉看著上頭的天，天下面的樹，哇哇叫著。阿滿聞聲出，竹竿過來挑落，龍貓墜地時，群小歡呼。

當時阿滿望著龍貓氣定神閒在樹幹上，讓她遙想起當年那個多風的下午，她爬上全村最高的樹幹上，蟬鳴濃得化不開，覺得人生盡看在眼裡。後來北上念書，知曉了小津安二郎，日本人稱ＯＺＵ的庶民導演。她看了他的《浮草》，才發覺不就是自己那個蟬鳴熾烈的感懷。她曾向脫魔蜜提起小津，十八歲的脫魔蜜一臉茫然，「ＯＺＵ桑啊，ＯＺＵ桑啊……」她用蹩腳的日語唸著，脫魔蜜聽了盡是笑，不懂，她太年輕了。

過年春節幾日過後，兄嫂皆歸去，小哥也往異鄉走。

五天的假期還是悄悄過去了，母親的「歸宿」也沒有具體。阿滿把要回工作崗位的兄嫂侄子們送到路口。

天氣突然變得寒森，她像幽蘭獨惜似地走在小路上。一樣是人踩的土地，落葉也會化成泥，可是怎麼命運差這麼多。

村婦不是少了丈夫，就是沒了兒媳，兩全的也逃離不了佃農的貧窮。他們只是說：「風水不好，風水不好啦！」這裡起初有的是不興火葬的，說是要聞到泥土才放心，忘了土地帶給他們的磨難。

而鎮上的地主男人卻在茶室中度晚年，黑漬的手曾經是怎樣的一雙單純而勞動的手，如今卻在娛樂中逃避生命真相，雙手緊捏地揉著茶室女人的大奶不放，惡形之狀，讓路過的阿滿逼視難過。「釋放農地，卻沒釋出智慧。」

阿滿獨自逛大街的大年初二，尚遇著一位老同學小曼的母親，於是便問了小曼在哪呀？「在維也納啦。」這位母親說。「維也納，去那裡很好嘛，不過很遠就是了。」「不遠啦，前面兩條街直直走就到了，妳去玩嘛，小曼會給妳打折的。」阿滿才意會原來她說的維也納是家ＫＴＶ，還浪漫以為是什麼咖啡館之類的，台北來的反而被在地的打敗了。

她抬頭望著天邊，雲影孳孳；風動，春雷乍響。在石縫中蟄伏的昆蟲，等待冷暖交會的一剎，閃電隆隆，雷聲轟轟，他們會有新的生活。

收假了，她想擁塞的國道省道北上路段，會有許多她的朋友正在車陣中。

紫陽手裡大約會揣本書，纓丹會打盹，里香的熟女室友春蘭可能和她那個卡車司機男友太郎在唱著：「你是針，我是線，針線永遠黏作伙……」車後依然是顛盪著乒乓敲出節奏的彈簧床墊，在召告著世人色相。

台北的租處，紫陽的窗台耐久紅花，是否還透著喜氣，為主人今年嫁「好尪」努力地營造著好風好水。

電話答錄機，一定好些通了，其中有一通也許是花店熱心的老闆娘來說媒事吧。

阿滿真希望，這個「媒」可以給守寡的母親。她再度想起帶她們母女倆去關仔嶺的那個外省人，當初他再來訪，她不嚇跑就好了。

這樣一想，她不禁失笑著，即便外省人還活著又能帶來什麼契機，也許也是一樣的苦難或更甚。她回味三嬸婆的智慧，雲飄過就飄過了，問題是自己如何走下去。自己在哪裡？

21

初六，阿滿在母親的催促中去鄉公所辦遺失的身分證。

「妳趕緊去辦好，身分證找頭路一定要用到，無代無誌過年時才來掉皮包，等於是包一個紅包給別人。」阿滿知道什麼事情一旦讓母親知道了就沒完沒了。

返鄉前她在公用電話撥了通電話給林蟬，一聽他喂的一聲，喉嚨就似被掐住般緊著哽咽。

「小滿。」他說。

「嗨。」還是說不出話，深呼吸，卻像快哭了，再吸口氣，聽長途電話錢掉得咚咚響。

「沒事，只突然好想跟你說聲新年快樂，你好嗎？」

「很好呀。沒什麼不好的。」

「你的錢，我可能一時還無法還你。」

「別還了，自己要努力呀。」林蟬說，阿滿這次真的要哭了，勉強說了聲拜拜，撇頭就大哭。哭到月色都沉到雲裡才出了公共電話的紅門，好在夜深無人。但皮包就給忘在電話筒上頭。

好奢侈的一句「新年快樂」。

鄉公所很好認，深藍色外牆，幾顆營養不良的檳榔樹下歪斜地停著腳踏車。綠色的大門推開有一立鏡，才新春，小窗口便已挨擠著頭，交相問著要過戶變更、遺產糾紛、嬰孩、結婚，歿亡註銷登記之類的話。阿滿走到一窗口就問小姐身分證掉了怎麼辦？有些人在笑，似乎說撿起來不就得了的笑話。

她想起為了偷辦助學貸款的那回，拿了爸爸的印章、戶口名簿來辦印鑑謄本之類的那件事。當時排隊的人很多，好不容易輪到她，櫃檯承辦的歐巴桑看一眼她，就把文件丟到一旁說：「滿二十歲才能自己來辦，下一位！」眼看下一個已擠上來，阿滿急得大喊：「我滿了，我滿二十歲了呀！」歐巴桑睨了她一眼，勉力對照證件，才輪到她呢。

她特地看歐巴桑還在不在，可能升官了，她想。

櫃檯小姐丟給她申請表格。她填到母親那一欄的生辰年月，停頓了好幾秒，還是寫不完全，大約填寫了幾個數字便遞給小姐。小姐又丟回來，說要核對直系保證人的印鑑和身分證。阿滿便無奈的打了電話給母親，母親不外先數落說她也不問清楚，人就跑來了，然後嘀咕說老了還要做伊的奴才。阿滿想算了，母親倒又接著說她會騎鐵馬來。

沒多久，就見母親騎著小朋友型的自行車出現牆外，咿歪咿歪地踩踏著前來，母親圓胖的身軀跨在小車裡很不協調，車胎壓扁了些，不過有一種稚樸感，阿滿望著，嘴現著笑。

「作妳的下女，妳還在笑。」母親停下車，跟進來，遞給阿滿證件。

阿滿在旁邊悄悄地塗改著剛剛寫錯的母親生日，心想還好母親不識字，不然她知道了，一定會數落伊，連老母的生日都不知，真不孝喔。

辦完，小車載不動兩個大人，母親便牽著車和阿滿走回家。一路風沙撲撲，公墓裡有人在焚燒垃圾和草堆。一下子年的氣氛就散去，只有幾個臉被海風刮得紅嘟嘟的村童在玩著沖天炮、水鴛鴦，咻咻地尾音纏繞，似在挽住年華。

「以前有夠憨柱柱，妳那麼小時，就帶妳在鎮上走來走去做生意，也不去想一個小囝仔，哪能走那麼多路。」母親突地自責，阿滿聽了心一緊，才知道母親其實對這件往事很罣礙著。

「過年前，妳大伯來借錢，有夠罕見，我哪有閒錢。再講，伊有什麼人格向人借錢。不曾見伊在田裡動過一手一腳。」阿滿聽著笑了笑，想母親的記憶力像轉動的車輪。

「對了，前一陣子我去農會納錢，櫃檯小姐問我說，阿桑，妳做田咁有薪水好領？有夠罕，向誰領，我反倒問伊。伊講向妳尪領呀！我村莊阿母這一代的人的尪都死得差不多了，棺材費都不夠，目屎從有哭到沒有了，還領錢，哎，像妳大伯一世人在輕鬆賣田的人才能活久。哪沒不是死在政府手裡，要不就是艱苦做死的，再有就是天災啦，妳老爸是自己飲酒飲沒命的，最沒得怨嘆。」

有她母親在，世界永遠不會無聲。

阿滿聽著，低著頭看自己和母親的腳趾頭，突然很想問母親的未來打算，可抬頭見母親那剛毅的線條側影，話又生吞回去。

她想母親走過大風大浪，一定有辦法支撐過去的吧，看伊的大腳外皮剝落斑斑，可是行進的勁道虎虎生風，穩而有力地走著。反觀自己腿薄而渙散慵懶，阿滿只覺不如。行經一片甘蔗園，母親說起少女時代最想吃的便是一根甜實的甘蔗。有次去偷挽，被男主人發現，男的便粗暴地想掀她的裙子，她猛用甘蔗打他的重要部位。

「現時啃甘蔗，就想到較早真憨膽，無老母來關心的日子。」阿滿母親說著，嘆了口氣，無奈地笑了笑。

阿滿對母親吃甘蔗吐渣的動作印象深刻，大口的呸呸聲，聽來很鄙俗但卻很真。

她其實每次都從母親那裡看到很多生活實相。

22

纓丹一早就打電話來說她一個人在台北待了三天好無聊，「三天，妳幹嘛要那麼早回去？」

「初四，那個豺可夫來載我的，因為新聞說我們住的地方會從初五一早停水到初六，我初六上班，怎能沒水，就早點回來儲水，結果妳知道嗎竟然沒停水，害我們家大大小小的水盆都被我裝滿了水，一下子又用不完。」然後她說起回程車子爆胎的糗事，「妳知道嗎，他竟然叫我推車，說我過年吃太多了。」阿滿聽了笑纓丹愛吃的惡習不改喲。

紫陽則來電說她在家無聊看星座的書，結果她下禮拜要去找個南國島嶼玩玩，只因書上說她這個月的運勢適合去棕櫚樹下徜徉，會有意想不到的收獲。

中午母親遞給她一杯茶說是補身的要她喝了。「會毒死妳嗎，好飲的啦，飲了顧身體。」阿滿喝了，澀澀的帶點甘苦味。

傍晚，她見到竹簍內的草仔粿日久龜裂開來，心想這麼多，母親一個人不知要吃到何時。心裡有些不忍，於是也蒸了幾個寂寥地吃著。

吃完，她走到小時候常和玩伴栽花蕊拈在鼻尖的梔子花園，她感園外人聲鼎沸，穿出果然見到一堆人圍著一顆大樹，大夥皆引頸企盼著。

阿滿見到母親鼓著一張紅臉很專注的守候。那樹生根於此好久了，叫欖仁樹，還是小哥告訴她的，起初她還聽成懶人樹，被小哥笑說又不是小阿滿變成的樹，怎配稱懶人樹呢。

當時，她依稀痛打了小哥厚實的肩膀，才罷休。那樹葉在成熟末期紅透滿身，熾豔異常，阿滿常想是那個泣血的美顏女子化身的呀。如今整個寂陽窮酸的老村落，也只有這樹的紅媚是自古皆之。阿嬤曾說伊嫁過來時，樹和伊都是少女身。伊老了，伊要死了，樹還是這款夭壽般的婧，教人好生難過呢。

阿滿家的餅乾鐵盒有一張奶奶十幾歲嫁人的模樣，那照片述說著韶華豈可依恃，她母親更絕，說這個婆婆心不好，大小邊，生阿滿時差一點死掉，伊就在厝邊也不肯入內探看一眼。母親記得的是親身經歷的痛，不若阿滿的浪漫遐想。

阿滿漸漸知曉了這一幫人的行徑，原來最近有人發現欖仁樹的葉子煮來當茶喝可清血強肝，但是不能用摘的，只能用自然掉落的乾葉才有效。因而大家翹首企盼地等著落葉。一陣微風拂過，葉子飄落了，眾人雙手捧接，等葉落地，彎身亂成一團的模樣看得阿滿會心莞爾地笑。她起步，只是要坐到一旁，母親誤以為她要離去了，緊追來拉她的手把葉子一放，滿滿的，「一壺放個兩片就好了，趁熱時喝，包妳飲了婧噹噹，嫁好尪。妳無是還無頭路，哪要佇早上台北？……早回也好，才找得到好頭路……，算了，妳晚點走，中午飯有燒酒雞，真讚的土雞，無像台北注荷爾蒙，害恁大家呷落去體質攏變了，還呷無知。」母親回頭，猛然緊張地說：「我要緊緊去撿了，等一下攏被撿光光。」母親小跑步加入陣容。

前陣子有個直銷公司開大卡車來村內辦說明會，母親聽到廣播就說一定是不好的老鼠會，專程來騙鄉下人。等到風聞有贈品時，又如飛跑去。結果站得腳發麻了，才領了兩張塑膠矮凳回來。

阿滿看著手裡滿滿的葉子，再回望母親的背影，她被這樣的生命能量震懾。

她暫時失去上台北的可能，難道要回歸田園？田園荒蕪。

當她前去田裡的木寮，望著母親租來的田地，滿園待收成的菜飄著鮮青味時，她試著拿起鋤頭一掘，才知自己的小手，拿慣了筆，此刻一無是處。這雙手曾被林蟬說過，擁有一種純絲般的撫摸觸覺。

月華照樹，年後的春意略微浮動，阿滿脫下外套。

她不禁想起爸爸常年穿的「好年冬」汗衫。

爸爸生前曾在病房突然用智者的口吻向她說：「天不同意，人同意；或是人同意，天不同意；攏總不可，一定要做到天和人全同意才行。」天在哪裡呢？什麼是天，是頭頂這一片嗎？阿滿想爸爸一定不只是這般的認為。

第一次爸爸不在的新年，想起這些他少有的話語；阿滿才覺得其實爸爸走了，反離她很近。

自己可會像「嘉慶癸酉梅月」的碑文拓在這個女人荒島？

春蚓秋蛇，這是香菜配佐九層塔的季節。阿滿唯一下過田的一次，是背著籃子拿著小剪和母親一畦一畦地在矮叢枝頭上剪著九層塔，薄霧中她記得她是笑的。還養鴨子時，母親會喚她去土裡挖蚯蚓餵鴨，滿滿一簍的生命，一灑，群鴨跌撞爭食。

空寂的下午，沼澤地傳來白腹秧雞的鳴聲，像在唱著：「苦啊苦不過苦，哭不過是哭。」

滿園早春的花開，沾惹才甦醒的蟲獸鳥禽，前來銜食色。

交通路況台說，高速公路車子近入新竹以北，雨勢昏蒙。

她想起算命仙卜她的命是「大利南方」。大利南方，十年來她這座浮嶼在北方漂流無助，人的厚度增加了：設若沒有北方流浪的滲透了然，她想現下她也熬不下南方的親情蒸騰，更別說生出利來。

「這個時代寫字哪有用，落伍嘍！」母親的話在耳邊響起。

她想即使自己不大利於南方，南方對她的精神箝制也不會放鬆的。

南方，母親。

冥想中，母親的臉，轉幻成她兒時看的一種廟會遊行的「十二婆姐」，鞭炮串響，雲煙相擁，婆姐面具上仍掛著一式的微微之笑。當年母親穿越婆姐陣頭，一個箭步欺到有兩丈高長的千里眼、順風耳身上背的兩串餅乾，搶下幾片遞給她的威風表情，是阿滿忘不了的特寫。「趕緊呷，呷了長得婧，長得高。」母親眼睛仍骨溜骨溜地轉，要再伺機而動。

微微的笑，這多不像母親，卻像是她的童年樣貌。

意識回到此刻，她環視這個荒荒女人村，冥想著每個女人都像是一座載浮載沉的遠古島嶼，走過苦澀，邁出洪荒，包容著在她們身上踐踏欺凌遊移覆蓋拋棄的昆蟲與爬蟲類男人，那些哺乳雄性動物。

這樣一想，她彷佛見到一切色相的因由，背後那隱藏的意義肌理。她見到自己逐漸從濃霧中穿出，一身透亮亮地走來，她悄然向大地說了聲：「華枝春滿。」

這時，大地叢林裡，有著騷動不安的回應氣息；阿滿屏息聞悉，隱隱然覺得那是長長歲月的陰霾冬天之後，上蒼為這些女島準備降下的第一場春雨。

凡人女神

希臘有三女神，她們走下神座，
帶著不同的性格與際遇，
墜入慾望、愛情、婚姻的命運轉盤。
她們支點旋轉，離心離德。
遊蕩在凡人世間情愛交織的迷宮，
終至花園凋萎，忘了來時路，
等待重生，期盼接引。

金蘋果

她的腦波閃過無數不連貫的畫面，高矮胖瘦不同樣貌的男人影像停格，不及一瞬又翻頁轉動，只留下光影魅魅的綠燈逃生門、電動按摩浴缸的藍燈閃爍。

冬天那種萬物皆朽的霉味早已被陽光驅走，世界轉成過度曝光。

但她仍感到這城市荒涼得可怕。

可能因為她要準備交出自己的神祕地帶了，也可能只是因為在大暑天裡她有了中暑的暈眩幻覺。她走在路上，覺得走著走著，好像生命荒地的盡頭是一座浮動的河流，河床之間飄盪著一只時鐘，長長短短的鐘擺搖晃出她的青春易逝。

此刻，她隨著身體上方的震動頻率開始數羊，告訴自己這不是真正的自己，她現在只是一個假面人而已。她的眼睛直直盯著這陌生空間的天花板，天花板是她這一年來看最多的風景，不屬於真實人生的風景。有時是一座壁紙假花園，有時是一面切割身體的圓鏡，有時是春宮無限，有時是星辰閃爍，有時是一片銀河。突然上方停止震動，頓時她感到泰山壓頂，黑雲罩空，一顆頭顱朝她的臉奔落，接著她感覺液體爬滿了蕨類溼地。

她感覺這崩落胸前的頭顱像是被斬斷的美杜莎頭顱，停駐在臉部上方的頭顱如黑雲墜下。俗麗的花布窗簾隔離了窗外馬路上的無止息車流，她感覺天色已黑，窗簾映著對街的霓虹光影，還有對面天主堂的十字架。

那十字架讓她渾身不潔似地感到十分刺眼，她伸出手在床頭櫃摸索，摸到面紙盒，抽了幾張墊在陰阜下方，讓體液滑落。這時她起身，再度抽了多張面紙擦拭恥骨下方，恥骨這名詞真怪，恥字如此具體。她聞著腥味，旅館特有的霉味菸味在鼻腔裡沾黏著。擦拭時，看見白紙竟染了點紅，她才知道原來肚子悶痛的原因，但她沒阻止男人的興頭，這是某種她自認的職業道德。何況這男人似乎也不在意是否有禁忌，因為有時候禁忌的本身就是一種快感。

她睜開眼睛看了一下這陌生的天花板，今天的天花板什麼也沒有，安靜如文青常揹的帆布袋，沒有裸女也沒有鏡子，沒有過度裝潢的假巴洛克，只有白白的一面牆，但這種白讓她感到一陣恐怖，好像白色是一場準備降落她身上的裹屍布。她瞬間慌慌起身，看見男人依然背過身，蜷曲著，像是睡著了。她光著身子一路從床邊跳進浴室，蓮蓬頭轉動了，瓦斯轟地一聲被點燃。在浴室洗著像是美杜莎的頭顱所飛濺出來的血。

她仔細地洗著。

浴室昏暗，圓形浴池之外有時會有桑拿屋，但多半都用不到就離開了。

黃昏到來，纏綿過後，她感到現實世界又被塗抹了一層魔幻。

她想像著再過幾秒，城市天際線的那抹奇豔的色澤就會被黑吞沒、老去、暗去。慾的火苗滅了，瓦斯的火苗起了。

夏日雷聲從下午就一直彈著，雷聲從城市靠河的岸邊一路彈到了她的耳膜內。雨最終在他們進旅館前還是沒有下成，倒是他們在房間下雨了。

白日不適合待在下雨的房間。

✣

這一回他們來到的這家旅館就像那種隨時要準備讓城市男女突然湧上渴望結合

時，可以讓情慾迅速著床的簡單樣子，陳設老派但實用。位在市中心的五六樓，在這樣複合式大樓出入的人沒有人在意誰是誰，容易隱身，任何人都可以隱沒在洪流之中。櫃檯平凡，三個婦人在那裡看守著別人的情慾，供應情慾的不過就是那些再簡便不過的東西了，扭轉鑰匙，推開門，兩瓶礦泉水保險套梳子牙刷吹風機，連毛巾都是一次性的隨手拋。

一次性，她遇到的男人也都是一次性的。

男人不開燈，光線低限度，她自動解下背後的胸罩扣環，僅穿著小碎花內褲躺上這張陌生的床。

陌生化讓人滋生好奇的激情。

她等著男人欺身上來，但男人似乎有著屬於他自己獨有的儀式。她躺著，室內的物件慢慢清晰起來，這回床的天花板上鑲掛的是一面圓鏡，圓鏡卻有點模糊，有著霧氣似的朦朧。這樣的朦朧使她覺得有種安全感，她看著自己躺在藍色的床單上，像是一尾極其孤單的魚。

她的身體有點發冷，略微緊繃著，她的習慣性緊張使她看起來像是一個新手。

新手渾身打顫，還打了幾個噴嚏。像是在雨中淋溼的貓，她連打了幾個哆嗦。男人見狀卻露出微笑的心疼感，男人覺得這女人像是對旅館很過敏似的。男人早就知道她的樣子，但從來不知道上床之後的她是什麼樣子。

除了慣性緊張，她也確實過敏，這旅館地毯一踩上去像是會飄出無數粉塵的老舊，床頭櫃的抽屜像是一打開就會崩落，衣櫥貼的假木片塑膠紙有的已經受潮而翹起。她覺得男人選擇這間爛旅館很奇怪，男人看起來很斯文且體面，她看男人的襯衫線條十分時尚，版型流線出高級感，和這間旅館真是天差地別。

或許她想這就是一種陌生的快感。男人要這種巨大的陌生，俗氣的廉價。反正她要的是之後的錢，過程好壞她沒有太多期待也沒有什麼多餘的想法。她側耳傾聽著男人窸窸窣窣地不知在開什麼塑膠袋，旋即男人咕嚕咕嚕地喝水，像是吞藥丸似的聲音。她聽見這聲音感到害怕，怕男人中途心肌梗塞或者怕男人太持久。

窗簾空隙閃出一道雷光，雷雨終於還是劈了下來，再歷經了一整個午后的騷動悶響之後。

她瞧見旅館天花板角落有隻蜘蛛，蛛網如幔垂，孤零地兜盪著。

她熟悉這種以濁液寫就的草體書，她和男人在這封閉的房間如被蠱惑似地進入小死。她死去多回，也復活多回。

她想要給就給全部吧，畢竟男人願意給她不錯的物質。

快速穿衣，省去沐浴，她趁著男人還在浴室洗身時拎起包包準備離開。走前，又躡手躡腳地折回床，翻了男人的皮夾，取出了幾張鈔票。她只拿男人該給的，只是她不想當著他的面拿，因為那意味著她自己被自己物化了，雖然說來這是事實。

男人是她的舊識，但只是還對彼此慾望未了的舊識，說穿了就是一直想把她，直到把到她上床就可以告別的那種關係，不然好像永遠都不死心。於是他從沒忘記她，她也從沒忘記他的大方。既然這樣，最終繞了許多路，他們還是來了。

但她不確定之後兩人還要繼續約會嗎？一旦走進這條岐路，反而拉開了原本舊識的那種坦然以對，她感到他們的關係走上這條路之後不是更親近，反倒是更加破裂了。

離開前，她環視了旅館一眼，她看見男人準備的那束花也顯得十分礙眼，她倏地開窗，車流雨聲交融，她將那束花從窗外狠狠抛出，卻無法將不潔感抛掉。

那束花掉落在某輛轎車的頂上，她看見花被車子載走。

空間不同，但所有的步驟都是這般的熟悉，又因對象不同而顯得如此陌生。之前，她看的窗景是面對整條忠孝東路燈火燦燦的飯店，以及面對士林夜市那營生稠密的汽車旅館。

她沿著騎樓走，大雨將騎樓擠滿了濕濕漉漉的機車騎士，體味濃得像是一匹匹野狼。

她彎進超商，掏出鈔票買了個麵包吃。千元鈔票似乎還帶著男人身體的餘溫，店員找她錢，數了又數，九百八十五元。

她又走了一段騎樓，有幾個在等待大雨停的機車騎士盯著她的胸部偷覷著，她知道男人在看她，她淋濕的瀏海貼在額上像迷路者，水滴在路燈照射下帶著一種光暈的美。她又拐進另一家超商，再次用千元鈔買了一瓶養樂多。之後她在全家再次用千元鈔買了一顆茶葉蛋。

大鈔換小鈔，把男人給的鈔票全遞給另一個陌生人，陌生人用特別的角度看著千元鈔是否是真的時，她突然想起之前去郵局存錢時，櫃檯跟她推銷買郵局六年保險，還說著現在加送貞操筆。

她聽了這個詞，心裡嚇了好大一跳，以為自己的祕密被看透。櫃檯男生笑說，是驗鈔票真假的真鈔筆啦。她聽了笑了一下，突然覺得這笑話很無聊。

她喜歡將得自男人的鈔票快速全數換掉，像是和這些用體液換得的鈔票切斷關係似的，同時間她似也藉此洗淨了它的某種不淨。

這是屬於她的另類「洗錢」方式，她是這樣地揶揄著自己。

她生命實在握有的東西只有手中這些鈔票了，慾望與愛情承諾對她都是虛物虛詞，過眼雲煙，她很年輕時就明白。

大雨將這座城市洗淨，明天又是個晴天呢。她在騎樓下等大雨停時，她剝著茶葉蛋吃，她感覺角落有某個男人正在悄悄地想要欺身靠近她。

✢

她發現在這間咖啡館某個背對她的男人的電腦秀出的介面竟和她一樣，他們同時在上同一個網站。

這個發現讓她腎上腺素整個上升，竟有這麼巧的事。

她很好奇為何他會喜歡上這個網站，是因為無聊，還是因為也喜歡這個旅行網站？他的電腦面對著她，她把眼睛的焦距從自己的電腦微調到他的螢幕介面。

男人的介面在轉動好幾次之後終於緩慢停下了，她瞇眼看見螢幕是俄羅斯，雪白一片的景致下有著城堡似的建築點綴。

她心裡一驚，男人想去的地方和自己一樣。

為什麼是俄羅斯？

俄羅斯娃娃俄羅斯冰淇淋俄羅斯黑麵包俄羅斯伏特加俄羅斯魚子醬，她看著男人搜尋的網頁內容幾乎都是美食，這和她很不一樣，她不在乎吃，她記得有個男人曾說那也代表她不重視性。

她當時聽了聳聳肩笑著，富豪重視吃，難道富豪重視性，她可不認為。

她喜歡俄羅斯建築俄羅斯美術俄羅斯文學，尤其是俄羅斯芭蕾舞。但應該沒有人相信她喜歡這些東西，她往往自嘲，靈魂本來就是看不見。

MSN，以前男人會從此虛擬處開始呼喚她。

她真懷念MSN這樣的舊款，她自己的生命也已是這種狀態——過時。以前這種通訊軟體的短句結構，讓她很輕鬆自在，可隨時上線，可隨時下線。

現在這個在社群網站約她的人，寫著希望可以在老地點見面。

她只記得這個約她的人在黑暗中有一雙熠熠生輝的瞳孔，水亮的目光把她帶到一座豔麗的海洋。

因此她很快回了OK，貼上一個長髮女孩如月牙的笑臉圖。

雖然此刻她還想繼續待在這家咖啡館，想認識和她在同一個時空連上同一個網站的男人，這是一個好看耐看的背影，她覺得是有著靈魂光影的背影。她闔上電腦浮上靈魂的字眼，她笑了起來，自忖著靈魂是什麼？她這個只讓身體逸樂的人也配說什麼靈魂啊。

旅館，旅館就是所謂的老地方。

其實她頗喜歡旅館，沒有負擔，不必打掃，不必擁有，空空來，空空去。旅館是她移動的點與點。她躺下就有錢，她起身就離開，簡簡單單。她希望流浪的最後是抵達一座島嶼，和愛情一起降落。

但她不知道這一天何時會來。

依照往例，她先來到這家位於四號公園附近的一家小旅館，這家旅館有個暗喻諧名：B FUN HOTEL。每回走過總聽得有人戲謔著逼放摩鐵。

欣欣電影院外有人在排隊，下午時光看電影的人零零落落，像是打發時間。

一路走來時，她看見有個女人在小巷餵貓，她停下時善意地說妳出來餵野貓真好。可以不要叫牠們野貓嗎，不好聽。叫流浪貓就好了。

喔，她聽了有點悻悻然。心想野貓才好聽呢，為什麼流浪就好聽呢？野性多過癮，流浪太假了。但她沒回答什麼，繼續往前走，心想自己也是野貓。

公園旁的欣欣百貨一帶混著城市的高低檔次，沿著中山北路香楓樹下的影綽燈黃走到暗巷酒綠，她喜歡這樣閒晃，甚至會刻意早到，去欣欣樓上看一場電影。

炸物在熱鍋中爆開香氣，這種不健康卻充滿誘惑的炸物也是她年輕的身體可以承載的美食負擔。炸物如性愛，保鮮只有幾分鐘熱度。

她停下，點了鹽酥雞和甜不辣，邊走邊趁熱戳了幾塊吃。這兩種食物是她口感美食的經典不敗款，就像她的制式打扮，長直髮與黑色系衣服。長直髮好整理，隨時可以赴約，黑色衣服可以遮掩廉價質料。

她進入旅館房間，打開熱紙袋，可以大口吃鹽酥雞與甜不辣了。

滿屋子都是酥油香、九層塔和胡椒粉味，但吃到三分之一時，她突然覺得冷掉的炸物十分噁心。碰地一聲，她將沾滿油膩的紙袋丟進垃圾桶。

她跑去浴缸先放好水，就著「逃生門」的綠色餘光，她褪去所有衣物坐在床沿等他。

這個被她代號痞客男的男人總是要她先進去房間等他，要她在不開燈的房間等待他。眼前的痞客男似乎也天賦異稟，他把扒得精光的她先抱進浴室，緩慢地以沐浴乳揉搓她的身體，從耳朵到肚臍，從陰阜到腳趾頭，仔仔細細地像是小時候在市場看見剛被宰殺的雞鴨，雪白的毛細孔不斷被淘洗。

男人在黑暗中像是一頭花豹，僅目光讓她見著了，有如像是燃火的瓦斯槍。男人也要她以這般的溫柔幫他洗澡。她洗著男人的耳男人的背，洗到胸時，男人用手壓著她的頭往下，暗示她吸吮其胸。這裡是男人的身體燃點，她漸漸感到下體被男人的腿力劃開，接著挺立的東西搗進，她這時候已經是一頭溺水的小貓了。

偶爾他會在激情的過程中吐出言語，聲音低沉渾厚，像是一張有著好看的臉才有的音域。

妳的身體好美，好香，但怎麼聞起來有炸雞的味道？

痞客男喃喃自語著，忽然冒出炸雞字眼把她笑翻了。

痞客男用的字句和他在痞客邦寫的文章一樣，都是俗稱的廢文，一些無聊生活下的日常自詞。但離開虛擬空間，痞客男卻有著實質的鋼鐵肌，強而有力，她的每一吋肌膚都被痞客男熨燙得血脈賁張。

痞客男從不讚美她的臉也不好奇她究竟長什麼樣子，黑暗中，痞客男就像在螢幕外的世界，僅隔著黑暗摸索她的身體空間。

她感覺這痞客男很奇怪，但旅館春光易逝（何況她還是收費的），所以也不容發問與耽擱。在男人把她推向近乎死亡之境後，男人也跟著頂上了海潮的浪峰。然後他瞬間爬起，扭開蓮蓬頭迅速沖洗身體，彷彿剛才的事已經和他切得乾乾淨淨，就像一個下了線的無聲螢幕。

她依照往例，必須仍留在浴缸裡。她豎耳聽見痞客男穿戴衣物，褲子上的皮帶發出相扣的聲音，接著她聽見男人數著鈔票的微細聲響，男人走動，門闔上。旅館的紅地毯留下一路的水漬，空氣飄散廉價香精與舊鈔票老味。

距離櫃檯來喊「鐘點到了」的時間還有四十分鐘，她在浴缸裡泡著，水已經換了一輪了。剛剛的水留著男人的體液，像是肥皂的泡沫，她想像上億的精子忽然被丟到汪洋大海的掙扎表情，她感到生命荒涼得好笑，熱水燙著卻冰冷。她拉開栓蓋，水迅速將精子帶走，她又換上一輪新水泡著。閉眼聽著水聲，緩緩地，她想起小時候洗澡時對於身體的好奇，她七歲就有了快感，她知道如何討好身體。

但她面對靈魂的詰問卻不知所措。

在床上她成了被吃得乾淨的一尾完整魚骸，獨自一個人時她才又逐漸長出撐出血肉，在水中如剛被吐出的透明小魚。

「小姐，鐘點到了！她們要打掃啦！」女人來喊了，聲音總是不懷好意，對於她能如此地和男人來到旅館尋歡作樂，口吻裡既充滿不屑又隱含著羨嫉之情。她明白女人的世界總是這樣，年華遲暮者總是以一種訓誡的表情來質疑年輕女子的情慾，卻忘了自己也曾經年輕過，迷惘過。

她的情慾終點到站了，擦乾身體起身穿戴，數數鈔票。她扣上門，走在黑暗的旅館情慾甬道。許多房間還在戰爭狀態，地毯吸著煙硝瀰漫的氣味，像走過黃昏的魚肉市場。

她一陣作嘔地快走，手指狂按著電梯鈕，好像多一分都耽擱。但她知道下一回還會再來，直到她長出可以飛翔的翅膀。

城市的黃昏降下了，又是這種時候會讓她感到生命孤伶伶的，眾神遺棄之感。這種時候她會開始懷疑自己任情慾飄浪的罪惡。她想靠岸，卻無港口可棲，船且漏油進水，千瘡百孔。在旅館，她獨有的逃離方法就是把自己當成在看一場別人演的電影。

離開黑暗，獨自一人，依照往例，她一樣走了幾間超商，買了幾樣小東西，把大鈔換成小鈔，她獨有的「洗錢」方式，近乎一種可笑的淨身儀式。

每個人都在「依照往例」，不論婚或不婚，每個狀態都有很多盲點。她就這麼的自言自語地走在路上，下班的車流和行色匆匆的上班族和她錯身而過。

她想起和她同時間進入同一個旅行網站的陌生人。

✢

她在黃昏時，再次回到之前來過的這家咖啡館。她尋到一個絕佳眺望城市風光的位置上網，同時逡尋著那個中午讓她入神的男人好看美背。她至少知道男人一定也嚮往遠方，嚮往是當下她認證陌生人的座標。但她遍尋不著這個背影，這是咖啡館一天中最冷清的時刻，所有的人大約都在餐館或者家裡吃飯。而她仍然泡在咖啡館，她只是一道點心，她是一間有氣氛的咖啡館，氣氛這種東西，是閒時的點綴品，她明白這一點，非常明白。

神不屬於世間，是虛，得靠想像才能存在。她也是別人的「虛」物，在現「實」謀生的人需要她來調劑他們幾乎進入結石狀態的生活。但這個時間點，沒有人需要她。就像神，好一點的信徒晨昏祭禱時會固定想神，次等的是臨時才抱神腳，或者有的鐵齒至無神論。固定想她的人會在入晚之後，或者晨起時，或者也許銷魂的春夢片刻。

黃昏是危險時刻，進入天黑前的黃昏時刻不斷地提醒著人的身分，該回家的想起自己是一個媽媽或者一個爸爸，不需回家的想起自己是個單身者。單身者或許想起自己的感傷，婦女或許想起自己的家累，妓女或許想起今夜誰來埋單，業務員想起難以結案的傲客，公司小妹切掉空調想起自己微薄得可憐的薪水，歐巴桑無聊地打掃地板……

正當她這樣想時，忽然她的心跳劇烈地彈跳著，美背男人竟出現了，她見男人依然坐到了她前面的另一台電腦前。他如維納斯的側臉頓時被電腦的藍光圈住，頂上有光如天使，她發現每隔幾秒他就會無意識地搔著蓬鬆的頭髮，粗黑的髮絲雖亂卻很有型。她從背後看見他依然上到了那個旅行網站，她引頸想搜尋他停留的旅行地點。她希望他有點創意，不要老是找尋著那些被提爛的景點。

給我一座島吧！她在心裡說著。

她看見男人的電腦介面竟就出現了湛藍的海水，幾間茅屋。

她心裡開始有著如海鳥的愉悅叫喚聲，頓時聽見海水的聲音，她也快速點進跟男人一樣搜尋這座島嶼。

波拉波拉Bora Bora，南太平洋的海上明珠。

她興奮地看著旅行網站介紹的資料，心裡開始盤算起旅費。

美背男人就在這時候忽然轉過頭來看著她，把她給駭了好大一跳，她以為他發現自己跟著他在上同一個網站的同一座島嶼。

「妳有筆嗎？」男人開口卻問著這句話。

她反射性地翻動包包，在翻動時忽然笑著想，跟我要筆，還不如跟我要保險套還容易。我這種人哪裡會帶筆。

她發出甜美的笑容，作出找不到筆的純潔表情。

美背男人笑說沒關係，我去櫃檯借。他走向櫃檯，櫃檯離上網區有點距離，她看見他背對著她時，看見他的手機亮著藍光屏幕，她趁機快速走到他的位置，立即用他的手機撥了自己的電話號碼，然後她快速切掉，疾步走回位置。她從自己的手機看見了男人的手機電話，欣喜暗自竊笑著。

美背男人折回，看見手機有撥出的一通電話，詫異著，但也不清楚發生什麼事的摸著頭髮，表情感到納悶。他的手裡拿著紙和筆，對著電腦抄下一些資料。忽然他又轉頭好奇地問著她，「妳在上什麼網站？」

她心裡又駭了一跳，半晌才回答，旅行世界網站。男人聽了發出可愛的笑容，還用手指彈了一大下。天啊，我們竟然上同一個網站。

她聽了心想，白癡，一起上很久啦。想到這個「上」字她又笑了一下。好像這是她專用的術語般。

妳想去哪裡？

想去一座島嶼，讓我有天涯海角感覺的島嶼。

台灣不就是島嶼，男人笑著說。

在這裡，我沒有看見海，乾淨的海。她說。

乾淨的海，也許妳可以去波拉波拉，想一起去嗎？男人忽然就發出邀約。好像她是老同學老同事似的。

這是哪門子邀約！她處心積慮了地企圖想靠近他，他這廂卻隨口就吐出一起去吧。竟是這麼容易，就像她躺在一只水床任意讓男人領航她到肉身王國般簡單。她竟是有點失望，她多麼希望眼前這個男人和所有的男人都不同，給她一點艱難，給她一點緩慢。

但天下男人烏鴉一般黑，是一樣的。她忽然就不想和男人同遊一座島了，既是一樣的男人，那就要用一樣的方法來彼此玩樂就好。對肉體不要說靈魂，對靈魂不要說肉體，她心裡叨叨絮絮著，彷彿要快速結束美背男人的邀請。

聽說旅行的伴侶很重要，所以那要先看我們合不合？她神祕地低語著。

美背男人笑說這還要看合不合？那怎麼看呢？

這回換她向他要了紙筆，她寫下她的老地方與新時間。

把便條紙交到男人手上。

她說在這裡碰頭，就知我們合不合？她說完這句話時，她收拾包包，起身離開咖啡館。她無視於男人的詫異表情。

她先行來到她寫的老地方。櫃檯歐巴桑詫異這回她只有一個人來，但也不開腔問，在這種所謂的不名譽之地，任誰也不願對誰誠實或者表白。

她疲累地把外衣脫掉，僅著內衣褲躺下，看著床上的天花板鏡子，她看見自己年輕的胴體提早開花熟化，只為了她想去遠方，她利用年輕美麗的身體攢錢存錢想圓夢，她不覺得這有何錯誤。當然她也不至於無知到這樣的行為事實上是和走在正軌的所有女人背道而馳的。委身在暗巷的老舊旅館，牆壁貼著日星松子，令女人討厭的松子卻讓男人喜愛，但是美麗的性會褪色，徒剩殘骸碎片。她盯著鏡子裡的自己，瘦削蒼白，帶著一種楚楚可憐的模樣，又天真又早熟的異質矛盾結合。像是天生的一枚汽油彈，只消丟出，就會引燃難以收拾的愛慾火光。

她想著母親，一生辛苦的母親，認命盡責卻愁眉苦臉，母親的職業叫家庭主婦。而她很想把自己的職業填上「兩性專家」，這社會不是處處充滿口若懸河的兩性專家，但她懷疑他們都沒有她來得更懂所謂的兩性呢。

一如她知道美背男人會赴約，她懂男人。她知道他轉頭向她借筆還不是一種搭訕的藉口罷了。美背男人若是來赴約，她希望可以打破往例，首次和上過床的男人在床上說說話，以往的男人不喜歡性結束之後彼此說話，他們不是匆匆離去就是轉身倒頭睡去，男人喜歡在上床之前說說話。但女人剛好相反，女人喜歡上床後聊天說些親密的話，但男人們不給她說話的機會就丟下錢走人了。

她希望這次例外。

她想問男人會不會彈鋼琴，那種孤獨難言的鋼琴音，或者會彈吉他也好，至於打鼓也行。她喜歡「鋼琴師的情人」那部她在少女時期看過的電影，那種際遇與浪漫的不可得也許是她想要的，一架擱在海邊的鋼琴，女人彈著，海天一色，小女孩伴舞，女人的女孩飄揚著白色的純夢翅膀。為了和愛人一晌貪歡，最後被切掉手指的命運，愛人因此為她打造了純銀的指套，這種愛情啊……她在廉價粗鄙的旅館進入電影的美麗浪漫幻覺。

耳邊響著鋼琴音，她喃喃自語著她想去的島嶼就是有著鋼琴師情人之地，而不是什麼波拉波拉。波拉波拉聽起來像是充滿廉價觀光客的喧囂島嶼，她不去這種地方，她要去孤獨的鋼琴師的情人之島。

誰能和她結伴共行天涯海角？

她等著美背男人前來赴約，她希望可以在激情過後，彼此還有熱情認識彼此。都還沒開始就在想之後了。美背男人會來赴約嗎？背向世界有很多方法，但是背對自己卻毫無方法，她開始有點不確定了。她不確定用性愛的姿態來瞭解世界是否付出太過巨大的代價了？但是她這樣的人能相信愛情嗎？她害怕相信了半天，結果男人只是一股腦兒地將衝出的精液無情地送給女人，然後讓女人的子宮糜爛。

她等著，忽然感到身體痙攣地發冷著，她衝到浴室放熱水。

她把自己泡進熱水裡。一陣涼意把她喚醒，她的頭髮已整個快沉入水中，她竟恍然睡了一覺，像是偷慾劫歡者忽然掉到地獄的難受，她發現房間空蕩蕩的，黑暗暗的。

沒人赴約的旅館，充滿了了無生趣的跡象，像是白堊紀年代的荒涼，無人的礪漠，她連自己的呼吸都聽得見。

她從門口張望牆櫃上的鬧鐘，美背男人竟沒來赴約，她在黑暗中懷想著在咖啡館他背對著她的背後優美弧線，像是一輛新出廠的保時捷。她第一次對別人有期待，卻也第一次落空。她在水裡泡得發慌，但她不能這時候走出旅館，她得再等等看。

她按了遙控器，浴室上方的電視秀出色情片，兩隻巨大成蟲在交尾，佯裝高潮的狂叫夾雜著被虐女人的扭曲表情，最後抹去舔去吐精者的遺跡……她卻毫無興奮感，她提早看見自己年輕的軀體再也不愛這些無愛的遊戲了。

她發現不愛夜慾樂園了。她的往日像是曝晒過的魚屍，開始發臭。

就因為美背男人沒來赴約嗎？她搖頭，繼續想著其實美背男人沒來赴約也許只是一個引子，他讓自己看見光憑青春美色是不夠的，是不足以被獲邀進入真愛樂園的。她這麼堂皇地寫了個旅館地址給他，也許他躊躇進來大廳卻又走了。她當然明白自己換取想要出發到一座島嶼的旅費，但是所有的初衷在過程裡也早已變質，她後來不缺旅費，卻也被慾望徹底捆住，脫困無門。

從浴缸裡她倏地跳起，赤條條一身濕答答地踏過房間的地板，胡亂地用毛巾擦拭了身體幾下，她開始套上衣服，拿起包包開門走出房間。旅館兩個打掃的歐巴桑覷著她的背影交頭接耳，她知道這些比她媽媽年紀還大的女人都不恥她的行徑。不齒只是羨慕的另一種表達方式，關上電梯時她朝櫃檯的陰影處看著剪影中的打掃阿姨。

但年輕是什麼？她覺得自己蒼老得不得了。她不斷回想自己的生活為何會開始像是一卷翻錄過度而磨損的錄影帶，那些消失的生命關鍵點是什麼？

她得重新定義愛，她認為心中無愛的女生就是老人，沒有生命熱情的人就是老人。如此說來，她現在是個老人，她一路掛著這麼一張蒼衰的老臉又回到城中的那家咖啡館。

美背男人無蹤影，黃昏時候的咖啡館安靜得像是打烊時光，所有的人都在吃飯，這時候沒有人需要喝咖啡，就像沒有人需要她一般。她去電腦區開信箱，空無一物，連垃圾信都沒有。

她得重新定義寂寞，沒有垃圾信竟也是一種寂寞。

她回到位置上，拿出ＭＰ３，反覆聽著「鋼琴師的情人」，她想去一座島，在那個荒靜的海域彈鋼琴。

她要前往獨特的海洋，她將跳下那片海洋以洗滌她的靈魂。

在她啟程後，那沾有許多陌生人汁液與背德目光的身體已宣告死亡，點一把遺忘的火，記憶就會霎時化成灰燼。

潔亮機場飄來免稅商店的濃烈化妝品與香水味，她感到一陣噁心，特別受不了男人噴香水。說來奇怪，男人喜歡女人噴香水，女人卻不喜歡男人噴香水。她想這是不是因為男人喜歡女性那充滿「人工」的身體，因為自然的身體將不斷地提醒男人關於生老病死、腐朽蒼老的事實，女人化妝與噴香水將使男人遺忘身體必然走向易腐必死的威脅，這種威脅會讓男人萎頓，所以她很少看見男人喜歡「老」女人，至少臉部和身體不能顯老。而女人卻大都喜歡男人自然，男人自然的美感意味著他健康，不做作，很MAN！

「難怪大家都說女人比較有神性，不會選擇一個只會打扮的男人；男人比較物性，會選擇一個只是美美的女人者比比皆是。」她心裡無聊地轉著念頭，然後又自問自答「我美嗎？」「應該吧！」

想到這裡她兀自發笑，覺得自己也配說自己有神性，說自己是性神還差不多。適時調侃自己的生命才不會和自己過不去。

接著幾個年輕男人行過，她大力聞著他們遺下的身體氣味，有人工香水味但卻不難聞。於是她哀嘆一聲，說來有吸引力的身體不論添加物為何，就是賞心悅目吧。

她仍逡尋的那個失約的美背背影，沒再出現。她死心地踏上旅程，航班很快地把她帶離地球。渴望他的出現是一種痴心妄想啊！誰會對一個只是在咖啡館說過話的女生認真？

她前往紐西蘭最美的海洋。巴士一路行過羊群，她感覺自己像是被剃光毛的小羊，置身群體裡有如是頭怪物，少了遮掩身體的保護層。

生命那些消失的重要關鍵點是什麼？她想起十幾歲時父母離異，跟著母親生活的她其實也等於是一種危險，一個還風韻猶存的母親帶著一個少女改嫁給一個沒有血緣的男人，男人等於坐收兩個女人，但她不是羅莉塔，她是砍美杜莎頭顱的人。繼父是午夜的怪獸，會吞噬她的夢，她曾活在心驚膽跳的夜晚，於是她早早離家，任母親在她的身後喊著，聲線伴隨海風聽來像是鬼哭。神號是她自己，她怒氣沖沖地一路逃向小路盡頭，兩串髮辮在奔跑中散開，她的吶喊聲如雷劈下，狂叫如釋放胸中疼痛。

從離家的那一刻舊世界就變形了，自此傾斜。

抵達島嶼，日日見海，她拿出手機，聽著內建「鋼琴師的情人」，她就這樣每天從這家民宿步行到海邊，看海洋，聽浪聲。

直到有一天她從海岸步行回到旅館的路途中，她在公路上等著橫越馬路，一輛吉普車突然停在她的面前，車門打開，露出一張臉。她笑著，大方地坐了上去。

怎麼沒有訝異的神情，我可是一路開車來到此地，美背男人說。

天啊，你比我還浪漫。

跟女生說跟我走，這沒有什麼了不起，要能夠追上她，給她驚喜，男人又說。

她說我暗地裡給你取了個美背男人的綽號，因為在咖啡館都只看到你的背影。

男人笑，我的臉應該比背好看。

男人遞給她一條美麗的金色腰帶。

第一次有人送我腰帶，她看著這美麗精緻的金色腰帶說。心裡想著的卻是這是一條阿芙蘿黛蒂式的愛情腰帶嗎？隱藏著誘惑他人的祕密。

有人即將拉住她的行腳，她的世界從此刻開始是「實」線了。

她從背包掏出一只從民宿餐桌拿的蘋果，她咬了一口遞給了男人。

男人接過，也吃了一口。

有點老。

沒有上蠟，放久了。

還是好吃，男人轉頭對著她笑，白齒如她手上剛撿的貝殼。

她也笑著，吃到海風的那一刻，她想起了海，洋流描繪海的形狀，她等待描繪自己的人生。

她想起被她從某旅館擲下的一束鮮花，拋物線的桃紅。

她赤腳走在海島。

每一粒石頭都像美杜莎的頭顱，她讓寄居蟹爬行自己晒得通紅的腳板。

螢光

在鹵素燈下，她的臉龐閃著螢光亮粉。今年最流行的玫瑰金粉，配上白皙的基底，像是剛剛才被釘在白牆的粉蝶。

她的右肩痠痛，長期幫客人抹臉塗粉外，還有長期揹大包包。包包彰顯女生的個性，她永遠都不是那種用小包包的女生，那種空間只能裝進一只手機、錢包和一條口紅的小包包，就像把一個肥胖女子裝進小口袋，讓她不自在，沒有安全感。她除了面紙必備外，連上廁所之後要清洗私處的蘆薈免沖水凝膠都帶著，化妝包擠著鏡子梳子口紅眉筆外，還擠著一般人不太會攜帶的指甲剪鼻毛剪眉毛夾眉毛鉗，書也必帶，還有早晚要念的佛經，看起來像是要出門過夜。她不喜歡看手機，即使電子書也都下載了。

再過幾個小時，她就要離開這個讓她下肢腫脹、靜脈曲張的人工之地，飄著香精或者粉味的空間將會被她拋得很遠。她有一張假的臉，經過仔細塗抹修飾的臉，男人喜歡看這張假臉。男人喜歡假的東西，或者該說真的東西他們承受不起，真的東西會穿刺他們的空洞核心，真相讓人害怕。

她所賣的東西就是要遮掩真相，但要看不出遮掩痕跡，是為裸妝。裸而不裸，超高技藝。

她的感情也是必須遮掩，她是別人感情的前朝遺事，或者別人是她的發黃檔案。她的感情和包包差不多，每天都帶著，但很多東西幾乎都只是帶著很少用。

但帶著看著，就像她的妝容一樣，充滿安全。

遮掩，是其中的奧妙與藝術。

她這張仔細描摹、遠觀如中國骨瓷盤的肌膚的背後，她的思緒是無人可以靠近的。她記錄過自己的愛情，瘋狂愛上一個人的時間約莫七個月。七個小時可以不卸妝，七個月她已是裸露殆盡，索然無味。

七個月後，她的瘋魔病情才會逐漸減輕，盲目的感覺逐漸消失，疑惑卻慢慢地滲透進來，有時還會半夜醒轉，就著月光盯著枕邊人，冥思睡得酣甜的這頭怪獸為何會躺在自己的身旁？

愛情有痛苦原來也是好的，因為痛苦也是一種重量，足以拉住她想飛的行腳。

她裸露在外的臂膀冰涼，後頸發痲。百貨公司的下午時光，沒有什麼逛街人潮，只有零星的幾個貴婦晃著她們昂貴的高跟涼鞋，疲乏地一蹬一蹬地朝專櫃移步而來，大理石地磚反射著她們稀薄的影子，專櫃的物品於是在她們的身後看起來全成了很輕很輕的物品。她對著一位看起來有點淡淡愁容的女人微笑，也不開口說話，只是用很專注的眼神盯著她，她知道她會停下來。

果然這滿面愁容的女人停在她的面前，女人等待她展現美麗年輕的祕方。新的彩妝似乎不是女人想航進的新世界，這女人渴求的是有人可以說說話，女人渴望找個人說話。

這陌生女子和她靠得很近，女人那愁容滿面的臉吸收著卸妝油，女人的裸臉逐漸完全暴露在她的眼前，她慢慢推著卸著，接著幫女人重新上妝。化妝似乎是種安全的交付，在這樣的靠近裡，女人的心也一步步地被推開來。

女人坐在高腳椅上，雙腳搖晃著，高跟涼鞋搖搖晃晃，像是要掉落卻又牢牢被她的腳趾勾著。女人說，我的生活其實也不是不幸福，但也不能說是擁有幸福，這很怪，生活像梅雨季，說不清的感覺，沒有重量感。

女人看著妝容，又說唉，我必須跟妳澄清一點，麻煩的是我仍然愛著我的先生，但我之所以還愛著我的先生也許只能說因為現在的生活沒有出現讓我更渴望擁有的其他人了。生活的日常裡，愛情成了遙遠的事。我們之間的連結早已被金錢、貸款和孩子磨損殆盡，小孩將這個婚姻的結打得密實，卻也同時間在侵蝕著婚姻打結的這個基地。

所有的婚姻聽起來都有點慘澹，她跟女人說著。

女人又叨絮地自說自話，如果妳覺得我這樣說聽起來有點慘澹的話，但事實上卻又不然。其實我的婚姻就像一張舒適的棉被，即使我們爭吵都還帶著柔軟的熟悉感，就是這種熟悉感，讓人眷戀，難以離開。

問題是換了也未必更好，因為新的戀情也會變成舊的重複。

女人的手機傳來的訊息通知叮咚響，她看看手機，眼神飄到手機上。

女人知道她想問的是為何不接不看。女人搖頭說不用看，都是生日壽星打折優惠或者紅利加倍兌換的訊息。女人苦笑，彷彿她在等的訊息永遠都等不到的失落語氣。

訊息還包括妳們專櫃發的，所以我今天來。

生日快樂，她對女人說。

謝謝，妳是第一個對我說的人，女人說。

她笑著，生日快樂已經變成美女詞彙差不多簡易，我們做這一行，只要朝女人叫美女，女人就很開心。

還好妳沒叫我美女，我最討厭別人叫我美女了，好假，就像菜市場一件一百元的衣服。女人笑著，眼睛笑成一個月牙彎。

菜市場很真實啊，一件一百元讓她想起節儉的母親，是我們不真實吧，一罐外包裝印著美肌聖品，標示內容有水、魚膠、玻尿酸、膠原蛋白等字眼就是身價三千元以上，這才是虛構的世界，她想著。

她不語，對女人點頭笑著。她用沾著乳霜的指頭在女人的臉上緩慢向上推著，對抗地心引力，航向銀河，抗老凍齡童顏裸肌，她說著這些流行醫美慣用的吸金字眼，女人頻頻點頭說這些都是必要的。

妳的肌膚偏乾，防晒沒作好，斑點已經冒出，這約是快三十八歲的肌齡了。她對女人說。

接小孩很容易晒太陽，我才三十，竟有快四十的肌齡。

妳哭過嗎？她正在畫女人的眼線，這眼皮有點垮，應該是那種常常偷哭才有的眼睛。

其實我們渴望擁有新的愛情不是為了未來，而是為了想要重溫過去，她看女人沒回應，接著又說。

女人這時張開了眼睛，那刷得藍深如夜夢的閃亮睫毛顯得十分神采奕奕。女人似乎正在回味著她說的這句話。

別再愛哭了喲，她說著，收起睫毛膏。

重溫過去？女人取出信用卡時，又再次喃喃自語。女人說，確實過去比現在美好得太多了，但過去回不去了，重溫只是徒增傷感。

她笑著不語，知道這樣的安慰對女人是失效的，還不如女人的物質世界來得暢快，但女人刷完卡之後那短暫幾分鐘的美麗喜悅似乎也黯淡下來。

在物神林立的城市，女人的寂寞有了棲息地。

幫女人結完帳後，來交晚班的小琦也來了。

女人在她的面前隨口問小琦的初戀。

小琦眨著甜美的眼睛，笑說，初戀啊，十二歲愛上老師。我現在只記得他老是穿著露趾涼鞋，那時候覺得老師好酷喔，現在才明白他根本就是得了香港腳……

她們三個女人聽了全笑開來。

女人收進信用卡，提著瓶瓶罐罐保養品和彩妝離開專櫃。

這時換她帶著空洞的眼神與不錯的業績離開這閃亮的方寸之地，在百貨公司的騎樓下，等著喬治下班來接她。

喬治的愛情時間是有配額的，今天換她領愛情糧米的時間了。她曾經斷糧過久，於是十分害怕關於愛情的飢餓。

然而她也不是笨女人，當然知道自己的飢餓並非買不起愛情米糧，而是愛情的習慣使然或因為畏懼孤單的寂寞作祟，使她徘徊兩難，總是想離開喬治卻又離不開喬治。於是她時而溫柔，時而很盧。（對他常嘮叨想要分手，他對她提出的分手說詞曾怒擊桌子兩回。很不幸地，說分手的人是她自己，無法分手的人也是她自己……）

她總是遲疑著和他見面的時間，卻又渴望他來把她那卑微的孤單叼走。

她和他見面總少不了以去摩鐵為開場，她和他不像情侶，倒比較像是兩隻交尾的春蟲。

春蟲謂之蠢。她是蠢，在愛情上。

愛情有時使她變得大膽無畏、生氣盎然，讓她勇氣倍增地甘冒凶險直取愛情甜果，但大多數時候，她卻是無能的。

喬治的車夾在塞車的車流中，她已經看見他的車子了，那車就像他的人，整潔乾淨，閃亮嶄新。她且看見他的車頂竟有一束花。

他打開車門，「你載了一束花來啊？」她矮身坐進去時對他說，他聽得一愣一愣的，她指指車頂，他仍不明白。

「有一束花在車頂，你要出來看看嗎？還是我幫你拿下？」

他走出駕駛座，果然看見車頂上的一束花，一臉迷糊。

誰把花丟在我的車頂？難怪之前有聽到咚的一聲響。

她露出怏怏不快神色。

喬治說，妳大姨媽又來了，別想太多，這花也不知從哪冒出來的。

喬治個子高，輕易就從車頂取下包在玻璃紙上的花束，但因也不能亂丟，加上車流已經在塞車陣中往前稍稍移動了，於是他喚她快進車內吧。

其實男人不懂，女人的不快不一定和這件事有直接關係，而是這個東西所勾引出來的其他事物的狀態使她不快。或者不快是借題發揮，或者不快是對男人的不滿反應。

怎麼有花在上頭？她繼續問，繼續頂著她想應該是很臭的一張臉，這張臉已經無法作假了，掩藏在濃妝下的是濃濃的猜忌。

妳又來了，沒有別人啊，就只是一束花嘛！他媽的，我來見妳是因為我想妳，我不是來討罵的，好嗎。喬治突然失去耐性，在塞車的車流中。

整座街心的七彩霓虹燈全映照在被阻絕前方去路的臉上，喬治的臉有點滄桑了。

她轉頭瞥見氣憤中的喬治所流露出來的疲憊滄桑時，她忽然就靜默了起來。

她常常這樣，容易陷入自築的感傷結構，很容易原諒他人，也很容易把事情因為輕易作罷而變得廉價。

喬治按下音響，是浪居吧的那種軟魅的輕音樂，僵硬氣氛稍稍鬆動了。車內有香氣傳來，是百合花。陌生的花朵，為他們貧血的愛情添加增溫的猜忌毒香氛。

依照往例，在吃晚飯前，他沒有問她的想法就直接開往一座身體的圍城，他總是非常快速地想要讓他們的身體重疊，然後崩落。

也許因為一週見一兩次面因而加深了彼此欲求不得的渴望深度，所以他對她其實算是熱切，只是她內心的清醒時刻提醒她，那只是因為他們1加1等於無限寂寞，距離與無法聚首的因素，使得彼此的思念有了熱切期待的幻覺。

她常在開往下一座河床的途中，暗暗地在心頭回憶著和喬治的一些零星畫面，好像為了要證實自己不是杵在白日夢，白天就開始回憶往事確實比夜晚更魔幻。那時她因失戀，日漸索然，夜夜到她常去的一間小酒吧喝點小酒，由於酒吧窄仄，人和人很近，加上淡橘色燈光和雪茄的香味，彷彿成了她那卑微愛情的避世童話小屋。

有一回她悶悶地喝了混酒，失戀的痛苦瞬間被她勾招而至，淚水和酒精混搭，她迷迷茫茫地忘了是如何回到自己的家。只濛濛感覺有個人影將她扛至某處，將她的穢衣剝去，軟塌的身體聽見水聲，她像是被擱在草蓆裡的孤單小孩，任由人影洗她肉身、搓她污垢……。醒來，陽光燦麗，床單白淨。她聽見巴哈的無伴奏大提琴，她光著身子，起身尋音樂緩緩走去。女子公寓的餐廳不再有單人的孤單氣氛了，餐桌上有束花，有奶油土司有咖啡……，還有微笑的喬治。

他成了她的男人。她放慢速度讓他追上她的過去，同時避免愛情快速走到盡頭。但放慢的缺點是忘記前男人的速度也會跟著變慢。

那一次酒醉的身體陷落成全了她。她常回憶這件事的源頭，她懷疑是自己是故意醉倒在喬治身上的。

那回，他洗淨了她，但沒有吃掉她。

餐後，他們又聽了些音樂，她想起是週日。看見他緩緩地穿上襯衫，一時她竟失態地猛抓其手不放。他保持一貫地輕淺微笑，用套著一半襯衫的手摸著她的臉說：「別急，我沒有要離開妳，我只是要載妳去一個可以讓妳忘記許多事的地方。」

那個地方就是旅館。必須覆蓋另一具身體才能忘記另一具身體。

那回經過前晚她酒醉的朦朧親密接觸但又尚未達陣高點的情慾作祟下，在旅館史無前例的，他帶她攀上了高峰。

從此她明白喬治不只喜歡不同的女人，他還喜歡不同的旅館，即使她的窩只有她一個人，喬治卻不愛去。

他的理論是旅館是陌生地，是最純粹的交歡處，人不被往事記憶承載，愛來愛去，一切都可以瀟灑。

「妳們女人總是想不開，沒事扛著記憶的包袱，這怎麼會快樂？怎麼會有自由？」

而她也確實發現在旅館的自己和在家中的自己竟是判若兩人。男人會愛上旅館的自己，卻不愛在家中的自己。

這究竟是愛嗎？一路的城市風景已經降下霓虹閃爍的影影綽綽，飄著比小雨還細的絲綢之雨，燈光掃射如燈海，雨滴都成了小燈泡地閃進她的瞳孔，孤寂而喧騰。她聞到喬治的身體如礦泉水混著一點香氣，吸進鼻腔有木質植物的後味。前男人不搞這種文明的東西，前男人的身體像傳統市集，沾黏著羶腥與濃烈的汗菸味。喬治的氣味試圖蓋過她的記憶版圖，但卻失敗，喬治的氣味有如一隻家犬寵物，試圖去對抗一座叢林裡的野豹。她沒有能力覆蓋，只能是微物的珍藏。

她發現自己愛慾的對象寬幅十分巨大。

今晚，他要載她去哪一家旅館呢？

滑過大路，喬治彎進小巷，改建成文青咖啡館的老社區走動著人，繁殖的慾望都在尋找定錨的港口，荒原處處林立物神。

她是喬治的床。

今晚會是不同的約會嗎？

上一回去的摩鐵面對著大安森林公園，那家摩鐵連櫃檯的尷尬都省略，名人明星愛去，車開進去只要依螢幕秀出可以點選的圖片選擇，按下後直接刷卡，接著就看見點選的房號閃爍光芒，吐出鑰匙。他們不是名人，需要的只是不同的體驗。

在寒氣的玻璃上，她雙手按著玻璃面，看著在公園散步的老人遛狗的婦人和外籍看護推著老人的身影，而喬治在她的後面敲打她的身體岩壁。

冬日的公園蕭索，玻璃冰冷滲著水氣，她張嘴吐出了氣息，玻璃面拓印如魚鰓的窒息滾吻。

再之前是城市旅館大爆滿，他們越過淡水河，經過成排的五金行，去了一家杵在巷弄的奇特摩鐵，植栽著假椰子樹，只剩部長房型，櫃檯女子說。部長之上還有總統副總統房，還有總裁房。

聽起來都不是讓人歡樂的名稱，但也沒地方了，喬治停好車時笑說。

還是上回的阿房宮好，喬治又說。

她也笑著，卻想起火燒阿房宮。

現下喬治轉動著方向盤，今天又逢週五的擁擠下班潮，於是他載她離開城市鬧區，往郊區行去。

他們越過多座橋樑，在高架橋上她把目光調到窗外，河水劃開了左岸右岸，兩岸的高樓捻亮了燈火，每個人都往家的方向奔去，只有她和喬治遠離家的方向。

在塞車潮裡，喬治把手放到她的手上，隨著音樂手指舞動著。他今天心情不錯，她直覺感到，那麼今天可能不會只是上床吧，她希望他可以給她點別的。她其實是個很精神性的人，但關於這一點她覺得喬治不明白，他總以為討好她就是帶她去吃好的、睡好的。

她化了一天的妝，在面對喬治時，她總是素著一張臉，很乾淨的臉，她喜歡以素顏來面對男人。喬治說，她不上妝卻賣化妝品，這很奇特。

這叫裸妝嗎？喬治問。

不是，我叫這裸臉，妝就是妝，怎麼裸？

喬治笑說沒聽過這個詞彙。

車子右轉進一座水泥大橋，她瞥見左方的吊橋，知道她們來到了碧潭。

要先吃晚飯還是先去房間？他問。他這簡直是白問的，她當然選擇先吃飯。男人吃飽會想睡覺，女人吃飽卻想玩樂。但喬治依她，因為她站專櫃一整天，餓了。

碧潭附近的幾家旅館，他們睡過，卻沒吃過。

挑了家餐廳可以看河水的。

酵母發酵需要溫度？他們吃著酵母浸泡過再加以炒煮的菇類，喬治問她。

她搖頭，喬治卻故意神祕兮兮地說等會兒她就知道。接著，她就用筷子敲了他一記，她知道他指的是等會做愛的身體溫度。喬治總是這樣，她唯一對他沒輒的事是他有能力把煩惱事拋開，而只是注意很當下的東西。比如吃，比如接吻，比如做愛，他不帶著煩惱來見她。他說這種在工作遇到的鳥事應該自己解決，不要把不快樂塞到對方的心中。也因為他這項優點，使她沒有離開他，雖然她和他的喜好是那麼的不同。

自從他加入她的小窩世界後，她發現他們的窩所有關於要插電的東西都歸屬於他，例如電腦、音響、電玩、電視……所有的電器都是他新添或帶來的，他插上該插的，使之有能量有電。而所有她的東西都等著被置入，光碟CD書本。

喬治不看書，而她愛看書。他在科技界工作，他習慣看電腦和電視，好在他喜歡音響和音樂，否則他們就完全不搭了。還有他喜歡吃但也喜歡做飯煮菜，他們通常在家吃飯，在外面上床。

今天在外面欣賞海景邊用餐是表示他想改變點什麼，或者是為了對她的一種討好心情，這是偶爾之舉。

他說，外面的餐還是沒有我做的好吃吧。

她點頭笑著，這時候貼心的情人都不該破壞氣氛的。在愛情這一點上，其實她是善於說謊的。比如她明明就不愛吃他做的菜（好在他分配給她的愛情餘額是一週兩晚），他的菜口味重，加蒜加蔥加辣，和她的清淡口味不同。但喬治做的，她也感激涕零地吃了，畢竟這也是一種幸福，雖然不是那麼真實，但誰在愛情裡要真實，真實就意味著對抗，對抗和自己有點違背的東西，那要對抗的東西太多了。

她問喬治今天都在做什麼？（像是美國影集都會問的家庭話題。）

喬治倒說了件好玩的事，說之前他到離婚協會去教婦女們電腦及架設網站事情時，他留給單親媽媽們好印象，所以今天就再度邀他去教她們電腦外，還做了場專題演講。

演講？她露出不可置信的表情，彷彿她今天才認識喬治，不知道他有這種能力。

對啊，我的重點是她們要去認清自己為何會離婚的事實，而不是喊口號說男人很壞。仇視男人不是她們要做的事，而是認識自己。

為什麼有人會離婚？男人反問她。

她說離婚當然每個人的情況迥異，但是沒有愛情絕對是主因。

我大聲地問著女人們，妳們的丈夫會離開妳們，要問問妳們多久沒有抱抱了。然後很多人就偷偷臉紅地笑了。我又接著說，妳們都不保養，當然都會變黃臉婆，我真想把妳的名片發給她們，要她們去學化妝。

她聽了笑，心想化妝是沒用的。美麗並不保證戀情的時效。

我對她們說男人會離開有兩個原因，不是女人給男人壓力讓他不想回家，要不就是他不愛妳了。聽到不愛妳了，很多女人眼睛都傷心地紅了呢。後來我演講結束，很多媽媽都跑來抱抱我，我就開玩笑說，回去要抱妳們的新男人喔，前一次失敗，還可以再來嘛，大家就都鼓掌了。

她開始想像長得好看且體面的科技喬治如何贏得這群失婚女子一時的開心了。今晚在面潭的飯店緩慢用餐，似乎讓她又再次愛上喬治，而忘記了她其實只是他愛情裡的「之一」而已。她忘了問他，男人在外面擁有其他情人時，家裡的黃臉婆要如何有好心情和他抱抱呢？

她沒有開口問，因為她也快加入其中的一個「黃臉婆」了，雖然她的外表依然亮麗，打扮入時。然而愛情久了，不管婚或不婚，女人的「心態」也總是把自己也搞成了黃臉婆，不去注目其他的世界，也不太關心戀情的其他可能了。

上來最後一道甜點了，他們喝了紅酒，非常布爾喬亞式的生活。她帶著微醺，讓喬治引領她走上旅館十樓的房間，這會是一場不一樣的身體約會嗎？

喬治引領她進入電梯黑箱，他在數字十按下，手裡同時轉著鑰匙。

門開，燈下已有光塵，她感覺這回旅館的氣味有些和以往不同，顯得比較乾淨可親。喬治拉開米色窗簾，落地窗前是深幽的潭水，各種車流形成的光束如性愛般的煙花。

她是喬治的床，喬治把他的慾望迴路接在她這頭，等著她發電。

旅館沙發茶几擺的不是水果，而是一些用漂亮心形玻璃紙包裝的巧克力糖果。喬治撥開其中一粒，心內有心的巧克力，他嘴巴含著一半，將另一半含到她面前，她咬住的同時，他的手蠻力一抱，她就整個人融進他的懷抱了。

她等待約會前會在自己的化妝品專櫃習慣抓起香水瓶往耳後沾兩滴香水。

喬治開始咬她，咬她的耳，她的胸部，她疼痛得狂叫，剝開飛到嘴巴的頭髮，喬治咬她的唇，她那裝點得很美豔的手指戳進他的肉，他也發出一種歡愉的疼痛叫聲。他們跌在床上，迫不及待地脫衣，他的唇泅泳在她的一片黑海裡，她的手也在他的黑海裡揉捏。他一個翻身，把她折成跪地姿態，她抓著床的鐵杆，她尖叫如獸，感到自己的身體是裂開的古老土地，龜裂處正湧出一陣陣腥臭與水波。她流下眼淚，忽然很傷心地在快感中感到一種奇異的傷心。

這竟是她和喬治最深入的一次高潮，但這高潮卻隱含一種結束感，她有不祥之感，心想這是一場不一樣的身體約會，但這難得的激情倒像是一種完美告別的謝幕曲或者嘉年華會的最後一抹煙塵。

再次驅車行駛在城市時，城市已然逐漸安靜。

車內也安安靜靜。

在抵達她的公寓門口前，喬治一反常態並不進門。

她悠悠想起難道今天是週日，週日他都是不進去的。週日的他都是在性愛結束後即穿上襯衫，而她常失態地猛抓其手不放。但這回她沒有，同時她也想起今天不是週日，今天是週五，黑色星期五。

一向說談戀愛要瀟灑的喬治，這回臉上也露出某種難隱的酸楚。她瞬間明白自己的身上已無空白之地，自己已經被喬治開發完畢了，自己的身體已無任何的方寸是他沒有探勘過的，這種愛情最索求卻也是最害怕的熟悉感已經全面來到，熟悉意味著要走入下一顆名為瞭解與責任的星球。

車上的空氣像是被他們彼此各懷所思的種種給快吸乾似的，她感到喉嚨乾燥，呼吸困難。等待喬治開口說話是如此的漫長，待她用手作勢要開車門時，喬治才抓著她的手說：「雅典娜，妳應該去追求自己的幸福，不要等我了，我不過是個浪子！」

她靜靜地開了車門。

她感到自己十分地卑賤，像是一張舊的破爛鈔票，面額雖大卻已無法兌現物品。她發著抖，在包包裡東摸西摸卻找不到鑰匙，這時剛好有人從裡面推開大門，奇怪地看著她帶著淚痕的臉。這時她頭也不回地進入公寓電梯，電梯的鏡子內映照出她的臉，她心想好在這還是一張素淨的臉啊，並沒有因為哭泣而流下駭人的黑色眼線液，也沒有因為流淚而花掉了嚇人的粉餅斑跡……她慶幸著自己保持乾淨的臉，有尊嚴去面對愛人說要離開的一張乾淨的臉，即使哭泣也毫無傷害殘留的美麗之臉。

她聽見喬治的轎車發動離去的聲音，這時她才發現她沒有按電梯數字樓層。電梯一直在原地……突然明白自己為何赴約不化妝了？她想至少千萬不要畫黑色眼線液，這是一個專業專櫃美容師的建議。即使有防水的眼線，仍不保險。或許可以對抗雨水自來水，卻可能抵擋不了淚水，和羊水一模一樣的淚水，帶有鹽的殺傷力。

她所虛心的是，她的工作就是不斷地要女人美麗，但美麗無法留住像喬治這樣的人的心？究竟是什麼決定了兩人的戀情，有終其一生至死不渝的戀情嗎？

老舊電梯氣喘吁吁地帶她上樓，她年輕的生命疲憊地像這座電梯。

這棟龍蛇雜處的大樓，像重慶森林，她喜歡躲在這樣的森林，尤其從專櫃那樣華麗閃亮的百貨公司回到租處時。

這間附有衛浴的套房，七坪大左右，夾層很多，但也因為多而常找不到東西，就和包包一樣，太多內袋往往要掏盡每個小口袋才找到要的物件。但亂中有序的雜物卻給她不匱乏的安全感，或許因為這棟樓讓喬治沒有想要上來的慾望，或者留給她自尊？但她喜歡真實，喬治卻喜歡虛假，旅館於是成了最安全的歡愉之地。她從大學時期就住在這間雅房，那時下課就去學彩妝，怕畢業找不到工作，畢竟她念的是人類學系。但她對人類一點也沒有興趣，糊里糊塗念到了，也沒有想轉的念頭。套房有一小扇窗戶，是她唯一的光源來處，就著這片光，看到的是夜市。熱鬧的夜市，擺攤收攤的婦人小姐或者賣皮帶的聾啞人士，她喜歡看他們在交易，採買的人在試衣，婦人拿著鏡子讓她們照啊照的。很像她後來的專櫃工作，慾望本質是一樣的，只是價格差異而已。她在套房上網，完成學業，取得化妝師證照，走向人生下一站，套房依舊，房東依舊，沒有漲價，她懶得動，就一年又一年的留了下來，彷彿要和這棟樓一起等著被都更。她在變老，樓在變老，她是漂浮在大海的一片葉子，無聲無息。

她常在這小小的空間走來走去，做做瑜伽，或者上網發發訊息，網路強是優點，同層樓分享路由器，省去很多費用。套房唯一缺點就是沒有廚房，一只象印電磁爐和沒有冰櫃的小冰箱彷彿就是她的舌尖胃囊。

喬治也很少帶她去餐廳，如果見面時還沒吃飯，他喜歡外帶食物進旅館，說是一舉兩得。

她聽到這話時，想起母親說的摸蛤兼洗褲，她感覺自己是一只蛤，濕滑的軟體動物。

✢

就是再美再昂貴的鑽石我們也不會天天戴啊！人性就是會喜新厭舊的，談戀愛不能糊里糊塗，我們得精明些，貴婦瞧著雙手那剛塗上美麗蔻丹的指甲說著。

她在為一個美麗的貴婦介紹她所適合的保養品與粉底液時，貴婦揚著美麗纖細的手指繼續對她說著妳做這一行可真好，隨時保持美麗。男人喜歡的女人都不是自然美女，因為自然美女會提醒男人進入恐怖老年身體這件事，男人最怕老了！這就是為什麼美眉永遠受歡迎，美容產品從來都是業績最好的專櫃。

貴婦像是提醒了她什麼似的，她忽然想她還是應該化妝去見男人的啊，男人不要看見女人的「本色」。他們喜歡偽裝、人工，女人得去除老化腐朽的痕跡，這讓男人有安全感。敷上脂粉，灑上香水，身體不再易老易腐，即使這是片刻的幻覺。

要瞭解愛情，得先瞭解男人的心與自己的行情。沒錯，但通往瞭解的路徑，她們得走錯多少路啊，得歷經多少千瘡百孔、多少傷痕累累？她的手指停在貴婦修得十分精細的臉龐前，一時無言。

專櫃的廣告印刷物寄到櫃上，即將進入春神時光，化妝品主打女性的獨立與美麗。文案寫著：城市雅典娜的單身主義宣言，希臘神話的處女神是不戀愛、不出嫁，女神必須保持美麗的顯赫感，貞女烈女不受父權束縛，為自己打扮，為自己美麗一生。

她笑了，心想要當處女神，是來不及了，但保有美麗的顯赫感，她來得及。

她離開喬治後，她賣力工作，把自己一度刻意泡在女人的世界，為女人化妝，為女人按摩，傾聽女人們的苦水，大賺女人刷男人卡的錢。

只是生活不再有人接送，也不再有人請她吃晚餐。她搭捷運和公車，緩慢地行經每一條街，那些兒時熟悉的大街小巷就在窗外凝結成一幅記憶。只是空空的肚子常感隱隱作痛，不再有男人光臨的場域，寂寞得叫疼。經過以前去過的旅館時，更有焚城的慾望。

當習慣有性伴侶時，忽然分手，夜裡就成了危險的時間點。她在被窩裡常想念喬治，想念的卻是他那挺拔有力的身體。激情時分，他總是狂熱，也總會在快要爬上巔峰前陷入喃喃自語：「我最愛妳對不對，妳最想要我對不對，妳想生一個我們的貝比對不對！」她修得細長的手指總是用力地嵌進了他的臂膀背部，或許喬治的背後留有她的抓痕印記。

+

兩個月後，她的月經沒來，驗孕劑出現雙條紅線，去醫院檢查，醫生照超音波，她第一次照那個玩意兒。護士要她先去排清尿，脫掉褲子，躺在床上，護士為她的上半身蓋上一塊布，和她一同等待醫生進來，不一會黑暗小房間走進醫生，他用機器探進下體，一陣冰冷的痙攣與絲微刺痛，螢幕即出現胚胎的樣子。

再度回到門診室，她有點尷尬，剛剛下體才被他無情地戳進，忽然素面相對，他當然是毫無感覺，外面排隊的女人還一大堆呢。醫生問結婚了嗎。搖頭。要留嗎？搖頭。我三十歲年紀是有一點晚了，她乾乾地說著。醫生卻說，年紀還好啦，現在科技這麼進步年紀不是問題，很多名女人四十幾歲都生小孩呢。不過她們都是借卵的，妳不用借，自己多到用不完。醫生開玩笑地說著。

她聽著跟著乾乾地笑說但是自己的精神狀況負荷不起。

妳有憂鬱症？

沒有，但對象可能有。呵。她想起喬治常很容易如雷的暴怒或者如鐵的沉默。她從不知這人在想什麼，下一步會出什麼牌，何況他離開自己了。

還有我經濟也養不起，住的套房有很多小強和小米。

醫生聽了點頭，也沒說破什麼，醫生悶了頭想了一下，對她說好吧，妳自己就可以決定了。然後醫生給了她一個單子，上面寫著明天進行子宮刮除術的時間點和注意事項。

最好明天有人陪妳來，因為麻醉劑退卻後會暈眩。醫生又說。

但喬治已不再接她電話，或者該說他已經換了電話，那時他曾經告訴過她的習慣是他離開一個女人會換掉所有的電話，不要給對方有所眷戀和回頭的空間。

她並沒有想回頭，她只是想告知他一聲。

第三個月，她想像著胚胎逐漸成為長出血肉的可怕模樣時，她去醫院報到。

「衣服全部脫掉，換上這件。」護士遞給她一件寬鬆的病人藍色棉衣，像日本式的和服，只是很薄很鬆。

「雙腳架在這裡，再上來，再上來一點。」冰冷的腳被綁在鋼鐵的刑架上，她打了痙攣，空調如風竄過下體，感覺陰毛如浪翻騰，所有的尊嚴都被打入了地府似的卑憐。護士說：「放輕鬆，我要打麻醉針了喔！」

眼皮逐漸闔上前，看見模糊穿白衣的身影，見過面的醫生在眼前晃動一秒。之後她再醒來，血肉已經離身。內心還來不及傷痛，醫生就走到面前說會冷嗎？等麻醉劑退了護士會進來幫她領藥付款，就可以了。她點頭，很想掉淚。

後來護士進來看了一下她的血壓，說好低喔，決定再幫她打一劑點滴。

「等會沒人來接妳嗎？」護士再次問。她仍搖頭，強烈地想拿手機來打電話給喬治，但馬上就放棄了念頭。

是的，沒人來接虛弱的我。沒人，這城市這麼多人，但沒有人來接我，沒有人和我有關係。

離開醫院，陽光燦亮，仁愛路上的行道樹一片風和日麗。

但是每一個和她錯身而過的男人氣味卻都讓她想要嘔吐。

那些黏稠的發腥的氣味，她老覺得自己的下體自從喬治離開後就開始發霉了。

她忽然想要一台除溼機。

她真的逛去了電器行，手背上還貼著在醫院打點滴拔針流血時護士幫她貼上的止血紗布。那塊紗布在電器行的蒼白燈管映照下使她看起來像是受傷的貓，掛著一張病體脆弱的容顏，她沉默地逛著。她想自己一定看起來非常的奇怪，於是在某個大型電器的背後忽然有個人在她身旁開了腔。

妳是不是不舒服？男人的聲音。

她側身轉頭，看見一個穿西裝的男人，非常布爾喬亞的男人，掛著一個名人林百里式的眼鏡，斯文地對她說著話，聲音柔和近乎關心。

她忽然忘了喬治留給她一身魚屍般的生命腐朽，瞬間她忘了男人給她的嘔吐感。她拋給他一個極其微弱但卻誠懇的笑容。

✢

她住的套房如果不開燈，對面二樓的二十四小時漫畫王的廣告看板燈光仍讓她有光。或者夜市偶爾飄來的霓虹星光，如漁火的燈泡。

這幾年她在這座城市似乎只有本能式的道德，沒有儒家式的道德。儒家式的道德就是首為齊家，但她沒有家，故少了這樣的基礎。

喬治想要和她的關係其實是建構在本能式的道德關係，本能的道德就是聽從內在與對方的需索，而無名份和社會地位。

這社會要求女人要完整，但她習慣切割，被自我和他者切割，只要她願意，她願意被切割，除非她不願意那當然無可述說，她就是這樣地切割自己，一週分得兩晚的夜慾時光，然後再將那片切割下來的時光血肉獻給了喬治。

非常布爾喬亞的男人扶著即將傾倒的她走到休息的座椅上。他看她手背上貼著紗布，以關心的口吻說妳還好吧，需不需要送妳回家？送我回家。啊，多熟悉的字眼，以前總是在專櫃前等著喬治在固定的時段來接她。

我還沒買除溼機。

除溼機？現在已經要進入夏天了喔。斯文的男人不解地回問。

不管季節，我的身體和靈魂都發霉了，她調侃地說。

男人聽了大笑，好像這是他聽過最好玩的事。這說法有趣，我的話裡從來沒有這種字眼，身體與靈魂好遙遠，我的世界是由0和1組成的。

0和1？她不解。

對啊，電腦語言就是0和1的組合語言，一切都是被定義的，很格式化的生活。

她對這些一向無知，但卻聽得有種奇異的感覺升起。好像渴望生命裡有新的質素加入混合，好讓她可以有新生的力量。因此她聽了反而不覺得無聊，倒是很感興趣地又問著：「0和1怎麼被定義？」

0是分開，1是接觸。就這麼簡單。

0是分開，1是接觸，她跟著喃喃自語，好像這是一個多麼新穎的語言似的。口吻像是一個嬰孩初次喊出爸、媽一般。

「那麼我們就是1囉，接觸。」

他聽了點頭，看她處在暈眩中還聽得這麼津津有味，男人意味深深地笑著，那笑容含著陽光水氣和花香，她聞著又感到暈眩，這奇妙的邂逅當下，在她剛走出醫院不久的這會兒，手中還貼著紗布，有著消毒水味，這不是太超現實了嗎？

男人說她要哪一款的除溼機？

嗯，都可以，白色外殼，吸水力和清淨力強即可。

介意我幫妳挑嗎？

她搖頭。

那妳就先坐著，逛大賣場很累，我幫妳買好了。說著未等她回覆，男人就站起來往前走。

他們現在是0，分開。她在心裡說，覺得電腦語言簡單，卻很神奇。

在她等待的空檔，看著許多家庭與單身女人與男人推著賣場推車行經而過，但沒有對她看一眼或者也沒有她有興趣的人值得她注目再三。但之前就那麼一瞬時光，卻把她和一個陌生男人鉤在一塊，讓她此時此刻擱淺在此地，等著一個連名字都還不知道的男人去為她買除溼機。她忽然有了一種幸福感，這種幸福感帶有生命神祕的密碼，無可解。

那些等待的黑夜與淚水，都在遠去的模糊狀態。她看著新男人從許多的物架上走來，手裡拎著一台除溼機，遠遠地她就看見他買對了她喜歡的品牌與樣式。

她跟著除溼機一起進入他的車內。

然後他跟著電腦來到了她的生命。

這世界其實不也是0和1的組合。他們和某人寫下0的語言時，也毋須悲傷，因為接著會有另一個1，來到他們的生命。至於壞的歷史與悲傷的事件，就快速地按下「Del」鍵吧！她從新男人這裡學會了遺忘的力量，以及簡單的密碼。

+

和我在一起吧。她在想要打盹的時刻，忽然聽到某個男人的耳語，讓我們是1吧。

她瞬間打著哆嗦，如掉到一台除溼機也除不掉的汪洋。

驚醒。

套房的四周其實只有除溼機發出的聲音。

在男人耳語聲音冒出之前，她夢見自己竟被父親活生生地吞到肚子裡，之後又穿著冑甲從父親的頭顱裡跳出來，她舉起金矛，質問父親為何殺女？父親笑笑說，我想證實妳就是威力與聰慧的女神，妳是父親最鍾愛的女兒。

她拿起手機想打回家，心想好久沒回家吃飯，好久不曾探望爸爸了，爸爸入夢，是什麼意涵呢？

在電話鈴聲中，她忽然想起喬治車頂上那奇怪的花束，隨著車移動的花，像是一隻蝴蝶在飛著，包裝玻璃紙在夜晚閃著螢光。是誰把花丟在上頭的？

傾斜

浴缸的水裡總是漂浮著一兩隻黃色小鴨，或者光著身體的無敵鐵金剛，或者機器戰警、模型汽車。偶爾性別錯亂地漂流著別人家轉贈的玩具芭比娃娃和白雪公主與小矮人公仔。廁所常飄著孩子遺下乾掉的臭屎氣，未洗的髒衣服，未清的地板，散落的小物。

白日忙不完的事，到了晚上就成了延宕的無止盡流程。時間不斷往後推，她的晚上快要變深夜，吹滿氣的汽球快要爆開。

她很懊惱沒聽母親的話，不該這麼快有小孩，她的青春迅速凍結。輕熟女轉眼被催熟了。

這時的夜間動物園的獸類已經入睡了。

她想要一切也都跟著暗了下去，因為只有這一刻，她覺得至少屬於自己獨有的世界又回來了，可同時間她又覺得自己被什麼給遺棄了，只剩她自己在荒原佇立。

在動物園關門前她得把小獸安撫，確定小獸不會被枕頭被玩具擋住呼吸的出入口，然後她重重地闔上門。

汽球沒炸開，碎片沒有滿屋飄。

突然空間靜默，連夢囈都沒有縫隙。

眼前這些色彩繽紛的塑膠動物們，全都安靜地在水中漂盪著，這個時候如果沒有意外會是個絕對的安靜時刻。她想像著自己處在鳥語花香的淨土，沒有小鬼尖叫，沒有老公不耐煩的疲倦怨聲，沒有她討厭看的電視節目頻道被切來切去，沒有對門老夫老妻的對罵聲……她將水聲扭大，此時忽然就放縱哭泣了起來。每天哭上一回，直到她的想像花園開了花朵。

她學習，關上門，就是關上風雨。她滑進浴缸，頭靠著磚，將水聲想像一片海洋，年輕的腳踩在細白的沙，世界還很光鮮亮眼。

門外響起敲門聲，不折不扣十點鐘，她的想像花園再次枯萎。

我要便便。麻麻。獸類又出動了。

又是老毛病，妳也快點，妳連幫孩子洗個澡都可以打瞌睡啊……老公的聲音拋過來。

她擦乾淚水，或者擦或不擦也沒有差別，浴室氤氳，水聲水氣一向是她淚水的保護色，浴室是容納她悲傷的安靜黑洞。

入夜，她總捨不得睡，那是唯一屬於家的寧靜時光。她膩在可以安撫她的電腦神的面前，任意滑動，輕易交談。

她總是看時間實在不能再拖了，才勉強躺到老公身旁，中間夾著小鬼。

小鬼是他們相愛時纏綿過後的唯一證據。她看著身旁的父子，卻感到一種彷彿大雷雨天忽然暗下，瞬間不知該何去何從的莫名無依感，但細探卻又遍尋不著這無依感從何而來，明明他們都在身旁啊。

她有時喜歡加班，一個人窩在辦公室。但機會非常之少，回家像是步向無光的長廊，或者隧道。出了長廊迎接她的泰半都是監獄般的圍牆時光；出了隧道迎接她的不是風和日麗的風景，而是下墜的山谷。

她不明白何以婚姻會把她的夢想摔碎至沒有出口的死境。

她需要呼吸。生活中經常吸不到空氣的窒息感，就像經常下雨的冬日，鼻子過敏總好不了。

但那個她原本夢想的城堡，氧氣卻愈來愈稀薄。她住在凹陷的低海拔處，但呼吸的卻是高海拔空氣。

每一口都是艱難。吸的氧氣全是義務與責任，做不完的家事。

她下班前，到公婆家接小孩的短時間空檔，有時她會快速晃進物質安穩可喜之地。但所購買的化妝品到了家的圍城卻往往有如廢墟，全無用處。那些化妝品還常裹在精美的包裝盒裡，像是墓碑般地立在她貧瘠的化妝檯上，那些品牌都像是墓碑者的名字，閃亮著高貴的身世。

她是老女孩，已經當媽媽了，心思卻還在幻想女孩的老女孩。她一直對於自己已然過了三十的「人妻」角色還未能適應。

她常下意識會聞聞自己身上是否還沾著尿片糊成一團的臭氣味。不時地鼻子往身上大力一吸，確定沒有屎臭氣才好安心出門或與人見面。為此她常去逛百貨公司化妝品專櫃，經常在空檔時刻，整個人埋在專櫃的透亮裡。

她特別喜歡買口紅，而且是跟某些專櫃的年輕男化妝師購買。將黑色襯衫穿得流線畢露的少爺般的專櫃男會幫她用細筆仔細地描摹唇形，非常貼近，可以聞到對方的木質香水的氣味。有時候她也會去找那個長得很英氣的專櫃女生化妝，那個女生會和她聊聊天，聽她說說心裡話。那個專櫃女生化妝的技術很嫻熟，可以畫那種似有若無的裸妝。但她覺得那個女生有點憂鬱氣質，身體的香氣也是帶著木質香，她喜歡的味道。

因為這種木質香會讓她偶爾想起年輕時的愛情，想起年輕時的老公，那時候的他英挺，浪漫，很乾淨，每個朝向她狂洩的津液都芳香。

這種清新芳香的熱吻離她已經很遙遠了。

過於疲累的老公因為常常還沒刷牙就睡著了，一旦睡著想也別想把他叫醒，多年下來他已經是一口的牙周病，加上他又不敢看牙醫，更加惡化了口腔，使得那一片原本花園錦簇的濕地，成了一片雜草叢生的沼澤。

男人啊。

當她試擦了各種顏色的口紅和唇蜜後，她的臉她的衣服也沾了專櫃男或者專櫃女的身體香氣了。

這香氣，她老公要不是鼻塞沒有辨識能力，要不就是因為他回到家時對她的視而不見；老公不是掛在電腦的網路上，要不就是窩在電視前的體育台。

離男人很近的世界是螢幕，螢幕才是他的妻子。

而口紅，才是她的情人，因為這個家只有口紅和她相濡以沫。

但口紅很快就發揮掉了，她想她應該也要找個螢幕情人才是。

＋

現在她覺得婚姻很無助又很無聊，但想之前那麼狂熱地戀愛不就是為了走進婚姻。她正打算將手裡喜歡的口紅結帳時，專櫃男則開口對她說，妳要不要買這一季新推出的保養品？專櫃男用他專業的手摸向她的臉，指尖冰涼，她不禁起了一身雞皮疙瘩，同時間心裡還感到一陣難忍的騷癢。

我們推出針對熟齡肌膚的保養品，可導入深層受傷肌膚，專櫃男說。

受傷？她想她受傷的是心啊。

接著專櫃男又出其不意地噴了點香水在她的手腕，抓起她的手要她聞聞看。香水會提振兩性的愉悅互動，特別是有玫瑰花露的這一款。妳看妳一噴就變得更有女人味了。

她第一次嘗試比較女性的香水。

就這樣，她原本只想買支口紅，卻多買了五罐保養品，洗臉液、化妝水、日間乳液、夜間修復乳霜、隔離霜。還有一瓶誘惑香水。她聽見刷卡聲，像聽見先生憤怒叨念的聲音一般，她忽萌生小小的罪惡感；但隨著幾個年輕漂亮的女郎來到專櫃東看西看時，她被眼前一缸子的青春刺目得心情瞬間疼痛起來，旋即她就告訴自己，買這些東西犒賞自己是應該的，何況自己會變成黃臉婆也是他害的。

抽油煙機陣陣價響在她的耳際，廚房的油煙，冰箱的剩菜，流理台待洗的鍋碗瓢盆，她的生活像是一張不斷被影印的紙，油墨反覆疊在同一張紙上，她的生活纏繞一堆雜物，日漸看不清原來的形狀了。

她接著要改變的是服裝打扮，專櫃男用很專業的中肯語言說。妳可以上我的網站看看，從頭到尾教妳怎麼打扮喔！她聽了點頭，她不是那麼明白網路世界，她來專櫃買東西，無非是想要被年輕的陌生男子撫摸逐漸冷漠的臉。

拎著美麗的紙袋，裡面是昂貴的數字，她在捷運站的風口等著列車時，看著手扶電梯不由自主地往上往下時，她再次地想，婚姻無聊啊，但也沒有更有聊的方式了，因為她已經無法「切斷」婚姻的電源了，就像手扶電梯只能不斷地往上或往下。

日復一日，對，就是這個詞。

佛洛伊德說，你的選擇是受到無法被滿足的欲望所影響。

她一樣接了小孩，一樣在沐浴的獨自一人空間裡伴著水聲大哭，一樣被小孩的媽咪聲喚醒而回到現實，一樣躺到已經打呼入睡的老公身旁，床的牆面吊著結婚的照片，然後陷入黑暗。一樣掙扎起身，吃百憂解。她讀過性學權威報海倫・費雪的文章，費雪說服用百憂解這類藥物會危及人們墜入情網和維持戀情的能力，愛情的敏銳度和情慾會被鈍化，使人對情愛關係產生倦怠。

她還沒倦怠，但確實是無力。有時她很想用力把老公搖醒，想對他大喊一聲：不給她做愛，她就不給飯吃。她的兩條腿已經很久沒有打開了，肢體相擁的汗濕，激情急促的喘息，倒塌後各自的濁粗吐氣與甜蜜餘韻……都讓她想念。

費雪的百憂解論述對她失效，她吃百憂解卻百憂不解，且還慾望叢生。

她找來大學好友聊這個問題，東拉西扯，結論是她也還是眷戀婚姻的，因為她太習慣長期下來婚姻給她的安全感，她的這種「感覺對了」和「很熟悉」的感覺使她依然離不開婚姻這座城堡。或者她的母親會告誡她，她以為另一個人更好？那也是幻想，她離開這個家，去找她所謂的真愛，另一個真愛也會變成舊愛，而且她會受到背叛的良心譴責，到時候她兩邊都不是人。

她常讓母親一生為家庭付出愛的身影來讓自己的雙腳定錨在家的港灣，母親那一年代的女人早起就在傳統市場轉，挽著菜籃，年紀和體重遞增讓身體更加緩慢，只能老去。母親和父親辛苦持家，用心將孩子一點一滴地捏大，之後還幫她帶小孩。

這就是責任，母親對她說。

責任？她聽了回嘴說，難道婚姻最後只剩下這兩個字？我們一旦結婚就沒有權利追求愛情？母親不語，只說這就是生活。而她以為婚姻只是一種慣性依賴的結構。

於是，她帶著疑惑與底層的慾望繼續過著她斷裂的白天與黑夜，白天她極度想要進入繁華世界，黑夜她卻墜入不知何去何從的深淵。

大學好友教她要常上網，「既然現實世界無法給妳新的可能，那麼妳就自己創造一個新的世界吧！」

✢

既然現實世界無法給妳新的可能，那麼妳就自己創造一個新的世界吧！

衝著這句話，她決定要買台專屬自己擁有的電腦，她對電腦專家的老公提出要擁有一台個人電腦時，老公簡直以為她有病了。老公摸摸她的額說，妳沒發燒啊。我以為妳只對打扮有興趣。

擁有電腦也瞭解如何操作網路等等之後，她就很少光臨百貨公司了。還沒接小孩的空檔，她在電腦的世界裡神遊且大感新奇好玩。

她在進行好一陣子的聊天室裡遇到一位前來搭訕的攝影家。

聊了一不知多久，她被攝影師的照片吸引。有一天孩子被婆婆接去，老公又出差大陸時，她突然有了自己的時間空檔，於是答應現身。她依著地址來到了攝影家的窩，找到了看起來像是廢墟之地，她的一身光鮮打扮和這廢墟大樓如此的格格不入，但她的眼神卻閃著亮光，她告訴自己這不就是自己想要過的不同生活嗎。這樣一想她就鼓起了勇氣敲門。

門是鐵鑄的，厚重，鏽斑處處。她用手背都敲得疼了，卻依然無人來開門。

後來她脫下高跟鞋猛敲一陣，才聽見下樓聲，蓄著即肩長髮的男人倏然推開門時，她的高跟鞋還握在手上，男人看著這畫面就喊著，等等不要動！男人按下快門，畫面留著一個陌生女子手裡拿著高跟鞋的詫異表情。

她直覺眼前這個攝影師是個不折不扣的怪咖！

沒錯，當她跟著他爬著矮仄的樓梯拐入一間頹舊公寓的內裡時，她就知道這位攝影師將把她帶離正常軌道。

暗得如夜晚的攝影棚，一些盆栽枯萎，僅魚缸有微燈，四處是洗照片的藥水味。尼龍線上夾著剛從藥水池撈起的黑白照片，每一張照片都是裸體，光亮亮的肌膚如燈射來。定格的人生在她的眼前，她有那麼一刻也感覺自己的人生被攝影師按下了凝結在一瞬間的快門。

除了黑白照片就是幻燈片還有幾台開著的電腦，每台電腦都是數位照片，照片一直更替輪播，都是些廢墟荒景或者邊緣奇人，使她有種置身馬戲團之類的奇幻錯覺。

脫掉！

她還楞在原地。

他指著夾在尼龍線上的黑白裸體照片。

她打著哆嗦地脫下了外衣，一件件地脫了，像是小蛇蛻下長大的蛇皮，她頓時感到喜悅，卻又感到失溫。

沒有華麗的外衣，她忽然覺得自己像是自己的孩子，幼小無辜，惹人疼愛。她的母愛忽然萌生，她抓著外衣想要再次套上的那一剎那，攝影師將她的外衣剝掉，遞上溫柔的唇，以及獻上有溫度的指尖，指尖爬行在她的寸土寸金，她逐漸回溫。這不是她想要的嗎？攝影師溫柔地在她的耳際吐著燥熱的語言。攝影師像是幽靈，她逐漸感到自己的身體充滿了藥水味，她被放在地毯上，身體轉動著某種失調的形狀與受到愉悅之海的衝擊神色。

啪！一盞燈亮起，啪！另一盞燈又捻起。

喀擦！她已經定格在攝影師的方寸世界無法動彈了。

她忽然明白是自己將自己送來此地的，她怪不得別人，是她自己受不了家庭主婦固定的生活模式而不斷想要逃亡的。

她是受不了誘惑的美麗人妻！攝影師說話的聲音很低，像是從海裡吐出的泡沫。

她頓時發現了自己的快感來源，是那種被「攝影機鏡頭」強暴之感，被拍的那種被不斷注目所引起的神經痙攣是一種從未有過的激情。

她不斷地扭曲沾滿情慾的身體，不斷地感到被攝影機背後凝視的那雙眼所灼燒的熱情。

她愛上的是攝影機而不是攝影師。

於是她走出攝影師那如幽靈的窩之後，她沒有什麼罪惡感，因為她感到自己愛上的是一個「物質」而非「人」。她想也許下回應該去嘗試裸體繪畫，她想那麼她將會愛上畫家手上的彩筆吧。

+

往後她回到家裡，以前會窩在浴室哭泣的習慣逐漸改掉了，現在她是只要一忙完家事哄小孩入睡後就進入網站世界，特別是趁老公打起鼾聲後，就沉浸在交友聊天室裡大談陌生刺激戀情。

她還沒遇見攝影師前，曾先遇到一個自稱是老人的小男生。於是她自稱是美麗的人妻匿名者。長長的字串與人妻引發這小男生的好奇。

她得空檔造訪男人的小窩時，看見單身小男生對空間的任性，都是些小男生的物品，比如電子琴遊戲機以及籃球還有一堆的泡麵。特別的是這小男生養貓咪。小男生一見到她就先解開她白襯衫的鈕釦，鈕釦彈出了像是乳白糖霜的玩具，小男生一口咬了下去。

但輪到她要脫下小男生的牛仔褲時卻發現可真是難脫極了，那一刻她才意會到牛仔褲離她的生活世界已經很遙遠了，遙遠到她都忘了怎麼脫了。她和老公現在穿用的物質都是非常雅痞了。

老公的畫面忽然出現在她的眼前，他穿著牛仔褲和她捧著書一起穿過校園，說說笑笑的青春光可鑑人，美好如秋日之風徐來。小男生的肌肉蒼白瘦弱，她得把小男生幻想成老公才能讓身體發熱發春。於是她又了無罪惡感了，因為她想的人可是不折不扣的老公啊，她用種種天真想法來替自己的行為解困。

走出小男生的窩時，她特地繞去超市，買了老公愛吃的烤雞外，還買了沾毛刷，她的衣服沾了一身的貓毛。

這就是她該盡的責任了。母親口中的責任，其實也可以輕鬆面對，她慢慢地學會放鬆這件事了。

旋即她想到今晚可是老公的情慾月票要用之日，忙碌且常感疲倦的他總是一個月一次才會想要和她親密，於是她就開玩笑說這是老公的「情慾月票」，像是吃齋者的初一十五般固定。於是她早早把小孩哄上床，接著老夫老妻就各自窸窸簌簌地在床邊寬衣解帶。很快地一道熟悉的黑影罩上她，她旋即閉上眼睛，好讓想像帶她通往極樂之境。這時的老公頓然化身成白日的小男生，胴體青春燙人。她彷彿聽見小男生的手機響起，來電答鈴傳出年輕女歌星唱的〈曖昧〉，那麼輕地飄浮在空氣裡，那是一個離她很遠的世代啊。但愈陌生愈快樂不是嗎？

想像，她生活裡再也不能離開這道轉化枯燥的媒介了。

老公並無發現她的異常，老夫老妻通常不再關注彼此的細節，愛情枯萎在日復一日柴米油鹽裡，日復一日是的循環擠壓著熱情。所有的付出都變得理所當然，煮飯洗碗打掃做愛，一切都變成可以換算的公式。

情慾翻身而逝，她聽見老公發出鼾聲後，旋即走到客廳一角打開電腦。老公的世界已經進入黑暗夢鄉，而她的宇宙卻才要開始。

這個宇宙表面是虛，但底層是真。所有的內在需求都被打撈在岸上任人挑揀。

她貼上大學時期的青春模樣。沒騙人，這絕對是她，只是是一個過去的自己罷了。她覺得網路讓她年輕，她開始像個男人也可以在櫥窗裡挑選她想要的慾望情人，漁獵姿色，一個按鍵串連起另一個按鍵，在點和點之間，世界的面焉然成形。

有人敲她。

幾歲？

她回應著二十五。少報個七八歲，沒什麼吧。她想，本來自己就娃娃臉。

對方問她有沒有養貓？

養貓？她的指尖落在鍵盤上還不知要敲有或沒有。她想她養著的是動物也沒錯，孩子還小時也都算是只會吃喝拉撒的動物。

有，她回應。旋即對方送來一個甜美的笑容，說那她可以到他的窩和他見面。什麼嘛，這麼容易，就因為她說有養貓，而不是因為她的姿色？她覺得網路真是無奇不有，但因這無奇不有才顯得冒險的種種快感吧。

她不知道其實人妻更受歡迎。

赴約那天，她送走老公和小孩之後，接著在家又是敷臉又是保養手腳的，然後畫上所謂的「裸妝」，裸妝其實很難畫，因為似有若無更高難度，她花上很長的時間做著臉上肌肉運動，並仔細地打量自己不露出年紀的臉龐，也沒有疲憊神情。有了上回和小男生的經驗之後，她在衣櫥裡特別挑了白襯衫和牛仔褲。

當她來到貓男的寓所時，貓男果然氣息慵懶如貓，年輕卻帶著某種陰鬱的沉靜不語，靜靜地迎她入門，不問喝茶或喝咖啡，他磨著咖啡豆，空氣香得足以甦醒五官。

貓男捧著黑咖啡來到沙發，「喝咖啡不要糖和奶精，且要喝淺焙的這樣才喝得到原味的。」貓男終於開口，本來她還以為他是個社交障礙的宅男啞巴。她還曾瞬間癡笑自己如果這眼前的貓男是個啞巴，或許她也願意去學手語，只為了和他交談呢。

這個貓男雖年輕卻已是閱人無數的江湖老手，貓男一眼就看穿眼前這個女人沒有被滿足的浪漫奇想，他微笑地看著女人那掩藏不了的慌張。

在咖啡的香氣下，她才開始放鬆，試著模仿從色情網站學到的一些娼妓般的撩人火辣姿態，她放下綁著的頭髮，甩動一頭如雲的長髮，在古代只有在床上才能看見女人放下的長髮。她所有的動作其實都帶著心機，沒辦法，她已經不相信真正的愛情了。她和老公曾經是人人稱羨的班對，但再愛也會褪色，即使她的容貌依然是美麗的，但情慾能否燃燒可比什麼都現實。

解開白襯衫的鈕釦，露出米白色內衣，並將牛仔褲拉鍊褪到一半，露出淡米色棉內褲，她認為年輕的女孩才會穿這種可愛的棉布內褲，只有熟女才會穿蕾絲內衣褲。

貓男把頭探到她的襯衫下，手將她的棉內褲褪得更低。唇探著她的胸部，手撫挲著肚臍附近和下體。她發出虛假如貓的呻吟時，貓男卻突然停下動作。

「妳其實不需要隱藏自己，年齡不是問題，人妻其實正讓我感到放心呢，人妻不囉嗦。」貓男這樣說。

她被識破了，呻吟聲忽然顯得怪異的假面。她訕訕地笑著，貓男卻更熱情地撫摸著她，「這就是妳本來面目的可愛之處，何必偽裝。」她沒想到人妻讓年輕男人感到放心，可能少了未來彼此的糾纏束縛吧，有時候受限竟也是一種自由。

每個人都在現實裡找自由。

沒錯，她的自由來得何其困難與險境重重，但也因此她格外覺得美好。

貓男一把抱起她進入房間放在地毯上，進房後他們開始互脫對方的衣服，他解開她襯衫的幾顆鈕釦時，就迫不及待地把手掏進她的乳房，揉壓著乳頭，她興奮極了，她愛他這種表面正經實質卻很猴急的極端模樣。他開始咬她，她將散落在嘴邊的髮絲撥開，以唇貼近他開始滲出汗水的每一寸肌膚。

突然她尖叫了一聲，被咬了一口的疼痛。

海嘯過後，墜入陌生的安靜。不熟的感覺跑出來，挺可怕的，那種安靜，使她小心翼翼地深怕自己有什麼不雅的聲音會跑出來。

壓抑著自己的身體，卻因壓抑一直打嗝。

貓男笑她，蝌蚪變青蛙。

貓男拉著她的手往浴室去，妳別害怕，妳就是在我面前上廁所我也無所謂。

難道我是跟巫師在一起，怎麼我想的他都知道，她想。

水龍頭打開，她聽見牆外的熱水器發出轟地一聲響。平常家裡的浴室是她躲藏的唯一空間，現在這浴室卻如告解室，必要的洗淨。浴室經常都是剝下孩子尿尿的褲子，經常出現的沒熱水情況，使她的雙手出現長期浸在冷水而導致龜裂的痛感發作。剛結婚時還不知道熱水器要靠電池啟動，或者經常洗一半沒瓦斯的尷尬。剛結婚還沒有孩子，所有的不知舉動都是可愛的。往後所有的不知舉動都會被嫌惡成真正的愚蠢模樣。丈夫開始語氣轉為指使，水龍頭像一尾蛇亂竄噴灑，浴室永遠潮溼，馬桶蓋與坐墊的黃漬總是拭去又出現。

眼前貓男的浴室非常簡潔，清水磚模的大片灰與白磁磚的馬桶和諧著一種寧靜，洗手台上的一抹植物悠然，牙膏牙刷沐浴乳都是無印良品的文藝風。

攝影作品是貓男的，她看了一眼，覺得風格平平。

畢竟生活風格容易展現，創作就不是那麼回事了，她想起廣告公司那些才子們都以自己是引領風潮的風格家與品味家為傲，但掛的物品都是買來的，連創意也是拼貼來的。被客戶退稿時，只會怪他們這些業務ＡＥ不會幫忙搞定事情。

貓男唯一亂的空間只有房間，其餘浴室和客廳都井然有序，房間像是戰後荒野，衣物處處，他們就在許多衣物上以各種體態認識彼此，她聞到那些衣服都殘留著男人或者她者的氣味？還沒來得及洗的衣服被他們四處拖行在房間的許多角落。

高潮跌落，他點燃了菸。她想起剛剛在衣服聞到的菸味是來自於他，他抽薄荷菸，她說很少男人抽維吉尼亞這款細菸。

「我喜歡不一樣。」他說。

「薄荷菸好像會讓男人不行？」她無聊地說。

「有嗎？妳覺得我不行嗎？」他整個人光溜著身體又再次故意地壓在她的身上，狂咬著她。她大笑著搖頭說，沒有，你很棒！他們的身體就這樣來來回回如男人窗外的捷運列車滑過又駛開。

男人牆上的老鐘鳴了幾響。

「你喜歡古董鐘？」

「嗯，我喜歡不一樣的東西。」

「包括我？」她說。

「嗯，我喜歡不一樣……但問題是，不一樣很快也就變得一樣。」她聽了這話並沒有去細想，她已經延宕過久，一下子時間就瞬間被擠壓在眼前，不用貓男催她，她很快就該走人了。

妳的衣服有漂白水味道，貓男突然說。

她聞著笑了，白襯衫昨夜有用強力漂白水漂過，去漬，孩子吐在她身上的髒漬。漂白水聞起來很奇特，她想。

你聞起來除了菸味還有鮪魚蛋餅的味道，她笑著回應。

貓男說喜歡吃鮪魚蛋餅，妳呢？下次我買給妳吃，我們巷口有家最好吃的蛋餅店。蛋餅，她重複著，她確實很愛吃餅類的食物，尤其是蔥油餅。

玉米蛋餅，她答。

貓男點頭，邊幫她拾起散落一地的衣服。

她知道自己身為人妻之所以受歡迎是因為自己不能自由給予，因此也不能要求對方給予什麼。她悵然地一一將衣服歸位到身體上。

離開貓男的窩，她感到茫然，回望一眼貓男的窩，卻像是不存在似的。她有種入深山尋找仙蹤道人之感，回望卻見一切都煙雲四合，會不會這一切都只是夢境罷了。但定神一想，又真切感到自己的下體帶著歡愉的刺痛，以及皮膚的熨燙。

茫然街頭一陣，才想起時間到了是因為要去幼稚園接小孩。攔了一輛計程車火速趕去幼稚園，「媽咪，媽咪！」幼稚園竟只剩貝比一個人，她看見寂寞的貝比，熱淚一時盈眶。拉著貝比的小手，他們走回家。

貝比唱著歌，一直說媽咪變漂亮了，回家要喝熱熱的ㄋㄟㄋㄟ。

她笑著，親了他一下。忽然悠悠想起剛剛狂熱又沉靜的貓男，也許又是個內在住著缺乏母愛的小男孩，她的乳房成了貓男的天堂。

大家都一樣，都一樣寂寞，貓男卻要不一樣。

「很快的不一樣也會變得一樣。」她返家後在浴室衣物褪盡時檢查著身體，看是否有留下印記咬痕時，不意地和貓男這句結尾的話相逢。她看著自己的頸子、肩膀、胸部，乳頭有點發紅的疼，她取出藥箱裡的面速力達母擦著。

貝比在浴室外敲著門，「媽咪……」

糟糕，她忽然慘叫一聲……忘了提醒貓男一件事。

「媽咪……」持續的敲門聲與近乎哀嚎的貝比聲……她打開門，抱起貝比親了親，「好啦，乖乖喔！」她邊泡著牛奶卻一一倒帶想著之前貓男的所有動作，唉，就是忘了在重要關頭提醒他……貓男一定以為像她這種尋歡婦自然會做好保護自己的措施吧。

該怪自己！這世界有到處寫著「小心高溫」、「小心高壓電」、「小心水深」、「小心月台間隙」的字眼，但就是沒有人在情慾的床戲上貼著標語「小心懷孕」、「小心用後即拋」、「小心保存期限」。

「我不會這麼倒楣的吧。」她繼而安慰自己。

她怔怔想著，奶瓶還在手中搖著。貝比一把把她的手抓下來，取走了奶瓶。「羞羞喔！這麼大了還要喝ㄋㄟ ㄋㄟ。」本來這孩子很難斷奶，是奶奶硬把他帶開的，他在奶奶家只能喝牛奶，久了倒也不吵著要喝母奶了。以前是一碰到她就往她大腿坐去，雙手一上來就是扯開她的外衣鈕釦，尋找著可以彈出的玩具。她其實很享受和孩子之間的親密互動，她的寂寞乳房因為孩子漸大後隨著他的吸吮逗弄玩耍，而感到有了溫暖與舒適。其實根本都沒奶水了，四歲半的孩子卻還是喜歡吸吮，用手抓撫。

但有一天婆婆來家裡看到她餵奶這一幕，卻硬是把孩子從她的胸膛扯下來，孩子嚎啕大哭地死雙手抓著她的肩膀不放，嘴幾乎把她的乳房給弄疼了。孩子的奶奶直說丟臉丟臉，快五歲了還不斷奶，將來怎麼做男子漢大丈夫。

孩子終於從她的身上被婆婆扯開，小小的腳丫子一落地的時候，幾乎是脹紅了臉的嚎啕大哭。

✢

情慾在白日和貓男滿足後，很快快樂也褪了色。就像迪斯奈樂園排隊的隊伍，隊伍很長，快樂很短。

她突然看見了過去，她和丈夫那年輕時的美好愛情，穩定才是重要的，忠誠也是必須的，她告訴自己翻牆的日子已然結束，自此她要乖乖的。這樣一想，她開始有勁了，於是拋掉貓男，開始認真地當廚娘。在廚房淘米煮好飯後，待貝比喝完奶睡著後，她掏出菸，走到陽台偷偷抽著。

大廈前方是一些公寓和矮房，屋頂風光錯亂，紅鐵皮白水泥綿密交織，再往前是淡水河，最後一抹落日的餘豔裹著霧氣，漂在水面上，橋上的車流廢氣也一併融入在水面上，那些黑氣亂竄，使得眼前的風光像是一張畫壞的印象畫。

她開始後悔為了走出制式的家庭囚籠而干犯性愛冒險樂園的後果。

她的老公現在應該就在城市的車流裡，他正一步步前往家的雷區。

她得小心亡羊補牢，小心避免讓他踩到她的雷區而爆炸，祕密要帶到墳墓裡，她提醒著自己，同時仔細地檢查著自己有無暴露一絲一毫的危險線索。

也許因為走出去的世界也不過爾爾，性愛就是煙花，瞬間燃起，瞬間湮滅，但好的性愛是有益健康的。何況如果不經歷這番冒險，她自我安慰地想那又何能體會家的可貴？

她捻熄手中的菸，星星火光杳去。在觀望前方車流時，她極目眺望，企圖從遙遠的車流裡尋找到老公的車影。

繼而一想，眼睛就是再怎麼睜大也看不清啊。忽然她有種想要發現老公的新樂趣，她第一次這麼渴望見到老公，希望等會兒可以在他返家後告訴他這個新發現，從家裡觀看他回家的角度是一種新的期待吧。

「我和他已經很久都沒有這種新的期待了。」

這樣想著，她返身進屋，在置物櫃裡找出以前還常出遊爬山時所添購的高倍數望遠鏡。

望遠鏡由近而遠，矮房、公寓、河水、橋……她盯著前方景物喬著焦點，她看見眼前一輛輛車被堵在車陣上的車流。

她看見一個熟悉的車影，心臟不知怎地忽然咚咚響，她繼續拉近，跳入眼簾的前方車牌號碼，「啊，真的可以這樣目送老公回家……」她心裡剎那發出興奮感，好像發現新大陸的航海家，有著第一次登陸的喜悅之情。她把鏡頭zoom進老公的車內，模糊中看著老公的臉，她看見老公的臉發出一種她不曾見過的奇異感，說不上微笑，也說不上生氣，甚至有點扭曲……

她就這樣貼著望遠鏡看著有點「陌生」的老公，還責怪自己看來太久沒有關心他了，連他的臉竟都有種奇怪的陌生感升起呢。

然而就在車陣瞬間鬆開的那一刻，她的笑容徹底消失了，繼之而起的是眉攢在一塊，疑惑……疑惑……接著憤怒感一點一滴地爬上臉部。

車團鬆開的那一刻，老公的車內忽然抬起了一個長髮女人，她瞬間明白剛剛沒看見那女子是因為女人傾身倒在老公的大腿上，因角度關係完全看不見女人的存在。

難怪老公會有那種奇異的表情，他正在享受車震呢，難怪他回家都那麼疲累，他在外面可一點都不累啊。她愈想愈憤怒，還氣得差點把望遠鏡摔壞。但瞬間在腦海浮起的貓男身體卻救了她，減少了憤怒感。她忽然了無罪惡感，還有點悻悻然地為自己升起的罪惡感到不值，「他早就出軌了！不是嗎？」

她進廚房，把剛剛煮好的菜全倒進廚餘桶。

她回到書房沉默上網，決定繼續扮豬吃老虎。她想既然有個不忠的老公，那我為何要守貞？我只是一個偽道德的女神希拉罷了。雖然重視自己的婚姻，表面更是一夫一妻制的捍衛者，但實情是寂寞才是一切的主宰。她不需要丈夫自己變成烏雲的假象來試探自己的忠貞，因為她也不會去試探男人。

何況孩子的奶奶長期一直爭著要養這個孩子。她和這婆婆從來就處不好，媳婦與婆婆的冷戰，讓她覺得自己是這個家的局外人。

這個無心的發現救贖了她的罪惡。也讓她徹底丟掉了最後的名分與束縛，後來她更是經常偷偷出門約會，且希望自己像個妓女似的赴約，只差在她是不收鈔票而已，她收的是激情與快感，連愛情都不要，愛情太虛了，慾望比較實在。她要陌生男人對待的方式像是對待妓女一般，消除寒冷，給予她快感。她的觸覺正在被陌生男人升級中。

同時她學會了用後即拋，如她戴的隱形眼鏡。

✢

她又發現這世間仍有溫柔的存在。某一日她在酒吧遇到一個金髮的洋人。洋人以為她才二十幾歲，在異世界她更樂於偽裝。她叫他羊男，羊男的目光澄澈，連在光線微弱的酒吧都如燐火般。她從來沒有穿著衣服這樣地被注目過，在那個目光中，她害怕被他的目光焚燒，但又同時有股衝動，想解開他的鈕釦，往他的胸膛吸去。

他帶有一種天真的乾淨氣息，特別在這樣一間酒氣沖天、曖昧污穢的色情酒吧。「妳看起來很不一樣。」她想說的話，卻被他快一步吐出。「不一樣！」她想起網路貓男也是要「不一樣」的人生。

他們渴望一樣，卻又希望不一樣。

酒吧的化妝間到處有著女人進進出出，女人都在狐媚的燈光下補妝，猛補粉霜、蜜粉、口紅，並注意刷得很濃密的睫毛有無暈開。調整內衣，開衩的裙子與裸露的肩帶。冷氣菸味和酒味混在香氛裡，到處都有潮溼分子在飛竄。

只有她一臉素淨地穿過站在吧檯或者倚著牆聊天的男子。她離開貓男後，忽然決定不再化妝，只因貓男說：「我不知道妳的過去與現在，也不想知道，但我想妳至少應該知道，妳不該化妝，妳不知道妳擁有的最好資產就是一臉乾爽白淨的好肌膚，像絲綢般的肌膚為何要裹上遮掩的粉，妳不需要遮掩，妳只需要善待自己，我看見妳有獨特的氣質。」

「我能有什麼氣質？」

「天真的一種憂鬱感。」

她事後一直在想這句話，慢慢才體會出她確實一直沒有被「社會化」，她心裡住著的那個小女孩一直不願長大。但很快地不願長大的小女孩卻有了自己的小孩，於是她開始不適應住在這新穎的「婚姻城堡」。

就是走出廁所的這時候，羊男來到了她的身旁，深深地看著她一眼後，緩緩地說出她很不一樣。

她從來沒出過國，沒接觸洋男人的身體。隔天，她來到羊男的住所，和其外表一樣的乾淨，整潔，雅痞。羊男是外商公司經理，牆上掛著幾張畫，一些南洋的工藝杯盤與雕刻。但除了這些大物品外，她感到他的空間空無一物。怎乾淨到如此地步呢？

他的皮膚有著如浪的細毛，摸起來的觸感很特別，像是裹了蜜粉的紙。

「妳很不一樣！」羊男又說了這句話，又是老話，她想。

他的手探進她的裙子，溫暖的大手正在撫摸她的雙腿。「外國女人剃毛，摸起來很光滑，但卻假假的。妳不一樣，妳很自然！聞起來像是礦泉水。」

「聞起來像礦泉水！」她在痙攣中想著礦泉水是什麼味道？

在快感中，羊男突然停下手中的動作，把她整個抱起來後放到他的大腿上，他褪下她的上衣，解開她胸罩的環釦。一道光滑如瀑的背對著他，她知道他如燐火的眼睛正在盯著她，她以為他的手會伸過來摸她的乳房，但卻沒有。他只是讓她的背對著他，然後他的手緩緩卻有力地按摩著她的頸部雙肩，順著脊椎而下……她從未有過這種緩慢細緻的舒服，她感到睡意。羊男停下手，環抱著她，臉貼在她光滑的背，手環著她的腰。

她這時才睜開眼睛，看見了原來前面立著木雕刻的美麗鏡子，羊男剛剛已經從鏡子看見了她的迷醉表情與乳房線條了。以他的炯炯目光來看，想必自己的快感末稍神經的抽動也難逃注目吧。

她這一生從來沒有這麼被在意過。

我大後天就要走了，我被調回德國。

世界又開始傾斜了。

「請你帶我走吧！」她忽然轉身，整個乳房就抖動裸露在他的目光下，像是兩艘孤獨的船期待遠洋。

「帶我走吧！」她俯身在羊男的耳際上低語，他聽見她的心臟聲咚咚咚地敲打著。她卻聽見一個新生命在召喚自己。

但我結婚了，我和妳一樣。

希拉善妒忌，但打不贏擅離開的宙斯。她想起床畔讀書給孩子聽的暗黑童話。

原來我們都一樣。不一樣也很快變得一樣。

我們總是傾斜。

基地傾斜，往上蓋的慾望只會更傾斜。

她的手裡撈著漂浮在水中的黃鴨子，把鴨子拋丟籃子內。

瞬間，只聽見咚一聲，雜揉著後方瞬間也傳來的啪一聲響。

丈夫熄燈。

她也熄燈。

黑暗中她踩到玩具積木的尖角，疼得叫了一聲。

接著，她又聽見啪一聲，房間的捕蚊燈電死了一隻蚊子。

——《凡人女神》小說原發表於二〇〇七《魅力》雜誌專欄，可以視為《女島紀行》一書裡描述的「台北游牧女子」漂流命運的再延伸。二〇一七年十二月重新修訂。

【旅人之星59】MS1059

凡人女神

作　　者❖鍾文音
封面設計❖兒日
內頁排版❖張彩梅
總 編 輯❖郭寶秀
責任編輯❖陳郁侖
行銷業務❖力宏勳

發 行 人❖凃玉雲
出　　版❖馬可孛羅文化
104台北市中山區民生東路二段141號5樓
電話：02-25007696
發　　行❖英屬蓋曼群島商家庭傳媒股份有限公司城邦分公司
104台北市中山區民生東路二段141號11樓
客服服務專線：(886) 2-25007718；25007719
24小時傳真專線：(886) 2-25001990；25001991
服務時間：週一至週五9:00～12:00；13:00～17:00
劃撥帳號：19863813　戶名：書虫股份有限公司
讀者服務信箱：service@readingclub.com.tw
香港發行所❖城邦（香港）出版集團有限公司
香港灣仔駱克道193號東超商業中心1樓
電話：(852) 25086231　傳真：(852) 25789337
E-mail：hkcite@biznetvigator.com
馬新發行所❖城邦（馬新）出版集團 Cite (M) Sdn. Bhd.(458372U)
41, Jalan Radin Anum, Bandar Baru Seri Petaling,
57000 Kuala Lumpur, Malaysia
電話：(603) 90578822　傳真：(603) 90576622
E-mail：services@cite.com.my
輸出印刷❖前進彩藝有限公司
初版一刷❖2018年7月
定　　價❖380元

ISBN：978-957-8759-17-6

城邦讀書花園
www.cite.com.tw

國家圖書館出版品預行編目（CIP）資料

凡人女神／鍾文音著. -- 初版. -- 臺北市：
馬可孛羅文化出版：家庭傳媒城邦分公司發
行, 2018.07
　面；　公分. --（旅人之星）
ISBN 978-957-8759-17-6（平裝）

857.63　　107009789